Éditions Druide inc.
1435, rue Saint-Alexandre, bureau 1040
Montréal (Québec) H3A 2G4

www.editionsdruide.com

RELIEFS

Collection dirigée par
Anne-Marie Villeneuve

DE LA MÊME AUTEURE

Cercle d'amis, Libre Expression, 2014.

Déshabillez-vous (traduction de *Healing Passion*), Guy Saint-Jean Éditeur, 2013.

Le secret du docteur Barry, Éditions JCL, 2012.

Maria Monk, VLB éditeur, 2007.

Sexy sashimi (traduction de *Jasmine Blossoms*), VLB éditeur, 2006.

Une libertine en Nouvelle-France (traduction de *The King's Girl*), VLB éditeur, 2005.

Jasmine Blossoms, Londres, Virgin Publishing, collection « Black Lace », 1997.

The King's Girl, Londres, Virgin Publishing, collection « Black Lace », 1996.

Healing Passion, Londres, Virgin Publishing, collection « Black Lace », 1995.

SHOWTIME

Catalogage avant publication de Bibliothèque et Archives nationales du Québec et Bibliothèque et Archives Canada

Ouellette, Sylvie, 1964-
Showtime : roman
(Reliefs)
Texte en français seulement.

ISBN 978-2-89711-138-0
I. Titre.
II. Collection : Reliefs.
PS8579.U427S56 2014 C843'.54 C2014-941605-9
PS9579.U427S56 2014

Direction littéraire : Anne-Marie Villeneuve
Édition : Luc Roberge et Anne-Marie Villeneuve
Révision linguistique : Lyne Roy et Jocelyne Dorion
Assistance à la révision linguistique : Antidote 8
Maquette intérieure : Anne Tremblay
Mise en pages et versions numériques : Studio C1C4
Conception graphique de la couverture : Gianni Caccia
Œuvre en couverture : Stephanie Swartz/Shutterstock
Diffusion : Druide informatique
Relations de presse : Evelyn Mailhot

Les Éditions Druide remercient le Conseil des arts du Canada et la SODEC de leur soutien.

Gouvernement du Québec — Programme de crédit d'impôt pour l'édition de livres — Gestion SODEC.

ISBN papier : 978-2-89711-138-0
ISBN EPUB : 978-2-89711-139-7
ISBN PDF : 978-2-89711-140-3

Éditions Druide inc.
1435, rue Saint-Alexandre, bureau 1040
Montréal (Québec) H3A 2G4
Téléphone : 514 484-4998

Dépôt légal : 3e trimestre 2014
Bibliothèque nationale du Québec
Bibliothèque nationale du Canada

www.editionsdruide.com

Imprimé au Canada

Sylvie Ouellette

SHOWTIME

Roman

Druide

À Georges,
Le premier — et longtemps le seul — à
avoir entendu parler de cette histoire…

1

Here in my car
I feel safest of all
I can lock all my doors
It's the only way to live

Cars, Gary Numan. N° 11 du palmarès Billboard 1980

La voiture s'arrêta dans un crissement de pneus le long du trottoir, rue Peel. Richard passa au neutre, donna deux coups d'accélérateur pour faire vrombir le bolide, puis, satisfait, se cala confortablement dans son siège. Même à régime réduit, les vibrations du moteur se répercutaient dans le plancher. Richard sourit avec un contentement évident et s'alluma une cigarette.

Au même instant, la porte du chic hôtel Windsor s'ouvrit pour laisser sortir deux dames dans la cinquantaine, élégamment vêtues. Elles firent une brève pause devant le véhicule dont les pneus fumaient légèrement. L'air hautain et un soupçon désapprobateur, elles jaugèrent d'un œil critique la rutilante bombe d'un rouge métallique vif, puis se consultèrent d'un regard entendu avant de continuer leur route.

Toujours immobile derrière le volant, Richard Masson rigola tout bas en les observant dans son rétroviseur tandis qu'elles s'éloignaient. *Le genre parvenu, ça me va à merveille*, pensa-t-il en ajustant ensuite le miroir pour se regarder et surtout admirer ses nouvelles Ray-Ban.

Une minute plus tard, un autre homme arborant des lunettes quasi identiques sortit de l'édifice de la Banque de Commerce, un grand sourire aux lèvres, et fit un signe de tête complice à Richard tout en se dirigeant vers la voiture avec un empressement presque enfantin. André Rochon, ami de longue date de Masson, s'empressa d'ouvrir la portière côté passager.

— Wô... Toute une bagnole que t'as là, mon jack! souffla-t-il avec admiration en se penchant pour contempler l'intérieur du véhicule.

Puis il se coula plus qu'il ne monta à bord, prenant place avec aisance dans le siège de cuir, et referma la portière d'un geste souple.

Le coude gauche nonchalamment posé sur le châssis de la fenêtre, Richard étendit le bras pour laisser tomber la cendre de sa cigarette dans la rue, puis rendit son sourire à son copain en l'observant par-dessus ses lunettes. André retira aussitôt les siennes et les glissa dans la poche de son veston en examinant rapidement l'habitacle. Son meilleur ami venait de s'offrir un beau cadeau, en effet.

Les deux hommes se regardèrent et éclatèrent de rire à l'unisson. Quelques passants sur le trottoir ne purent s'empêcher de se retourner pour les fixer avec curiosité, certains s'attardant aussi bien sur la voiture que sur ses occupants.

L'un à côté de l'autre, le contraste de leur apparence était frappant et plusieurs de leurs connaissances les avaient surnommés « Hall and Oates », du fait de leur ressemblance avec ces chanteurs populaires qui se hissaient régulièrement en tête du palmarès. Grand et blond, Richard passait des heures à soigner sa chevelure à l'aide d'un formidable arsenal de brosses, séchoirs et produits coiffants de toutes sortes. Foncé, frisé et moustachu, André avait une crinière constamment en bataille, dont il ne semblait pas se soucier autrement que pour la laver. Plus petit d'une tête que son copain, il ne s'était cependant jamais formalisé de sa taille ; son empressement à charmer la gent féminine compensait largement.

— Ouais, continua-t-il en caressant le tableau de bord du bout des doigts. Méchante machine... C'est quoi déjà ? Une Mazda ?

— Mazda RX-7 1979, précisa Richard avec fierté tout en jouant avec le levier de la vitesses. Ça vient juste de sortir. Cinq rapports, bien sûr, moteur rotatif 130 chevaux...

André laissa passer un sifflement admiratif en dirigeant son regard vers le plafond.

— Le *sun roof* en plus..., poursuivit-il alors que Richard donnait un autre long coup d'accélérateur. Mais c'est quoi l'idée de changer de char ? La Corvette faisait plus ton bonheur ? J'ai l'impression que ça doit tirer moins...

En guise de réponse, Richard se contenta de sourire. À vingt-huit ans, issu de famille modeste, il était de ceux que la vie choyait sans relâche : vice-président dans la plus importante firme publicitaire du Québec, sinon du Canada, il menait depuis quelques années ce que les gens appelaient — que ce soit avec envie ou condescendance — « la grosse vie ». Le salaire faramineux, auquel s'ajoutaient des commissions et des primes, que ses employeurs lui versaient était la plupart du temps vite dépensé. Entre les voyages d'affaires, les multiples réceptions mondaines, les voitures, les femmes et l'appartement à La Cité, il faisait beaucoup de jaloux, même parmi ceux avec qui il se montrait généreux, ne regardant jamais à la dépense. Et toute cette veine ne semblait pas vouloir se tarir de sitôt.

— Allez, raconte ! insista André.

André Rochon avait le même âge, la même dégaine et presque autant de chance que son copain, mais il avait depuis longtemps choisi une autre voie : le droit. Avocat spécialisé en affaires commerciales, il était lui aussi un des meilleurs dans son domaine. Les deux hommes s'étaient rencontrés quelque vingt ans plus tôt sur les bancs de la petite école, s'étaient rapidement découvert des affinités et ne s'étaient plus quittés depuis. Complices en tout, ils s'étaient inventé des codes secrets durant leur enfance, puis ils n'avaient jamais hésité à avoir recours à de pieux mensonges pour se sortir mutuellement du pétrin à l'adolescence. Ces dernières années, ils formaient un duo infernal dans les discothèques qu'ils écumaient. Ils avaient tous deux le *look*, l'argent et surtout le charisme qui leur permettaient de tomber à peu près n'importe quelle fille.

D'une chiquenaude, Richard envoya sa cigarette à demi fumée dans la rue, puis embraya tout en souplesse pour se rendre sagement au feu rouge. Une fois arrêté, il regarda son copain et répondit enfin à sa question en lui adressant un clin d'œil :

— Comme tu sais, je reviens de New York…

Le visage d'André s'éclaira.

— Oui ! New York ! T'as eu le contrat, maudit mardeux !

— Exact ! *Babe,* de Fabergé… Promotion internationale. Mais c'est pas de la chance, penses-tu. J'ai travaillé pour, et tu le sais ! Tu vas voir, d'ici six mois, toutes les femmes vont en avoir un flacon dans leur pharmacie !

— J'espère que ça pue pas trop… Tu sais, moi, les parfums…

— Non, c'est assez léger. Ça tombe pas trop sur le cœur. Et tu devrais voir la pitoune qu'on a choisie pour la promo. Margaux Hemingway, la petite-fille de l'écrivain…

— Bof, dit André en haussant les épaules. C'est des affaires de filles ; je connais rien là-dedans.

Laissant glisser sa main le long du dossier du siège de Richard, il poursuivit :

— De toute façon, la seule odeur qui m'excite, y a pas encore personne qui a réussi à l'embouteiller : l'intérieur d'un char neuf !

Richard éclata de rire et respira à pleins poumons.

— C'est vrai qu'il y a rien pour battre ça ! Ça sent bon, et dans ma nouvelle bombe, ça sent riche !

— Et puis ? demanda alors André pendant que Richard passait en première.

— Et puis quoi ?

— Je veux bien croire que ça va mettre plus de *cash* dans tes poches, ce contrat-là, mais c'est pas une raison pour changer pour une voiture étrangère... T'aurais pu simplement t'acheter une autre Corvette, non ? Au pire, une Trans Am...

— Lâche-moi avec la Corvette ! répondit Richard avec autorité. Fie-toi sur moi : d'ici trois ou quatre ans, on en entendra plus parler, des Corvette ! Les autos japonaises vont leur damer le pion assez vite, tu vas voir !

— Ouais, c'est vrai, t'as toujours été expert pour deviner les modes quatre ans avant qu'elles arrivent...

— C'est pour ça que je suis dans la pub !

— Et que tu fais une petite fortune grâce à elle ! précisa André. Pis, cette belle petite chose, ça a du cœur au ventre ?

— Attends, je vais prendre l'autoroute ; on pourra la rincer un peu...

André hocha la tête et continua d'examiner l'intérieur de la voiture.

— Ouin..., fit-il encore en constatant l'absence de banquette arrière. En plein ce qu'il faut pour scorer avec les poules... Pas grand place pour d'autres passagers, une belle excuse pour refuser les copines collantes qui te quêtent un *lift*...

Il tendit le bras pour palper une masse de fourrure coincée à l'arrière de l'habitacle.

— C'est quoi cette patente poilue que t'as ramassée là ? demanda-t-il en riant. Du chat mort de peur ?

— C'est une pelisse, expliqua Richard en zigzaguant adroitement sur le boulevard Dorchester. C'est pour ma mère. Ça fait longtemps qu'elle en veut une.

— Une pelisse ? C'est un mot snob pour dire manteau, ça ?

— Ouais, si on veut. Plutôt comme un genre de trench avec une partie en fourrure détachable que tu mets par-dessus, ou même par en dedans si tu veux que ce soit plus chaud.

André s'attarda en laissant ses doigts caresser les poils luisants.

— Ta mère peut porter ça ? Je veux dire... ça a l'air assez long, comme manteau ; et avec sa chaise roulante...

— Tu connais ma mère. Y a rien qu'elle peut pas faire quand elle l'a dans sa tête de cochon.

— C'est vrai. J'ai jamais réussi à comprendre comment elle arrivait à faire son épicerie... et même son ménage ! Pis tu te rappelles ces fois où elle nous a amenés au parc Belmont quand on était jeunes ? Tout le monde nous regardait et elle s'en fichait royalement !

— Dans ce temps-là, les gens en chaise roulante, on les voyait pas souvent... Moi, je me souviens pas de ma mère autrement : j'étais trop petit quand elle a eu son accident. Elle en a eu du courage pour m'élever toute seule malgré son handicap et la mort de mon père. Une pelisse en « chat mort de peur », comme tu l'appelles, c'est pas grand-chose en comparaison.

— Pfft, siffla André, tu dis ça chaque fois que tu lui fais un cadeau...

Le reste de sa phrase fut perdue dans le bruit assourdissant du moteur lancé à fond.

— Gages-tu qu'on peut être à Dorval en moins de cinq minutes ? cria Richard en riant.

André écarquilla les yeux.

— T'es sauté ! Ça fait au moins dix milles !

— Ferme ta vitre et fais-moi confiance !

En ce vendredi après-midi, le début du long congé de la fête du Travail, la circulation devenait déjà plus dense. Mais la Mazda ne se laissait pas ralentir, filant à vive allure, rutilante et bruyante.

— C't'au boutte ! s'exclama André en riant comme un enfant. Et puis, New York ? À part la job, tu t'es bien amusé ? C'est dommage que j'aie pas pu y aller avec toi. On avait eu tout un *time* la dernière fois...

— C'était encore mieux que la dernière fois ! déclara Richard avec son éternel sourire.

— T'as pu rentrer au Studio 54 ?

— Aucun problème, mais c'est pas comme avant. Depuis que le boss s'est fait prendre pour évasion fiscale, il est dans la mire du gouvernement et ça paraît. On s'attend tout le temps à voir débarquer la police.

— Mais y avait quand même des vedettes ? De la poule en masse ?

— Ouais, Grace Jones, comme d'habitude. Brooke Shields aussi est venue faire un tour...

— Wow ! Brooke Shields ! Elle a même pas dix-huit ans, mais elle est déjà roulée comme une déesse !

— Peut-être, répondit Richard en épiant son copain du coin de l'œil pour voir sa réaction. Mais elle est pas aussi bien roulée que la fille que j'ai baisée...

André resta sans voix quelques secondes avant de demander :

— T'as ramené une fille à ton hôtel ou tu l'as baisée sur place ?

Richard s'asséna une grande claque sur la cuisse, satisfait de l'effet qu'il venait de produire sur son ami.

— Sur place, qu'est-ce que tu penses ! On avait pas de temps à perdre !

— Sur le balcon en haut ?

— T'as tout compris.

André se cala dans son siège, les yeux ronds.

— Je savais que ça se faisait, dit-il en se croisant les bras, mais j'aurais jamais cru qu'un jour je connaîtrais quelqu'un qui l'avait fait... Crisse de chanceux !

Cette fois-ci, Richard dut retenir son rire, ne voulant pas retourner le fer dans la plaie.

— La prochaine fois, arrange-toi pour te libérer. T'as manqué le party de ta vie. Elle était tellement *hot* que je suis sûr qu'elle aurait pu t'accommoder aussi !

À ces mots, André se renfrogna davantage.

— Crisse de chanceux, répéta-t-il seulement.

— Toi, es-tu sorti un peu, au moins ?

— Ouais, soupira André en faisant la moue. Au Limelight presque tous les soirs…

— Du beau monde ?

— De la peau en masse. Des vedettes… Comme toujours…

— Comme qui ?

— Bof, toujours les mêmes, Coco Douglas, Patsy Gallant… Rien de comparable au Studio 54… Pis personne qui baise sur le balcon en haut…

Richard secoua la tête en réprimant un autre sourire. Déjà, enfant, André était du genre qui n'aimait pas avoir manqué quelque chose, ne pas être invité à une fête d'anniversaire si « tout le monde » y était, ou simplement constater que quelqu'un, quelque part, avait pu s'amuser sans lui. Encore aujourd'hui, il pouvait très souvent se montrer boudeur et envieux, comme un gamin de six ans jaloux des jouets de son frère et qui estime avoir été lésé. Mais, tout comme celles d'un petit enfant, ses sautes d'humeur étaient aussi bénignes que passagères et, par-dessus tout, Richard savait qu'André n'était heureusement pas rancunier.

— Tu vas te reprendre, mon jack, t'inquiète pas ! lança-t-il pour le réconforter. Je pense bien avoir à y retourner deux ou trois fois d'ici aux Fêtes. Tu me connais, je dis jamais non quand vient le temps d'aller quelque part. Arrange-toi juste pour être disponible la prochaine fois !

Un instant plus tard, ils s'arrêtaient devant l'aérogare. Richard stoppa le chronomètre numérique intégré à sa Seiko.

— Six minutes dix-huit secondes. Torrieux ! Si ç'avait pas été de la grosse Pacer qui m'a ralenti près de l'échangeur…

Il regarda André qui boudait encore et s'employa à le remettre de bonne humeur.

— Reviens-en ! l'encouragea-t-il. C'est comme la Mini Loto : un jour, ce sera ton tour !

Voyant qu'André restait buté, il lui fit signe d'ouvrir le coffre à gants.

— Tiens, fouille là-dedans. Je t'ai rapporté un petit cadeau..., dit-il en s'engageant sur le chemin de retour.

André s'exécuta presque à contrecœur et extirpa deux minces boîtes carrées qui contenaient chacune une bobine de film. Il lut rapidement les étiquettes et son visage s'illumina aussitôt.

— Du triple X ! Où est-ce que t'as pris ça ?

— À New York, qu'est-ce que tu penses ? répondit Richard, visiblement heureux du soudain changement d'attitude de son copain. C'est du *hard core*, tu verrais jamais ça ici, même dans les cinémas clandestins... Faut juste que je me souvienne où j'ai mis mon projecteur, puis on va se faire des vues dans le confort de mon salon...

— J'comprends ! acquiesça André. Je commence à en avoir assez des planchers collants du cinéma Papineau... Et puis, au moins, on pourra inviter des filles !

— Ouais ! Tu te rappelles la fois où on en avait amené au Bijou ? C'était qui, déjà ? Huguette, me semble...

— Claudette, corrigea André. L'autre, par contre, j'ai complètement oublié son nom... Mais elles arrêtaient pas de rire pendant le film et elles voulaient même pas baisser leurs culottes dans la salle...

— Avec tous les bonshommes en trench qui passaient leur temps à se retourner pour les reluquer, on peut pas les blâmer...

— Non, mais baiser pendant un film de cul, ça doit être cool au boutte...

Continuant de se remémorer leurs plus beaux souvenirs lubriques, ils refirent tout aussi rapidement le chemin en sens inverse. Sa vitesse bien au-dessus des limites permises, Richard effectuait son slalom avec toujours la même expertise.

— Hum..., fit André avec un hochement de tête approbateur alors qu'ils s'engageaient dans le tunnel Ville-Marie, bonne tenue de route, radiocassette stéréo... air climatisé... Je capote !

Richard ne répondit pas, heureux de voir que la mauvaise humeur d'André s'était dissipée et qu'il était désormais plus impressionné que jaloux du nouveau jouet de son meilleur ami, même si lui roulait dans une Mustang semblable à tellement d'autres.

Une fois au centre-ville, Richard prit vers le nord, rue Jeanne-Mance, pour finir par entrer dans le garage de son immeuble, La Cité. En quittant la voiture, les deux hommes ne manquèrent pas de la frotter au passage avec leurs avant-bras, au risque de salir leurs vestons foncés, tentant vainement d'enlever le peu de poussière qui s'était déposée pendant leur randonnée.

— Tu me diras quand tu voudras la laver, annonça André. Je vais me faire un honneur de te la bichonner.

— Seulement si t'es sage, répondit Richard tandis que l'ascenseur se mettait à monter, les menant presque au sommet de la tour. C'est sûr, je te fais confiance pour ces affaires-là. Tu fais jamais les choses à moitié.

Une fois dans l'appartement, André se dirigea tout de suite vers la grande fenêtre. C'était comme un réflexe, chaque fois qu'il entrait dans un bâtiment en hauteur. Au dix-huitième étage, la ville s'étendait devant lui. Il n'y avait rien pour obstruer sa vue, sauf peut-être l'édifice identique de l'autre côté de l'avenue du Parc, qui faisait partie du même complexe haut de gamme.

— Faudrait que je déménage ici, se murmura-t-il à lui-même. J'aurais probablement encore plus de chance de ramasser des filles.

Richard éclata de rire.

— Tu trouves pas que t'en as assez comme ça ? demanda-t-il en ouvrant un tiroir qu'il venait de déverrouiller pour en sortir une petite boîte en métal.

— J'en ai jamais assez, répondit André en haussant les épaules.

Il retira son veston et son gilet, défit sa cravate, lança le tout sur le dos d'un fauteuil, puis il alla s'asseoir dans le grand canapé modulaire. Richard le rejoignit et déballa rapidement sa panoplie habituelle, qui comprenait une quantité impressionnante de coke, un miroir, une lame de rasoir et quelques pailles fines.

— Habitat 67, c'est quand même pas un quartier miteux, fit-il en préparant deux longues lignes de poudre.

— C'est sûr, mais y a rien d'autre alentour. Ça fait peur aux filles, on dirait. Faut dire que les taxis sont rares, et je suis toujours obligé de me rhabiller pour aller les reconduire, sinon elles veulent rester toute la nuit...

— Parlant de nuit, l'interrompit Richard, faut absolument qu'on mette le max ce soir. Sans compter que c'est une fin de semaine de trois jours ! Faut fêter mon nouveau contrat ! Deux fois plutôt qu'une !

— Comme si on avait besoin d'une raison pour fêter ! s'exclama André avant de renifler sa ligne d'un seul trait.

: :

Le lendemain, en début de soirée, ce fut un Richard nettement plus sage qui se pencha pour embrasser sa mère.

— T'as l'air de bonne humeur, fit cette dernière avec un grand sourire. C'est parce que c'est samedi ou il se passe quelque chose de spécial ?

Richard leva les yeux au ciel en faisant une moue comique.

— Seigneur ! Elle lit dans mes pensées maintenant !...

— J'ai toujours lu dans tes pensées, corrigea Laurette. Depuis que tu es tout petit, t'as jamais rien pu me cacher.

— Ça, maman, c'est ce que tu penses... Laisse-moi te dire qu'il y a beaucoup de choses que tu sais pas à mon sujet.

— Tu te trompes, répliqua-t-elle d'un ton faussement réprobateur. C'est plutôt des choses que je devine, mais que j'aimerais mieux pas savoir. Comme tes histoires de filles... J'ai vu neiger avant aujourd'hui, tu sais. Alors, tu vas me le dire, ce qui se passe?

En guise de réponse, Richard agrippa les poignées du fauteuil roulant pour le pousser vers le vestibule de la petite maison.

— Où est-ce que tu m'amènes comme ça? protesta Laurette en se tortillant en vain. Tu sais bien que j'ai besoin de personne pour me pousser! Je suis parfaitement capable toute seule!

Richard n'arrêta pas pour autant, trop habitué à l'entendre ressortir cet argument chaque fois que quelqu'un s'avisait de l'assister de cette façon. Depuis toujours, Laurette se révélait farouchement indépendante et n'acceptait que rarement de l'aide. Quand il s'agissait de son unique fils, par contre, elle ne rouspétait que pour la forme.

— Il faut que tu fermes les yeux, expliqua ce dernier. J'ai une surprise à te montrer et je voudrais pas que tu fonces dedans par erreur...

Laurette Dubé-Masson — elle insistait constamment pour utiliser à la fois son nom de fille et son nom de femme mariée — faisait corps avec son fauteuil. Confinée ainsi depuis plus de vingt-cinq ans, elle ne se souvenait que vaguement de cette période de sa vie où elle avait encore l'usage de ses jambes. Marcher, courir, danser... rien de cela ne lui manquait vraiment. Elle avait réussi, avec le temps, à trouver d'autres choses pour compenser. De petite taille mais de tempérament nerveux, elle possédait une fougue peu commune et était l'antithèse de la femme faible et sans défense que plusieurs auraient pu imaginer en la rencontrant pour la première fois.

Se réveillant après un terrible accident de voiture, elle avait appris que non seulement son mari était mort, mais que ses jambes resteraient paralysées. Les deux semaines qui avaient suivi s'étaient déroulées un peu comme un rêve, sous l'effet du choc, perdues dans une brume qui l'empêchait de penser logiquement, sans comprendre ce qu'on essayait de lui communiquer à mots couverts.

Puis, quelqu'un avait osé le dire tout haut : elle serait à peine capable de s'occuper d'elle-même, il lui faudrait donc placer son fils dans un pensionnat ou un orphelinat. Ces paroles avaient été suffisantes pour réveiller en elle un instinct qu'elle ne soupçonnait même pas. En effet, depuis le jour où elle était devenue mère, elle désespérait de ne pas avoir la fibre, le feu sacré, ce fameux instinct maternel. Organisée et méthodique, elle n'était pas du genre à cajoler, à catiner, contrairement à bien d'autres femmes auxquelles elle se comparait. Mais au moment où l'on avait tenté de la convaincre de se détacher de son enfant, tout avait brusquement changé, et la tigresse s'était éveillée. Une fois rentrée à la maison, elle avait pris son petit Richard dans ses bras et lui avait juré que jamais rien ni personne ne les séparerait.

Elle avait vingt-cinq ans, Richard n'en avait que deux. Il n'était pas question de laisser quiconque gâcher leurs vies. Et l'infirmité que tous voyaient était devenue pour Laurette un défi : vivre normalement et élever seule son fils, malgré la paralysie et tous les obstacles qui surgiraient. Malgré tout ce que les gens pouvaient en dire.

Une seule personne avait cru en elle : son père, Joseph Dubé. Fort heureusement, car autrement elle aurait pu penser que la ville entière venait de se liguer pour contrecarrer ses plans ; les âmes charitables et bien pensantes ne se gênaient pas pour lui rappeler combien ce serait dur, sinon impossible, pour une infirme de s'occuper de sa maison, de son enfant… Mais Joseph Dubé s'était montré aussi déterminé que Laurette. Également veuf depuis peu, à l'aube de la retraite, il avait vendu sa quincaillerie de la rue Bélanger à prix d'or et décidé de se consacrer à sa fille et à son petit-fils. À commencer par des rénovations majeures dans le petit bungalow de la rue Boyer : il fallait que tout soit à la portée de sa fille dans la cuisine, la salle de bain, les armoires et les penderies. Joseph avait beaucoup fait lui-même ou engagé des ouvriers occasionnellement, le tout sous la direction et l'œil vigilant de Laurette, qui leur indiquait très exactement ce qu'elle voulait, ce dont elle avait besoin.

Les cadres de porte avaient été agrandis pour lui permettre de circuler plus facilement, les fenêtres, changées pour s'ouvrir sans trop d'effort. Dès son plus jeune âge, Richard avait eu devant les yeux l'exemple parfait de la détermination, du dévouement, et avait pu constater tout ce à quoi sa mère et son grand-père étaient prêts pour lui offrir une enfance des plus normales.

De son côté, Laurette avait rapidement su s'adapter dans ce monde qu'on aurait pu croire hostile, n'hésitant jamais à arpenter les rues de son quartier toute seule, parfaitement capable de se rendre chez le coiffeur ou à l'épicerie, choisissant de fréquenter les commerces dont l'entrée était au même niveau que le trottoir pour éviter d'avoir à demander l'aide des passants. Et c'était bien sûr l'excuse idéale pour refuser d'aller à l'église — avec ses quatorze marches —, surtout depuis que le curé Rolland lui avait dit sans mettre de gants blancs ce qu'il pensait de son entêtement, de sa témérité et, péché suprême, de son orgueil.

Tournant le dos à la religion, qu'elle considérait comme bâtie sur la condescendance et l'absence de véritable empathie, elle avait plutôt choisi de laisser ses actes parler d'eux-mêmes. En se rendant utile auprès des voisins, en s'offrant pour rendre service à tout un chacun dans la mesure de ses moyens, et toujours en prenant bien soin de garder contact avec les amis qu'elle se faisait ainsi, elle avait pu se créer un réseau solide et savait sur qui elle pouvait compter lorsqu'elle n'avait pas d'autre choix.

Dès le début, elle avait refusé de demander quoi que ce soit à son fils, qu'elle ne voulait pas réduire à l'état de serviteur. Elle n'avait besoin de personne pour l'aider à préparer les repas, à faire la lessive et les courses. Petit à petit, même ceux qui avaient été les premiers à lui suggérer de se séparer de son enfant avaient dû reconnaître que la détermination peu commune de Laurette Dubé-Masson pourrait venir à bout de toutes les embûches.

Et Laurette sut qu'elle avait gagné son pari quatre ans plus tard, le jour où elle accompagna, seule, Richard qui faisait son entrée à la maternelle de l'école Saint-Arsène. Avec toute l'innocence de l'enfance, Richard n'avait jamais songé au fait que sa mère était différente. Dans la grande cour, les autres enfants s'étaient montrés intéressés par le fauteuil roulant, mais plus par curiosité que par malice. Rapidement, ils s'étaient habitués à voir cette femme se pointer matin, midi et soir, au coin de la ruelle. Pour le reste, il avait toujours semblé à Richard que leur vie familiale était en tous points semblable à celle de ses petits copains.

Comme bien des mères à l'époque, Laurette se rendait chez le coiffeur tous les jeudis. Coquette, elle passait beaucoup de temps à arpenter la Plaza St-Hubert pour y magasiner robes et tailleurs d'un goût impeccable, ainsi que des chaussures qu'elle ajoutait à son impressionnante collection, même si elle n'avait pas posé le pied par terre depuis 1953.

Il y avait bien eu quelques accrocs au fil des ans — la mort de Joseph, entre autres choses, survenue quand Richard avait quatorze ans —, mais Laurette avait su transmettre à son fils sa force de caractère et lui montrer que, même sans ses jambes, une personne n'en méritait pas moins de vivre comme tout le monde. S'épaulant l'un l'autre, mère et fils sentaient que rien ne leur était impossible.

Au fur et à mesure que Richard grandissait et devenait indépendant, Laurette s'était dévouée encore plus pour ceux qui, selon elle, pouvaient profiter de son aide. Entre les menus travaux de couture, de tricot, la garde d'enfants ou cette oreille attentive qu'elle offrait à ceux qui en avaient besoin, elle en était venue à faire figure d'héroïne dans son quartier.

Et maintenant, vingt-six ans plus tard, c'était avec cette femme remarquable que Richard voulait partager sa joie et sa fierté.

Il bloqua la porte pour qu'elle reste ouverte et poussa sa mère vers l'extérieur de la maison.

— Tu fermes bien tes yeux, hein, maman ? Tu les rouvres pas tant que je te le dirai pas…

— Ben non, ben non, répondit Laurette en couvrant son visage avec ses mains pour prouver sa sincérité.

Richard retint son souffle en la faisant doucement rouler. Il était sorti de cette maison des milliers de fois, mais jamais il ne s'était senti comme cet après-midi, ses pieds touchant à peine le béton de l'allée centrale.

Le minuscule bungalow était construit en retrait de la rue et possédait un large parterre à l'avant à défaut d'une cour arrière. Le logis était modeste : un seul étage, deux chambres. Tout juste assez vaste pour deux personnes et le fauteuil qui faisait partie de leur vie. Ces dernières années, Richard avait souvent offert à sa mère de lui payer quelque chose de plus somptueux, à la rigueur un appartement comme le sien dans un bel édifice avec un ascenseur, mais Laurette avait toujours refusé.

— Si tu peux te permettre du luxe, tu fais bien d'en profiter, disait-elle chaque fois. Moi, ça changerait rien à ma vie. Et puis, j'ai tout ce qu'il me faut autour. Je veux pas laisser mon coin…

En fait, Richard savait que tout le monde dans le quartier veillait sur Laurette, chacun à sa façon. Elle recevait des visiteurs presque tous les jours, des voisins lui apportaient des tartes aux pommes, des biscuits. La seule aide qu'elle acceptait était celle des gamins du voisinage qui se battaient presque avoir la chance de tondre son gazon, tailler sa haie ou enlever la neige de son entrée. Surtout que Laurette se faisait un point d'honneur de les récompenser généreusement, prétextant qu'elle en serait bien capable elle-même, mais qu'elle n'aimait pas les travaux extérieurs.

— Tu peux ouvrir les yeux, dit Richard en arrêtant le fauteuil roulant au bord du trottoir.

— Wow ! C'est une belle auto…

— C'est plus qu'une belle auto, maman. C'est un symbole, quelque chose qui annonce à tout le monde : « Richard Masson, c'est pas un trou de cul. »

— Fais attention, mon gars, répliqua doucement sa mère. Faudrait pas que tu deviennes un autre de ces petits frais chiés… C'est pas comme ça que je t'ai élevé…

— Inquiète-toi pas, je connais ma place ! Mais, tu sais, j'ai travaillé fort pour arriver où j'en suis. Et puis, la fausse modestie, ç'a jamais été mon *bag*…

— Tu mérites bien de te gâter un peu, acquiesça Laurette en agrippant les roues de son fauteuil pour avancer un peu plus vers le véhicule. T'as jamais ménagé tes efforts…

Se tordant le cou d'un côté puis de l'autre, elle essaya tant bien que mal de voir à l'intérieur à travers les vitres teintées. Un instant plus tard, elle eut un mouvement de recul quand Richard la tira brusquement vers l'arrière. Puis, il ouvrit la portière et la souleva sans peine pour la placer sur le siège du passager.

— Viens, on va aller faire un tour ! dit-il d'un ton enjoué.

Laurette se débattit mollement.

— Y approche six heures, fit-elle sans conviction. Ça va être noir bientôt…

— On ira pas loin, on sera de retour dans une petite heure, maman.

— Tu rouleras pas trop vite, hein ?

— Ben non, tu sais bien… Pas de panique…

Richard rapporta rapidement le fauteuil roulant dans la maison, prit soin de verrouiller la porte et revint presque en courant vers la voiture.

— Et c'est quoi ça, en arrière ? demanda-t-elle avec un mélange d'anticipation et d'inquiétude alors qu'il s'installait derrière le volant. C'est à qui ?

— Voyons, maman, répondit Richard avec un sourire en coin. C'est ta pelisse, tu sais bien... Dis-moi pas que tu l'avais pas reconnue ?

Il tendit le bras et récupéra doucement le manteau pour le déposer sur les genoux de sa mère.

— C'est le 1er septembre, aujourd'hui, déclara-t-il en feignant de la gronder. Il va bientôt faire froid, tu ferais mieux de te couvrir...

Laurette prit la pelisse d'une main tremblante et enfouit ses doigts dans la fourrure en la frottant contre son visage.

— Tu me gâtes trop, protesta-t-elle d'une voix enrouée. Mais merci !

Richard se pencha vers elle et posa un autre baiser sur sa joue.

— C'est la moindre des choses... Ça me fait plaisir de voir que ça te fait plaisir, tu le sais.

Laurette se reprit et afficha ce masque revêche qu'elle revêtait souvent pour dissimuler son émoi.

— Et puis ? ronchonna-t-elle. On y va ou on y va pas ? J'ai pas rien que ça à faire ni toi non plus, j'imagine...

Richard sourit en embrayant lentement. Il savait que sa mère, contrairement à son copain André, n'apprécierait pas une longue randonnée avec un moteur poussé à fond. Même après vingt-cinq ans, le souvenir de l'accident qui avait coûté la vie à son mari en plus de la laisser paralysée la hantait encore.

Il choisit donc d'emprunter les grandes artères, se laissant ralentir par la circulation plus dense de ce début de soirée. Rue Saint-Denis, tout le monde se retournait en entendant le bruit du bolide qui approchait. Assise du côté passager, le dos droit et le menton relevé, Laurette était toute rose de fierté. Bien qu'elle ait fini par s'y habituer, elle n'aimait pas qu'on la dévisage lorsqu'elle roulait dans son fauteuil. Mais comme passagère dans la belle voiture neuve de son garçon chéri, sentant l'admiration — et aucune trace de pitié — dans les regards dirigés vers eux, elle était aux anges.

C'était la même chose chaque fois que Richard s'était procuré un nouveau véhicule. Tout comme pendant les « tours de machine » avec Joseph à l'époque, Laurette adorait se balader ainsi. Son fils avait pris la relève quelques années plus tard : depuis qu'il avait commencé à travailler, il avait eu d'abord une Camaro d'occasion, puis une Dodge Demon, une Ford Mustang et, plus récemment, une série de Corvette. Chaque fois, sa mère avait été la première femme à y prendre place pour une balade en tous points semblable à celle-ci.

Il prit vers l'ouest la l'avenue des Pins et accéléra à fond pour monter la pente. En même temps, il appuya sur le bouton pour faire descendre les deux vitres.

— Wow ! s'exclama Laurette, sincèrement impressionnée. Des vitres électriques !

— Attends, c'est pas tout.

Il étira le bras et monta le volume de la radio. Dans l'habitacle, tout semblait vibrer ; la musique couvrait même le son du moteur. Laurette hochait la tête au rythme de la chanson.

Puis, Richard descendit la côte Atwater pour ensuite rouler rue Sainte-Catherine, pare-chocs contre pare-chocs, les vitres baissées et la radio toujours poussée au maximum. En cette chaude soirée, il y avait foule et les trottoirs étaient bondés. Déjà les enseignes au néon s'allumaient et la rue Sainte-Catherine était baignée de lueurs colorées.

— Tu sors pas ce soir ? demanda Laurette.

— Plus tard, répondit Richard en s'allumant une cigarette. André vient me rejoindre vers dix heures au Limelight.

— C'est pas loin d'ici, ça, je pense ?

Richard pointa vaguement le doigt vers la droite.

— C'est par là, sur Stanley… je te montrerai tantôt. Prochaine rue, de ton côté, y a le 1234… On y va des fois, mais c'est plus rare. C'est pas le même monde, on connaît moins les *waiters*…

— Tu vas me ramener chez nous et redescendre plus tard ? Me semble que c'est une perte de temps...

Richard baissa enfin le volume de la radio et regarda sa mère d'un air narquois.

— Essaie pas de faire semblant que t'aimes pas ça, te faire promener les fesses...

Laurette se contenta de fixer devant elle tout en relevant le menton avec fierté.

— C'est vrai... et je sais que t'aimes ça te promener, encore plus que moi. Même quand tu étais tout petit, tu tenais jamais en place... Fallait toujours que je te fasse voir des rues différentes, des quartiers qu'on connaissait pas, un nouveau parc pour aller jouer. Y a pas un endroit à Montréal où je t'ai pas amené... Ça te faisait tellement plaisir. J'ai jamais compris de qui tu tenais ça... À croire que tu changeras jamais !

2

Once I had a love and it was divine
Soon found out I was losing my mind
It seemed like the real thing but I was so blind
Mucho mistrust, love's gone behind

Heart of Glass, Blondie. Nº 18 du palmarès Billboard 1979

— Bonsoir, Richard, lui susurra une voix à l'oreille.

Il se sentit fondre. Malgré la musique qui jouait à plein volume dans la salle à côté, les mots lui parvinrent distinctement et eurent sur lui le même effet que jadis. À sa connaissance, une seule femme possédait une telle voix, si chaude et sensuelle qu'elle aurait pu faire bander un cadavre : Denise, son ancienne blonde.

Se tournant vers elle, il en oublia les filles avec qui il était entré dans la discothèque : Francine, Monique… quelque chose comme ça, des filles qu'il avait rencontrées une fois avant, un peu plus tôt durant l'été, et qu'il avait été ravi de revoir sur le trottoir comme il arrivait. Mais d'un seul coup, apercevant Denise qui se tenait devant lui, il perdit pratiquement tout intérêt.

Elle est toujours aussi belle… Encore plus, peut-être…, pensa-t-il en la regardant avec un sourire qui trahissait le fait que, avec tout juste deux mots, Denise venait de lui enlever tous ses moyens.

— T'es pas avec André ? demanda cette dernière. Dans le temps, vous sortiez jamais l'un sans l'autre…

Dans le vestibule du Limelight, les gens passaient autour d'eux pour se diriger vers la piste de danse alors que Richard, figé sur place, ne pouvait rien voir d'autre que la femme devant lui. Comme une petite fée, Denise était toute menue, même juchée sur ses talons hauts. Mais les apparences étaient trompeuses. Denise, femme décidée, savait ce qu'elle attendait de la vie et ne se gênait pas pour le demander. Sa robe rouge brique lui ceignait la taille de façon invitante, le tissu retombant légèrement sur ses hanches que Richard aimait autrefois décrire comme étant « faites à sa main », le frison de son corsage laissant deviner les seins probablement nus juste en dessous. Ses cheveux lisses étaient, comme toujours, parfaitement coiffés, relevés sur le devant à la mode du jour, tandis que son maquillage sculptait son visage à la perfection. Quant aux trois couleurs de fards sur ses paupières, ils lui faisaient le regard pénétrant, luisant. *Bedroom eyes*, comme Richard les qualifiait à l'époque.

— André ? balbutia Richard d'une voix sourde que la musique couvrit presque. Il… il est retenu au bureau. Il devrait arriver d'une minute à l'autre…

— Retenu au bureau ? À onze heures, un vendredi soir ? Tu pourrais trouver de meilleures menteries, me semble…

Pour une fois, c'était la vérité. Depuis deux semaines, André était confiné à son étude, aux prises avec un dossier important qui lui donnait du fil à retordre. Mais comment l'expliquer à Denise ? Tout le temps où ils avaient sorti ensemble, Richard lui avait servi tellement d'histoires à dormir debout, tellement d'excuses inventées sous le coup de la surprise, que désormais chaque mot sortant de sa bouche ne pouvait être pour elle qu'un mensonge.

Ils se regardèrent sans rien dire, laissant leurs yeux se parler. Les deux filles qui étaient entrées avec Richard s'étaient éclipsées sans un mot, comme si elles avaient craint d'instinct que la discussion ne devienne orageuse. Souvent plus perceptives que les hommes, qui se faisaient berner par son physique en apparence fragile, rares étaient les femmes qui osaient s'opposer à Denise.

— Et... et toi?... demanda Richard en sentait son gosier bizarrement sec. Me semble que ça fait longtemps qu'on t'a pas vue ici?...

— On fête un enterrement de vie de fille, expliqua-t-elle. Autrement, je serais pas venue. C'est une collègue du bureau qui se marie. On fait une tournée des discothèques.

Richard tenta de paraître aussi détaché que possible.

— Et... et toi?... répéta-t-il à défaut de trouver mieux à dire. Pas de mariage en vue?

— Moi, je continue d'embrasser des grenouilles en espérant trouver le prince charmant un de ces jours. C'est pas le choix de grenouilles qui manque!

Sa voix était aussi forte que celle de Richard était hésitante. Il fut le premier à détourner les yeux, comme un gamin pris en faute, sachant que Denise devinait ses pensées. Et, ce soir, elle pourrait voir qu'il l'aimait encore.

Ils s'étaient connus plusieurs années plus tôt; elle avait été sa première blonde. Même après que leurs chemins se furent séparés, vers la fin du secondaire, il ne l'avait pas oubliée. Ç'avait été tout aussi agréable que terrifiant de la retrouver, près de dix ans plus tard. À ce moment-là, ils n'étaient plus des adolescents timides et ignorants, mais deux adultes consentants et en pleine possession de leurs moyens, sachant exactement ce qu'ils attendaient de l'avenir. Et les projets de Denise étaient à l'opposé de ceux de Richard...

Ils avaient vécu quelques mois de bonheur intense, se coupant parfois du reste du monde des jours entiers durant lesquels ils faisaient l'amour pendant des heures. Au début, Denise l'avait aussi accompagné dans ses excès: les discothèques, les beuveries, les *trips* de coke et de Quaalude. Mais au bout d'un certain temps, elle en avait eu assez. À vingt-cinq ans, elle voulait se marier, avoir des enfants, une maison.

Du jour au lendemain, elle s'était mise à exiger des choses qui, pour Richard, paraissaient impensables et tout aussi déraisonnables : mariage, fidélité, vie rangée. En dépit de ce qu'elle avait l'air de croire, Richard n'était pas prêt. Un jour, peut-être, mais pas tout de suite. Elle s'était accrochée un certain temps, se résignant temporairement à ce qu'il fréquente d'autres femmes, acceptant même parfois des séances de sexe à trois, souhaitant sans doute que l'envie lui passe.

Mais Richard ne montrait aucun signe d'assagissement, bien au contraire. Son succès professionnel — additionné des encouragements d'André — lui offrait trop d'occasions de rencontrer des filles qui s'avéraient autrement disponibles et qui, surtout, ne faisaient que défiler dans son lit, sans rien espérer le lendemain.

Par la suite, leur relation avait été une longue série de ruptures et de rapprochements. Richard l'aimait, et il aimait tout autant baiser avec elle, mais il y avait encore trop de belles femmes — les déesses, comme il les appelait — qui n'attendaient qu'un signe de sa part. Il s'était évadé dans les plaisirs éphémères, pour peut-être éviter de s'avouer que, s'il y avait en ce monde une seule femme avec qui il aurait voulu passer le reste de sa vie, c'était Denise. Mais pas tout de suite. Il était trop occupé à s'amuser et, à son avis, elle n'avait d'autre choix que de l'accepter.

Ils avaient alors rompu pour de bon, Denise s'étant décidée à aller voir ailleurs. Richard connaissait sa force de caractère et avait compris que c'était fini. Il l'avait laissée partir, le cœur gros, quand même, mais trop épris de sa liberté pour la retenir.

Puis, les mois avaient passé. Au fil des jours, ses sentiments s'étaient dissipés. Soudain, au hasard d'une seule rencontre, les émotions remontaient à la surface, insoupçonnées et, du moins pour Richard, toujours aussi puissantes.

— Je t'ai vu en bas tantôt, dit finalement Denise en brisant le silence qui devenait lourd en dépit de la musique qui jouait à tue-tête du côté de la piste de danse. Tu t'es acheté une nouvelle voiture ?

— Oui, fit-il en sentant ses moyens lui revenir. J'ai obtenu un contrat important pour l'agence. Une promotion internationale... Ils m'ont donné un gros bonus...

— Je suppose que ta mère aurait voulu que tu le gardes pour une maison, au lieu d'acheter une auto ?

Son ton complice et sarcastique lui réchauffa le cœur. Denise était l'une des rares filles que Richard avait présentées à Laurette. Elles semblaient toutes deux sculptées de la même souche, adoraient Richard plus que tout, et il avait cru de prime abord qu'elles s'entendraient à merveille. La réalité avait cependant été tout autre : se toisant presque d'instinct comme des rivales, chaque femme n'avait pas manqué de critiquer chez l'autre les mêmes travers, les mêmes défauts, dénonçant à cor et à cri l'emprise qu'elles s'accusaient mutuellement d'avoir sur Richard. Au bout du compte, ce dernier avait dû se résigner : il valait mieux ne pas les inviter au même endroit, au même moment.

— Oui ! admit Richard en riant. Comme tu la connais... Elle me l'a pas dit, mais je sais que c'est ce qu'elle pense... Sauf qu'une maison, c'est beaucoup de responsabilités.

— Le ti-gars aime mieux s'acheter une belle grosse bébelle pas de troubles...

Même si sa voix trahissait une certaine amertume, cette constatation ne sonnait pas comme un reproche. Mais Richard se renfrogna, ne sachant que trop bien ce qu'elle pensait de lui. Il aurait voulu la prendre dans ses bras, lui expliquer que ce n'était que temporaire, qu'il voulait profiter de la vie, profiter de *sa* vie, s'amuser encore un peu, cinq ou dix ans peut-être... Si seulement elle était prête à l'attendre...

— C'était vraiment cool de te revoir, dit-elle en faisant un pas de côté. Je vais rejoindre mes amies. Tu devrais aller retrouver les tiennes… et amuse-toi bien !

Elle avait appuyé sur ces derniers mots, Richard le savait.

Il la regarda s'éloigner sans rien dire de plus, comme tant de fois auparavant. Et comme chaque fois, il se sentait déchiré. Puis, il tenta de se persuader que si elle n'avait toujours pas trouvé de chum *steady*, c'est qu'elle n'était pas prête à se caser, elle non plus, malgré ce qu'elle en disait. Il n'y avait rien de mal dans sa façon de vivre, finalement. C'était elle qui avait choisi d'aller voir ailleurs…

Le fil de ses pensées fut brutalement rompu par la vision d'une déesse qui lui adressa un clin d'œil éloquent. Du coup, sa rencontre avec Denise fut oubliée. Il suivit la fille des yeux et constata qu'elle rejoignait une copine au bar. La soirée s'annonçait chaude. *Showtime…*, pensa-t-il en se replongeant en mode séduction, bien déterminé à leur servir son plus beau numéro. Il alla se planter tout juste entre elles.

— Trois Singapore Sling ! cria-t-il au barman en regardant les filles à tour de rôle.

Sa belle assurance revenue fut accueillie par des regards admiratifs et pleins de sous-entendus. Richard ne se souvenait pas de les avoir vues au Lime avant, mais il ne détestait pas un peu de nouveauté. Tant pis si André tardait à arriver. Un *trip* à trois, ce soir, ce serait *too much…*

: :

Richard frappa le réveil d'un élan gauche mais efficace qui l'envoya valser à l'autre bout de la chambre. Le coup fut si violent que le fil se débrancha de la prise électrique et l'appareil heurta le mur. C'était dimanche matin, qu'est-ce qui lui avait pris de régler la sonnerie ? Il n'avait pas de raison de se lever !

Même une fois débranché, le réveil continuait apparemment à sonner avec insistance, par intermittence. Au bout de quelques secondes, encore à demi endormi, Richard s'aperçut que ce n'était pas son réveil qui faisait tant de vacarme, mais plutôt la sonnette de la porte d'entrée.

Il s'assit avec peine dans son lit. La lumière qui filtrait au travers des rideaux lui permit de conclure que la journée était déjà très avancée. Comme tous les dimanches matin, ce lendemain de veille était pénible. Ses souvenirs de la soirée précédente n'étaient nets que jusqu'à environ minuit, lorsque, réfugiés dans les toilettes, André et lui avaient rapidement enfilé quelques comprimés bleu pâle, suivis d'une bonne rasade de vodka jus d'orange. Par la suite, il se rappelait vaguement une fille avec qui il avait dansé jusqu'à la fermeture. Il se souvenait qu'elle avait une voiture, une vieille Ford, et qu'elle lui avait d'emblée proposé de le reconduire. Une fois à l'appartement, elle était montée, mais à partir de là, tout était flou. Aucune idée non plus de ce qu'il était advenu de son copain.

Pas possible... j'ai peut-être baisé une sirène et je m'en souviens même pas... Faudra que je demande à André de quoi elle avait l'air...

La cloche retentit encore, cette fois accompagnée de violents coups à sa porte. Quelqu'un de tenace voulait l'embêter. Se tirant du lit avec difficulté, il agrippa son pantalon de la veille et l'enfila sans hâte, se demandant qui ça pouvait bien être. À La Cité, les visiteurs ne pouvaient monter sans l'autorisation des locataires. Un portier plutôt zélé s'assurait qu'aucun étranger n'avait accès à l'immeuble. Il fallait donc que ce soit un de ses voisins. Mais Richard ne connaissait personne dans l'édifice. Il les croisait, les saluait, mais n'engageait que rarement la conversation.

Il jeta un rapide coup d'œil par le judas, et sa surprise fut complète : c'était la police.

Crisse, mon char! pensa-t-il en se dépêchant de déverrouiller la porte. La veille, il avait laissé sa voiture stationnée dans une rue — Crescent, Stanley, laquelle ? — avant d'entrer dans la discothèque. Il avait dû se passer quelque chose… et on venait lui annoncer la mauvaise nouvelle. Alors qu'il continuait de se débattre avec les serrures, les scénarios les plus farfelus se succédèrent dans son esprit — de la simple égratignure sur le capot aux vitres fracassées. Ou encore, comble de malheur, à une perte totale. *Crisse, mon char…*, se répéta-t-il au bord de la panique. *Et ça fait juste un mois que je l'ai!*

En ouvrant la porte, Richard vit que les deux agents en uniforme étaient flanqués de deux autres hommes en civil. L'air soucieux du quatuor — sans compter les papiers que l'un d'entre eux tenait à la main — l'inquiéta ; Richard eut l'impression que c'était plus grave qu'il ne l'avait imaginé. Pourquoi venir à quatre pour une simple histoire de voiture ? En une fraction de seconde, il se retrouva complètement lucide.

Un déclic se fit dans son cerveau et il tenta en vain de se souvenir de tout ce qu'il y avait d'illégal dans son appartement. Il ne lui restait plus de coke — il l'avait finie avec André quelques jours plus tôt. Les Quaalude de la veille, son copain les avait emportés… Mais quoi d'autre ?

— Monsieur Richard Masson ? demanda l'un des hommes en civil.

— C'est… C'est moi…, répondit simplement Richard.

— Pouvons-nous entrer ?

Ils firent un pas vers l'avant sans même attendre sa réponse. Se retournant d'un bond, Richard balaya la pièce du regard, en proie à une vague panique. Ses souvenirs de la veille lui revenaient petit à petit. Aucune trace de la fille qui l'avait ramené, sauf la bouteille de champagne à demi vide dans le seau et les deux coupes sales sur la table basse du salon.

C'est vrai, elle était pressée de baiser, elle voulait pas rien prendre d'autre...

Un des hommes en civil leva le bras en lui montrant une feuille qu'il tenait à la main.

— Je suis l'inspecteur Georges Massicotte, de la police de Montréal. Vous êtes en état d'arrestation pour le viol et le meurtre de Nancy Hébert, survenus le 23 septembre. À partir de maintenant, tout ce que vous direz pourra être retenu contre vous.

Sous l'effet de la surprise, curieusement, Richard se trouva soulagé. Ça n'avait rien à voir avec sa voiture ni avec la dope. L'instant d'après, par contre, sentant ses bras tirés derrière lui, puis les menottes passées à ses poignets, il comprit que la situation était beaucoup plus sérieuse. Mais il savait sans l'ombre d'un doute que c'était une erreur : il n'avait jamais tué personne, Nancy ou autre...

— Qui ça ? Quand ça ? bêla-t-il.

— Nancy Hébert, le 23 septembre, répondit l'inspecteur.

Toujours sonné, Richard put tout de même mettre un peu d'ordre dans ses idées. Le 23, c'était deux semaines plus tôt... Il se souvenait vaguement d'une Nancy qui avait été retrouvée assassinée dans les environs de l'île de la Visitation. On en avait parlé aux nouvelles. Une jeune de quatorze ans de la Rive-Sud, en fugue depuis quelques jours. Où était-il cette journée-là ? Il avait parfois de la peine à se souvenir de ce qu'il avait fait trois jours plus tôt, alors deux semaines...

— Ben, c'est pas moi..., protesta-t-il d'un ton qui lui parut niais. Je sais pas ce que vous voulez dire, j'ai rien à voir là-dedans... Vous vous trompez...

Son regard se promena sur les deux inspecteurs. Il ne trouvait rien à ajouter. C'était une erreur, une ridicule erreur. Les policiers, en revanche, ne semblaient pas de cet avis, à en juger par la façon dont ils envahissaient son appartement.

Richard se rangea même de côté pour les laisser passer et regarda Massicotte, qui lui rappelait un peu Jacques Parizeau, avec sa grosse moustache et son complet trois pièces dont le gilet aux boutonnières étirées semblait amplifier la dimension de son ventre rebondi. Ce n'est qu'au bout de plusieurs secondes qu'il prit conscience de la façon dont les deux policiers en uniforme faisaient le tour de son logement, ouvrant un à un tiroirs et placards.

— Heille ! Qu'est-ce que vous faites ?

— On a un mandat, annonça Massicotte en brandissant son papier une seconde fois.

Au moment où il terminait sa phrase, un des flics revenait avec à la main une paire de bas, des chaussures, une chemise et un veston. Les deux officiers restèrent tout près de Richard une fois que le sergent lui eut retiré les menottes pour lui permettre de s'habiller.

— On part, décréta alors Massicotte. L'équipe passera faire son tour après-midi pour chercher comme du monde...

De nouveau menotté, Richard se laissa emmener vers l'ascenseur sans protester. Tout s'était déroulé tellement vite qu'il n'eut même pas le réflexe de se débattre, comme si son cerveau était encore enfoui sous les draps. Il aurait même pu penser à une mauvaise blague, du genre qu'on voit parfois à la télé, avec des caméras cachées. Mais les uniformes et les armes portés par les policiers paraissaient bien réels.

Dans le corridor, le concierge, qui avait probablement été témoin de la scène, les regarda passer avec curiosité.

— J'ai pas besoin de violer des filles, annonça alors Richard en désespoir de cause. Elles me tombent toutes dans les bras sans effort.

Les deux sergents se regardèrent, mais ne commentèrent pas.

: :

La suite de la journée se déroula comme un rêve — un bien mauvais rêve. En ce dimanche matin, Montréal était encore endormi et la voiture de police arriva au quartier général en quelques minutes. Le soleil était resplendissant et acheva de réveiller Richard, mais le processus d'arrestation et toutes ses formalités lui parurent se dérouler dans une brume épaisse. Il eut connaissance qu'on prenait ses empreintes digitales, sa photo... De face et de profil, bien sûr. Comme dans les films. Dans la vraie vie, c'est autrement dérangeant. Pendant les procédures, un jeune policier lui sourit en lui demandant s'il était le frère de Réal, apparemment un habitué de la place. Devant le regard vide de Richard et celui, irrité, de l'inspecteur Massicotte, il ne répéta pas sa question et leur tourna le dos pour aller s'occuper à autre chose.

Richard se sentait étranger à tout ça. Il réagissait comme un automate, se laissant amener, diriger. Personne ne fut brutal avec lui, mais on ne lui démontra aucune courtoisie non plus.

Puis, on le conduisit dans une petite salle, pour son premier interrogatoire. Sur le coup, désorienté et pris de court, il ne se soucia pas de réclamer la présence d'un avocat. D'une part, il se savait innocent et, d'autre part, l'unique avocat en qui il aurait pu avoir confiance dans une telle situation était probablement en train de cuver son vin de la veille, Dieu seul savait où. Il n'avait aucun moyen de joindre André en ce superbe dimanche.

Il répondit du mieux qu'il pouvait à d'incessantes questions, qui revenaient toujours au même, sur son emploi du temps le 21, le 22, le 23 septembre, la semaine précédente, la semaine suivante, de jour comme de soir.

Sauf que Richard n'avait pas de réponse substantielle à offrir. C'était loin et imprécis dans sa mémoire, il lui aurait fallu demander à sa secrétaire, mais on ne l'avait pas laissé l'appeler. Ce qui se serait en fait avéré difficile, puisqu'il n'arrivait pas à se souvenir de son nouveau numéro de téléphone depuis qu'elle avait déménagé... À tout le moins, si on l'avait laissé consulter son agenda... D'ailleurs, où était-il, cet agenda ? Au bureau ou dans sa mallette ? Et la mallette, était-elle restée dans sa voiture ou l'avait-il montée dans son appartement l'avant-veille ? Aucun moyen de se souvenir. Tant de choses anodines qui revêtaient soudain une importance capitale.

Pendant près de deux heures, le gros Massicotte revint à la charge, encore et encore, avec les mêmes questions, changeant de formulation, son ton tantôt direct, tantôt mielleux, toujours en essayant de faire dire à Richard ce qu'il voulait entendre.

— T'inquiète pas, Masson, lança-t-il vers la fin de l'après-midi. Je vais finir par te faire cracher le morceau, tu vas voir. On sait que c'est toi qui l'as tuée, la fille, et tu vas avouer assez vite, sois-en certain.

Richard ne se donna pas la peine de répliquer. Il n'avait tué personne, et pas même Massicotte ne pourrait lui faire dire le contraire.

On l'amena alors dans une cellule, et le vrai cauchemar commença. Pendant près de douze heures qui lui furent infernales, il vacilla entre l'hébétude, l'impatience, l'incompréhension, la colère et, pour de très courts instants, le découragement. L'attente fut aussi longue qu'irréelle, les minutes s'égrainant au ralenti, comme dans un rêve dont il n'arrivait pas à s'extirper.

Il demanda à appeler son avocat ; puisqu'il était docile, peu bruyant et surtout poli, on lui permit de multiples tentatives. Quatre, six ou même huit fois. Il en perdit le compte. Malheureusement, ses appels restèrent sans réponse. Richard lâcha prise vers deux heures du matin, se résignant à attendre le lever du jour.

Il ne ferma pas l'œil de la nuit pour autant.

Le pire était de se retrouver ainsi confiné. Depuis sa plus tendre enfance, Richard était avide de mouvement, de changement, de liberté. Non pas qu'il ait été claustrophobe, mais il n'aimait pas se retrouver oisif, entre quatre murs. Depuis toujours, il n'était que rarement chez lui. Dès son réveil, aussitôt lavé et vêtu, il devait sortir, faire quelque chose, prendre l'air. Dans les restaurants, il demandait toujours une table près de la fenêtre, quitte à aller ailleurs si on ne pouvait l'accommoder. Il avait besoin de sentir qu'il participait à la vie autour de lui, qu'il ne manquait rien. Même rêvasser sur le banc d'un parc un jour de pluie en observant les voitures défiler était préférable à rester à la maison devant la télé.

Une seule nuit en cellule était déjà de trop. Puis, il y avait tous ces autres... Au fur et à mesure que l'heure avançait, on aida de plus en plus de prévenus, dont certains qui s'étaient battus et affichaient bosses et ecchymoses, d'autres complètement saouls et agités, vociférant sans aucune raison apparente. L'espace étant déjà restreint, l'atmosphère n'en était que plus tendue et les esprits s'échauffaient. Sans parler de ces odeurs...

Le seul avantage fut que cette oisiveté forcée l'amena à se rappeler son emploi du temps la fameuse nuit du 22 au 23 septembre. Il était sorti en discothèque, bien sûr. Des dizaines de gens l'avaient vu. En y repensant, il pouvait donner tout plein de détails sur l'heure, l'endroit exact. Enfin, il tenait son alibi et aurait dorénavant un argument valable pour mettre fin à cette ridicule histoire. Tout ce qu'il lui fallait, c'était d'en informer Massicotte et surtout de refuser tout autre interrogatoire sans la présence de son avocat. Ce serait plus sage ainsi.

Or, même au lever du jour, André demeurait impossible à trouver, aussi bien à la maison qu'au bureau. Il fallut à Richard quelques minutes pour se rappeler que c'était le week-end de l'Action de grâce, que personne ne travaillait ce lundi. André n'était pas chez lui pour autant — ou s'entêtait à ne pas répondre. *Il doit être encore avec la pitoune qu'il a ramassée samedi soir*, pensa Richard, se retenant de justesse pour ne pas le dire à voix haute. Ce n'était pas le genre de commentaire à faire dans cette situation. Il trépignait d'impatience et de contrariété, sachant désormais exactement quoi faire pour pouvoir rentrer chez lui et tâcher d'oublier cette sordide mésaventure. Il ne manquait qu'André.

Au bout de quelques minutes, cependant, Richard capta des bribes de conversation entre les gardiens et comprit rapidement qu'on parlait de lui. Près de vingt-quatre heures s'étaient écoulées depuis son arrestation... On devait le conduire devant un juge d'une minute à l'autre, comme c'était requis par la loi. Avec ou sans avocat.

La rage de Richard ne fit que s'amplifier lorsqu'on lui suggéra d'accepter les services d'un avocat assigné d'office. Ça dépassait les bornes. Pas question de se fier au premier blanc-bec venu pour le sortir de là. Avec tout ce qu'il avait dû subir depuis la veille, la gamme des émotions qu'il avait traversée, les sentiments refoulés, se voir ainsi traité sans égard aucun, si injustement... La colère le saisit aux tripes et il protesta avec toute la force qui lui restait : un dernier appel, il voulait tenter un dernier appel. Et ce fut le bon.

: :

— Non, mais c'est quoi, cette histoire de fous ? explosa André en entrant dans le petit parloir. Où t'étais le 23 septembre ?

— J'étais dans mon lit, crisse ! répondit Richard sur le même ton. Tu te souviens pas ? Je t'avais attendu comme un cave au Limelight la veille, et la fatigante de Ginette avait rappliqué ! Elle voulait pas me lâcher ! Avait fallu que je change de parc pour m'en débarrasser...

— Puis tu t'étais ramassé au 1234 ! s'écria André en se tapant le front. C'était ce soir-là ! Le *doorman* avait oublié de me transmettre le message...

— Oui ! C'était cette fois-là ! L'ostie de niaiseux ! On est là presque tous les soirs, on le *tippe* à tour de bras, puis la seule fois où c'est vraiment important, il se souvient même pas de nous autres!

— C'était ce soir-là..., répéta André en faisant les cent pas autour de son vieil ami qui était très inconfortablement assis sur une chaise de métal. Bon, au moins t'as quelque chose qui joue en ta faveur. À part ça, t'as quoi comme preuve que c'est pas toi?

— Il faut que je prouve que c'est pas moi? Me semblait que j'étais innocent jusqu'à preuve du contraire?

— Pas nécessairement. Les enquêteurs ont des éléments qui t'incriminent... Des témoins solides, apparemment. Pis ça, même moi, je trouve ça fort...

Richard sentit sa colère remonter, encore plus vive.

— Comment? Tu serais capable de croire que j'ai tué quelqu'un? Voyons donc! Depuis le temps que tu me connais!

— Regarde-moi dans les yeux, mon jack, dit André en lui prenant le visage à deux mains. Regarde-moi dans les yeux et jure-moi sur la tête de ta mère que c'est pas toi.

— C'est pas moi, j'ai rien à voir là-dedans, répondit Richard en appuyant sur chaque mot, le regard noir.

André le relâcha et alla s'affaler sur une autre chaise de métal, qui grinça de manière inquiétante.

— Tu parles d'une histoire, souffla-t-il, complètement sonné.

— Qu'est-ce que je vais faire? Tu te rends compte? Ils ont pris ma photo, mes empreintes digitales, comme si j'étais un criminel!

— Ben, t'es le suspect numéro un, c'est normal, c'est comme ça que ça marche...

— Suspect numéro un? Comment ça? J'ai rien fait!

— Ben oui, je le sais. Mais y a des voisins qui ont vu le portrait-robot dans la presse et qui ont appelé parce qu'ils trouvaient que ça te ressemblait...

— Heille! Ça veut rien dire!

— Non, mais les gens qui ont vu le meurtrier trouvent eux aussi que tu lui ressembles…

— Ils ont vu quoi ? Les photos que la police a faites hier matin ? Tu peux imaginer de quoi j'ai l'air là-dessus ? Pas rasé, pas peigné… Un lendemain de brosse…

André se mit à rire malgré lui.

— La même chose que t'as l'air à matin, mon jack… Tu t'es pas vu la face ?

Richard se passa les mains dans les cheveux en tentant en vain de leur faire prendre leur vague habituelle, puis il se frotta les joues avec hésitation.

— As-tu encore la clé de mon appart ? Faudrait que t'ailles me chercher de quoi me laver, me changer… Ils m'ont dit que je pourrais pas sortir avant d'être passé devant le juge ; je suis même pas sûr que ça va être possible aujourd'hui…

— Je pense pas que j'aurai la permission d'entrer. Faut que je voie si l'équipe d'identification a fini ses expertises…

— Identification ? Identification de quoi ? Quelles sortes d'expertises ? Chez nous ?

— Ouin, ils fouillent ton appart, l'informa André. Ils essaient de trouver quelque chose qui montrerait que la fille est passée par chez vous récemment. Ils cherchent souvent des cheveux, des empreintes, des affaires de même…

— Ils trouveront rien !

Du coup, Richard sentit un énorme soulagement l'envahir.

— Ils trouveront rien, répéta-t-il avec un sourire en coin en se levant.

Je sais même pas qui elle est, et c'est sûr qu'elle est jamais venue chez nous…

Soudain, il était excité comme un enfant qui attend une récompense. À tout hasard, il se pointa le nez dans la petite fenêtre de la porte et regarda des deux côtés du corridor.

— Alors, combien ça va prendre de temps pour qu'ils me libèrent ?

— Tu l'as dit tantôt : ce sera pas avant que tu sois passé devant le juge…

— Oui, mais c'est parce que je savais pas qu'ils fouilleraient mon appartement. Une fois que ce sera fait, vu qu'ils trouveront rien, ils vont tout de suite réaliser que c'est pas moi !

— Wô…, fit André en levant la main. Pas si vite, mon jack. Même si elle est pas passée par chez vous, ils vont pas nécessairement penser que t'es innocent…

Cette fois-ci, ce fut au tour de Richard de faire les cent pas.

— Voyons donc ! explosa-t-il. Tu sais aussi bien que moi que j'ai rien à voir là-dedans… J'ai pas de temps à perdre à attendre qu'ils s'en rendent compte ! J'ai pas envie de passer une autre nuit ici… Qu'est-ce que tu peux faire ?

André le regarda, la mine sombre.

— Moi, je peux rien faire. J'ai aucune expérience du droit criminel. Demain matin, je verrai avec mes collègues. Y a Albert Vachon qui peut probablement s'occuper de ton dossier… C'est le meilleur, à mon avis.

— Demain ? fit Richard, le visage défait.

André hocha la tête en guise de réponse.

Richard s'arrêta, ferma les yeux, se croisa les mains sur la nuque, puis parut se calmer.

— Si tu le dis, j'ai confiance, acquiesça-t-il finalement. Il peut venir me voir quand ?

— Attends un peu. Faut d'abord que je lui parle. Le bureau est fermé aujourd'hui, et j'ai pas son numéro chez lui… Ça va aller à demain. S'il est pas occupé à la cour, je lui demanderai de venir tout de suite. Au pire, ça pourrait prendre jusqu'à l'après-midi avant qu'ils te transfèrent à Parthenais.

Richard crut qu'il allait défaillir en entendant le nom. Comme si son cerveau était déconnecté de son corps. Cette situation le déconcertait tellement qu'il ne savait plus quoi penser, encore moins comment réagir. Pour la première fois de sa vie, il n'avait de contrôle sur rien. Il retourna s'asseoir et regarda André avec des yeux ronds.

— À Parthenais ? Ils vont m'amener à Parthenais ?

— Ils peuvent pas te garder ici plus que quarante-huit heures, expliqua André en secouant la tête. Comme ils ont encore rien qui indique que c'est pas toi, ils peuvent pas te relâcher non plus.

Richard serra la mâchoire. Son cauchemar, loin de vouloir se terminer, ne faisait qu'empirer.

La porte s'ouvrit et un officier entra sans cérémonie.

— T'es demandé à la salle d'interrogatoire, dit-il d'une voix monocorde.

Richard regarda André, les yeux chargés d'appréhension. Ce dernier secoua de nouveau tristement la tête.

— Je peux pas t'accompagner, mon jack. Je suis pas criminaliste. Je peux entrer ici parce que je suis membre du Barreau, mais dans les faits, je te représente pas. Faut attendre Vachon…

— Alors, qu'est-ce que je dis ?

— Tu dis rien, tu m'entends ? Je sais combien tu peux être tête de cochon, mais là, va falloir que tu te surpasses. J'essaie de joindre Vachon.

— Écoute, fit péniblement Richard alors que l'officier le prenait par le bras, faut pas que ma mère l'apprenne d'une autre façon. Je voulais pas qu'elle le sache, mais si elle est deux jours sans nouvelles, elle s'inquiète… Et puis, on sait jamais, peut-être que les journaux vont en parler…Va la voir tout de suite, peux-tu ? Explique-lui ce qui se passe, mais assure-toi de lui mettre ça positif. Dis-lui que c'est juste une erreur, que je vais bien, qu'on attend juste une formalité pour que je sois relâché…

— Je vais y aller tout de suite, répondit André en se levant. Je vais lui dire que c'est juste une erreur.

— Juste une erreur, répéta Richard alors que l'officier l'entraînait vers la salle d'interrogatoire.

: :

— Je sais ce que vous pensez, tous les deux, déclara Albert Vachon, mais on est pas sortis du bois.

Ouvrant sa mallette, le criminaliste en extirpa une liasse de papiers, qu'il déposa soigneusement devant lui. Debout d'un côté de la table, alors que Richard et André étaient assis de l'autre, la mine piteuse, on aurait cru un directeur d'école en train de faire la morale à ses élèves.

— D'abord, continua-t-il en leur tendant un premier feuillet, on a un portrait-robot qui est assez ressemblant.

Richard et André écarquillèrent les yeux devant le dessin et ouvrirent la bouche simultanément, mais aucun son n'en sortit. Ravalant sa salive avec peine, André regarda son copain.

— Simonac ! On jurerait que c'est toi !

— Que c'est moi ? Mais ça me ressemble pas pantoute ! répliqua Richard sans grande conviction.

— T'es sauté ? Regarde les yeux, la bouche, la largeur du front… C'est toi tout craché !

— Heille ! protesta mollement Richard. Regarde les cheveux tout de travers, la barbe pas faite… J'oserais jamais sortir de chez nous arrangé de même !

— Peut-être pas, intervint maître Vachon, mais pour ceux qui t'ont jamais rencontré avant, c'est confondant. Alors, si on examine les preuves qu'ils détiennent…

— Ça tient pas debout ! déclara Richard.

Vachon éclata de rire.

— C'est beau d'être confiant, dit-il, mais devant le juge, ça suffit pas. Donc, on a aussi un premier témoin, une serveuse dans un

Dunkin' Donuts, qui t'a vu en compagnie de la jeune fille, deux jours avant le meurtre, le vendredi 21…

— Un Dunkin' Donuts ? fit Richard avec un sourire en coin. Tu penses vraiment que je me tiens dans des places comme ça ?

Vachon ne se laissa pas démonter.

— On a aussi un chauffeur d'autobus qui t'a vu monter dans son véhicule le 22 septembre, continua-t-il. Vers six heures du soir, au métro Henri-Bourassa…

— Un autobus ? Au métro ? répéta Richard en relevant le menton d'un geste snob. Heille, ça fait au moins dix ans que j'ai pas pris le métro, encore moins l'autobus !

André releva aussi le menton, comme pour manifester son appui.

— C'est vrai, confirma-t-il. Oh… on se promenait beaucoup en métro et en autobus quand on était jeunes. Richard, tu te souviens ? On faisait toutes les lignes d'un bout à l'autre avec un seul billet, les dimanches après-midi… Mais depuis qu'on est en âge de conduire, c'est en auto qu'on roule. Aujourd'hui, Richard Masson en autobus, ça se peut juste pas…

— Pourtant, insista Vachon, c'est bien le chauffeur qui a donné la meilleure description : veste en jean, pantalon en corduroy brun…

— Non, mais, vous voulez rire de moi ? explosa Richard. Voir si je m'habille comme ça ! Heille, ils prennent les gens pour des épais s'ils pensent que le jury va croire que c'est moi !

Vachon se pencha vers Richard en lui adressant un regard noir.

— Écoute, Masson, je m'en câlisse que tu te promènes en gros char sport, que tu manges juste chez Desjardins Seafood, pis que ton linge vaille cent piasses le morceau ! Ça prouve rien ! Ce serait pas la première fois qu'un criminel se déguise, y as-tu pensé ? Ce que je veux savoir, c'est toutes les places où t'es allé, tout le monde avec qui t'as parlé, entre le 21 et le 23… Surtout le samedi soir…

D'après les résultats de l'autopsie, la fille a été tuée dans le courant de la nuit.

André et Richard se regardèrent, penauds.

— C'est justement ça, le problème, dit André. On y a bien pensé, et c'est pas joli, joli…

— Comment ça ? demanda Vachon. Tu me disais que vous étiez toujours ensemble et que tu étais prêt à jurer qu'il était avec toi…

— Euh… non, fit péniblement André. J'ai confondu avec une autre fin de semaine. On est pas sortis ensemble, le samedi…

— On devait se rejoindre, corrigea Richard, mais y a eu un problème de communication…

— Alors, demanda Vachon, t'étais où ? Et avec qui ? Vendredi ? Samedi ?

— Ben…, bêla Richard, j'étais à plusieurs places, ça dépend quand… la plupart du temps tout seul… Le vendredi, pendant la journée…

Il s'arrêta et consulta la fiche que Vachon avait placée devant lui.

— J'avais pris congé pour aller faire une randonnée en auto, dit-il. Ma secrétaire peut te le confirmer…

— Ta secrétaire était avec toi ?

— Non, je te l'ai dit, j'étais tout seul… Mais elle peut te confirmer que j'ai pris congé.

— Et t'es allé où, avec ton auto ?

— Au mont Saint-Sauveur, pour voir les couleurs de feuilles.

André lui lança un regard ahuri.

— Toi, t'es allé voir les feuilles ?

Richard eut un petit sourire niais.

— Oui… En fait, c'était plus une excuse pour faire de la route, tu comprends.

André hocha la tête en signe de compréhension, mais il ne dit rien.

— Le soir, je suis sorti… J'ai dû arriver au Limelight vers dix heures, comme d'habitude…

— Le vendredi soir m'intéresse pas, coupa Vachon. Pour cette période-là, aucun témoin indique que t'aurais été vu avec la fille. La serveuse du Dunkin' était à sa job vers trois heures l'après-midi. Elle dit que t'es entré avec la fille et que tu lui as payé un café.

— Impossible ! J'étais sur l'autoroute des Laurentides à cette heure-là…

— Prouve-le.

— Euh… Comment ?

— T'es-tu arrêté prendre de l'essence, un café, parler à quelqu'un ?

— Euh… non… J'ai juste fait l'aller-retour… Je voulais voir combien de millage je pouvais faire avec une *tank* de gaz…

Vachon soupira.

— OK, fit-il. Le samedi vers l'heure du souper, t'étais où ?

— J'étais chez nous. J'ai fait un somme. J'avais l'intention de veiller tard, alors ça m'arrive de dormir un peu vers la fin de l'après-midi.

— Et t'es sorti vers quelle heure ?

— J'ai dû partir vers neuf heures, peut-être ?

— Est-ce que quelqu'un dans ton édifice peut confirmer ça ? Le portier ?

— Non, je passe toujours par le garage…

— Quelqu'un t'a téléphoné pendant ces heures-là ?

— Oui, André m'a appelé à l'heure du midi pour me dire qu'il me rejoindrait plus tard au Lime…

Vachon soupira encore, cette fois d'impatience.

— Je parle de l'heure du souper ! De la minute où le chauffeur affirme que tu montais dans son bus…

— Non, admit Richard.

— D'accord… Puis le reste de la soirée ?

— Ben, c'est comme j'ai dit aux enquêteurs. Je suis allé au Limelight, j'attendais André, mais j'ai décidé de changer de club avant qu'il arrive, et j'ai laissé le message au *doorman* que je m'en allais au 1234…

Vachon se passa les mains dans les cheveux, puis remit méthodiquement de l'ordre dans les papiers maintenant épars sur la table.

— C'est là, le problème. Le *doorman* dit qu'il peut pas jurer que c'était ce soir-là. Il dit aussi que vous vous servez souvent de lui pour transmettre des messages et que, d'une soirée à l'autre, il se souvient pas de tous les détails…

Il enfouit les documents dans sa mallette et se leva.

— Il reste encore la parade d'identification, décréta-t-il. C'est bien beau de te reconnaître sur une photo, mais les témoins vont être convoqués pour t'identifier parmi d'autres individus. Il y a peut-être une chance qu'on aille pas en cour.

Sur ce, il tourna les talons et quitta la salle brusquement, sans autre salutation, comme s'il regrettait maintenant d'avoir accepté de le défendre.

Restés seuls, André et Richard se regardèrent sans rien dire.

— Y a pas l'air de me croire, dit Richard d'une petite voix.

— Il te croit. Et moi aussi. Le problème, c'est que ta défense est faible.

— Tout va contre moi, on dirait, murmura Richard. À croire que c'est un coup monté…

À ces mots, il se redressa d'un bond et faillit renverser sa chaise.

— Penses-tu que ça peut être ça ? Que quelqu'un a payé ce monde-là pour qu'ils fassent une fausse déclaration ?

— Voyons donc ! dit André. On est pas à Hollywood !

Richard se renfrogna.

— Quand même…, dit-il en bougonnant. Le Dunkin' Donuts, le pantalon en corduroy, l'autobus de la ville, c'est franchement contraire à mes habitudes, tu trouves pas ?

— Comme c'est contraire à tes habitudes d'aller passer une soirée au 1234…

Richard sentit une certaine irritation s'emparer de lui et s'arrêta net.

— Qu'est-ce que t'essaies de dire ?

André hésita.

— Ben, tsé, mon jack, des fois on fait des affaires sans s'en rendre compte. Ça m'arrive souvent de me réveiller le matin et de plus savoir ce que j'ai fait la veille… Avec toute la cochonnerie qu'on prend par boutte, ça serait pas surprenant qu'on fasse un black-out…

Richard alla s'asseoir en face de lui et se mit à chuchoter.

— Je te cacherai pas que j'y ai pensé. C'est écœurant à dire, mais j'aurais pu ramasser une fille et la fourrer sans m'en souvenir… Y aller un peu *rough* et lui faire mal sans le vouloir…

— C'est ça que les policiers m'ont dit hier…, admit André. Ils sont pas sûrs que le meurtre était délibéré… Ç'aurait pu être un accident… Ils ont pas trouvé de marques de violence autres que celles autour du cou…

— Ouais, mais une jeune de quatorze ans ? continua Richard. Tu sais que c'est pas mon genre. Et même en black-out, ça explique pas le Dunkin' en plein après-midi… Le linge de pauvre… Le métro Henri-Bourassa ! Ça, je m'en souviendrais, me semble !

3

Don't cry out loud
Just keep it inside
Learn how to hide your feelings
Fly high and proud
And if you should fall
Remember you almost had it all

Don't Cry Out Loud, Melissa Manchester. N° 24 du palmarès Billboard 1979

Ce fut l'épreuve la plus pénible de sa vie.

Richard savait qu'il était innocent et que, dans les minutes qui allaient suivre, il serait blanchi de toutes ces accusations ridicules, mais le simple fait d'avoir à se tenir immobile le long du mur, flanqué d'une demi-douzaine d'individus qui, à son avis, avaient un air suprêmement louche, provoqua chez lui un sentiment qu'il avait jusqu'alors toujours réussi à refouler : la peur. Ce n'était pas comme dans les films policiers. C'était pire.

Il était impossible de savoir qui étaient les six autres gars. Des criminels ? Des comédiens engagés pour l'occasion ? Depuis son arrestation, Richard avait de temps à autre croisé d'autres détenus. Chaque fois, il avait été accompagné d'un agent, ce qui l'avait rassuré un peu. Même en cellule commune, au début, il y avait toujours eu quelqu'un pour les surveiller. Mais là, même si le grand miroir devant lui n'en était pas véritablement un, que quelqu'un pouvait entrer à tout moment si les choses devaient mal tourner, il avait la nette impression de ne pas être en sécurité. Vraiment pas du tout.

De toute sa vie, il n'avait jamais côtoyé de bandits. Oh, il y avait bien sûr ces deux types par qui André et lui se procuraient de la coke, mais ce n'étaient certainement pas des tueurs.

Observant ses comparses à la sauvette, Richard se demanda s'il leur ressemblait. Si on voulait l'identifier hors de tout doute, il fallait logiquement qu'on le place avec des gars à l'apparence similaire. En y regardant bien, ils avaient tous la même taille, la même carrure et sensiblement la même couleur de cheveux. La seule différence, à ses yeux, c'est qu'il était le seul à ne pas avoir l'air d'un criminel. Ça ne pouvait qu'aider à le disculper.

On lui avait indiqué de se tenir droit, de fixer devant lui, sans laisser paraître aucune émotion. Ça ne devait pas être très difficile, en théorie. Il pouvait être convaincant, au travail, lorsque venait le temps de courtiser les clients, et de même dans sa vie amoureuse : négocier des contrats de centaines de milliers de dollars, approcher et séduire les plus belles filles, faire le fanfaron devant les gars auxquels il se sentait supérieur, épater la galerie de mille et une façons, c'était inné chez lui. Mais savoir qu'on le regardait, qu'on l'examinait à travers un miroir sans tain, tout en ignorant qui étaient ces gens apparemment convaincus qu'il était un meurtrier, ne pas pouvoir leur dire qu'ils se trompaient, c'était aussi dérisoire qu'inquiétant. Ce matin-là, c'était beaucoup plus qu'un simple contrat ou qu'un *one night stand* qui pesait dans la balance.

— C'est juste une formalité, avait indiqué André, quand il était venu le visiter quelques heures auparavant.

Richard en était demeuré persuadé jusqu'à la dernière minute. Il était innocent, et on s'en apercevrait assez vite. Par contre, au fin fond de lui, cette idée du coup monté refusait obstinément de s'estomper. Il essayait de se convaincre qu'il lui fallait cesser de s'inquiéter, qu'il n'en avait plus pour longtemps avec toutes ces stupidités, mais ce mauvais pressentiment qui lui serrait les tripes ne semblait pas vouloir disparaître non plus.

Soudain, une voix retentit dans le haut-parleur : « Tenez-vous droits, les bras de chaque côté, et regardez devant vous. »

Showtime…, pensa Richard avec angoisse. Quelques-uns des hommes se redressèrent. Richard fit de même tout en réprimant un sourire, concluant aussitôt qu'ils étaient sans doute des acteurs plutôt que des criminels. Les autres, par contre, avaient l'air de se moquer éperdument des directives ; l'un resta avachi, les épaules courbées, et l'autre choisit de contempler les pointes décolorées de ses vieilles chaussures au lieu de regarder devant lui.

Richard retint son souffle quelques secondes, le cœur battant à tout rompre. *Ne pas avoir l'air d'un bum…*, se répéta-t-il deux ou trois fois pour se convaincre que les gens de l'autre côté ne lui porteraient pas attention. *Montrer que j'ai rien d'un criminel… Leur faire croire que je suis un comédien engagé pour ça, moi aussi… Juste un bon acteur qui s'adonne à ressembler au vrai coupable…*

En même temps, il savait qu'il ressemblait au portrait-robot. Même si on lui avait permis de prendre une douche et de se changer, il n'avait pas pu se procurer de séchoir pour se coiffer adéquatement, et tout ce qu'il avait à se mettre sur le dos était un vieux jeans et un t-shirt blanc. Rien à voir avec ses complets trois pièces, ses cravates en soie et ses chaussures en cuir italiennes, qu'on avait refusé qu'il porte, puisque ça détonnait trop avec la description qu'on avait faite du suspect.

La séance dura environ vingt minutes. Vingt longues minutes durant lesquelles Richard n'osa pas bouger, de peur d'attirer indûment l'attention sur lui. Il lui fallait paraître aussi anonyme que possible.

Aucun moyen de savoir qui l'examinait de l'autre côté. Est-ce qu'on avait convoqué les témoins en groupe ou devaient-ils passer chacun son tour ? Il aurait dû le demander à André.

On n'indiqua à personne de s'avancer ou de se tourner. C'était la façon de procéder, non ? Était-ce un bon ou un mauvais signe ? Mais, comme l'avait si souvent dit André au cours des derniers jours, on n'était pas à Hollywood, et, dans la vraie vie, les choses ne se déroulent pas comme au cinéma.

La voix retentit de nouveau dans le haut-parleur : « Ce sera tout, merci. » Richard put enfin expirer l'air qui lui brûlait les poumons, mais il continua néanmoins de trembler. Le pire était passé, tout allait bientôt rentrer dans l'ordre.

Il retourna à sa cellule avec un certain soulagement. Il eut même envie de siffloter. Il s'arrêta net, cependant, quand un agent derrière un comptoir lui jeta un regard sarcastique.

— Tiens, si c'est pas notre ami Réal... Me semble que ça faisait longtemps qu'on t'avait pas vu...

Richard se tourna pour le dévisager froidement. *C'est qui, cet épais-là ?*

— De quoi tu parles ?

Le policier, sourcils froncés, s'inclina vers l'avant pour mieux le regarder.

— Rien, dit-il. Je t'avais pris pour quelqu'un d'autre.

Même en avouant sa méprise, l'agent avait conservé son ton arrogant et méprisant. Tous ceux à qui Richard avait eu affaire n'étaient à son avis qu'une bande d'incompétents. Son procès n'était pas commencé, loin de là, mais aux yeux des serviteurs de la loi, il était déjà coupable.

Je me sacre bien de ce qu'ils peuvent penser..., songea Richard, alors que le policier qui l'escortait lui intimait de continuer son chemin. Dans quelques minutes, il serait libre.

: :

Lorsqu'on le rappela à la salle d'entretien quelques heures plus tard, Richard sut que quelque chose clochait toujours. Maître Vachon se pointa une minute après. André suivait, la mine soucieuse.

— T'es dans la merde, mon jack…, fit doucement ce dernier en secouant la tête. T'es dans la grosse merde…

Richard s'alluma une cigarette, ses mains tremblant déjà à l'idée de ce que son ami et son avocat allaient lui apprendre. Il s'était trompé : de toute évidence, le cauchemar n'était pas fini.

André et Vachon se regardèrent, comme pour se demander lequel des deux annoncerait la mauvaise nouvelle. Incapable de rester en place, Richard marcha vers la fenêtre. Il faisait maintenant sombre à l'extérieur et la vitre agissait à la façon d'un miroir qui lui renvoyait une image grotesque : les cheveux en bataille, une barbe de deux jours, Richard n'avait d'autre choix que d'admettre qu'il commençait bel et bien à ressembler au suspect que les témoins avaient décrit.

Et si c'était lui ? Et si, comme André l'avait suggéré, il avait fait une sorte de black-out et réellement tué cette fille ? Un sentiment de panique l'étreignit soudain.

André se racla la gorge et hésita avant de dire ce que Richard avait déjà deviné :

— Trois des témoins t'ont identifié sans hésitation… le quatrième est pas sûr à cent pour cent…

Le doute se dissipa aussitôt et la panique se changea en colère. *J'ai pas tué cette fille, c'est impossible…* Il se retourna violemment et s'élança vers André.

— Écoute, cracha-t-il en l'agrippant par le collet, tu sais que je l'ai pas tuée, que je l'ai jamais vue de ma vie. C'est pas vrai ! Ils se sont tous fourrés ! Pis de toute façon, c'est qui, eux autres ? Pourquoi la police prendrait leur parole plutôt que la mienne ? C'est pas une preuve, ça, c'est juste des impressions. Ça prouve rien ! Rien pantoute ! Tu le sais que c'est pas moi. Faut que tu m'aides !

Maître Vachon posa solidement ses deux mains sur les épaules de Richard pour tenter de le calmer.

— Pas besoin de pogner les nerfs... Ça réglera pas le problème...

Richard relâcha sa prise et recula, mais continua de fixer André comme si Vachon n'était pas là.

— Je te l'ai dit cent fois, répondit André d'une voix lasse. Je peux pas m'occuper de ton cas. J'ai jamais plaidé au criminel, moi ! Vachon est le meilleur. Il va te sortir d'ici !

— Tu m'as dit ça la semaine passée, et c'est toujours pas fait ! Ça prendrait un autre moyen...

— Il faut que tu nous fasses confiance..., coupa Vachon.

André ignora son collègue et fronça les sourcils en fixant Richard, incertain de ce que son copain voulait insinuer.

— Un autre moyen ? fit-il. Je vois pas comment... tout est contre toi...

— Justement ! s'écria Richard. Tu vois bien que c'est un coup monté. Ils ont rien d'autre que des gens qui disent qu'ils m'ont vu avec la fille. C'est pas crédible pour cinq cennes, et surtout c'est même pas vrai ! C'est tout arrangé ! Arrangé pour que je paraisse coupable. Alors il faut combattre le feu par le feu...

— Je suis pas sûr de ce que tu veux dire..., l'interrompit André en s'asseyant.

Comme s'il se sentait de trop, Albert Vachon recula dans un coin et se croisa les bras. Richard tira une chaise et s'installa à califourchon, son visage à quelques pouces de celui d'André. Une lumière venait de s'allumer dans son esprit. À tout le moins, une lueur ; pâle, mais elle méritait qu'on s'y attarde. La simple identification était mince comme preuve, mais le fait d'avoir trois personnes du même avis constituait une coïncidence qui la renforçait. Et c'était avec ça que la police pensait tenir son coupable. Mais, pour Richard, ce n'était peut-être pas une coïncidence...

— Pendant que Vachon s'occupe du procès, expliqua Richard, toi, tu t'arranges pour savoir qui est à l'origine de cette machination !

— Une machination ? De quoi tu parles ?

— C'est juste trop parfait pour être vrai, penses-y..., répondit Richard. On en a déjà parlé, l'autre jour... Pourquoi trois personnes sont prêtes à jurer dur comme fer qu'elles m'ont vu avec la fille alors qu'on sait très bien que c'est pas vrai ? Parce qu'on les a payées pour dire ça, voyons ! Une serveuse de Dunkin', un chauffeur d'autobus, ça gagne pas cher. C'est facile de leur donner un beau motton pour qu'ils disent n'importe quoi !

— Heille là, tu charries...

— Pas pantoute ! tonna Richard. C'est la seule explication possible. C'est un coup monté ! Reste juste à trouver qui est derrière tout ça. Pis pour ça, je compte sur toi !

— Ouf, plus facile à dire qu'à faire..., rétorqua André. Faut d'abord établir hors de tout doute que c'est un coup monté.

Richard secoua la tête, plus que jamais convaincu d'avoir raison. Déjà, dans son esprit, plusieurs possibilités se précisaient et devenaient à ses yeux la seule explication.

— Tu commences par l'agence, indiqua-t-il. Landry était content qu'on ait eu le contrat avec Fabergé, mais il a toujours été jaloux et disait que c'était grâce à lui. Ça me surprendrait pas qu'il ait quelque chose à voir là-dedans.

— Jean-Claude Landry ? fit André, stupéfait. Heille, tu divagues... Le genre de gars qui habite dans un bungalow à Laval, avec sa femme, ses trois enfants et son chien, qui tond son gazon le samedi et va à la messe le dimanche. Tu penses vraiment qu'il serait capable de patenter quelque chose de même ?

— T'as raison. C'est trop gros pour lui...

Richard se mit à marcher de long en large dans la petite salle de visite. Albert Vachon le regarda passer devant lui, mais resta immobile.

— C'est beaucoup plus gros que ça..., reprit Richard avec emphase. Faut que ça vienne d'ailleurs... Une autre compagnie, peut-être... Peux-tu essayer de savoir quelles agences avaient présenté à Fabergé ? Tu connais du monde à New York...

— Voyons, mon jack, c'est ridicule !

— Ridicule ? On voit bien que c'est pas toi qui es pogné icitte...

— Regarde : vous avez signé le contrat juste avant la fête du Travail... Tout a été mis en branle la semaine suivante. Pourquoi essayer de te causer du trouble alors que tout est réglé ? Ça allait rien changer... Et puis, sais-tu s'il y avait d'autres agences de Montréal sur les rangs ? Ça peut pas venir d'ailleurs... Faut que ce soit quelqu'un qui parle français, qui est au courant du meurtre et qui peut se rapprocher des gens pour leur demander de raconter des menteries...

— T'as raison, reconnut Richard en secouant la main comme pour effacer ce qu'il venait de dire. Faut que ça vienne d'ici... Donc, c'est un autre contrat... Quelqu'un est prêt à tout pour empêcher qu'on l'ait ! Quelque chose qu'on négocie ces jours-ci...

— Arrête de charrier ! explosa André en se levant. T'es complètement dans le champ ! T'es important pour l'agence, mais ça la mettra pas en banqueroute que tu te sois fait arrêter. C'est pas comme si t'étais le propriétaire. La preuve, c'est que la vie continue pour eux autres, comme si de rien n'était !

À ces mots, Richard lui lança un regard d'abord vide, mais qui rapidement laissa paraître le sentiment de fatalité qui l'envahissait petit à petit.

— T'as raison. Tout continue, ça change rien que je sois là ou pas. Je croyais que je valais plus que ça. Quand Gérard est venu me voir avant-hier, il m'a dit que tout le monde était secoué dans le bureau...

— Ils sont secoués, acquiesça André, mais ça veut pas dire qu'ils vont tout arrêter pour autant. Imagine si t'étais mort ou quelque chose comme ça, penses-tu que l'entreprise fermerait ses portes ? *The show must go on*, comme disent les Anglais…

— N'empêche, la personne qui m'a fait ça doit bien savoir que ça a eu un effet et que ça dérange…

— Ouin, mais juste un gars d'éliminé, ça fait pas une grosse différence. Si ton idée de complot avait un sens, ils s'en seraient pris à quatre ou cinq employés. Ils auraient visé Gérald, pour commencer…

— Ou alors, c'est peut-être Gérald lui-même ! Il trouve que je prends trop de place, il a peur que je le détrône, gages-tu ? Et il a voulu m'écarter…

André ne put s'empêcher d'éclater de rire.

— Tu penses pas qu'il y a d'autres moyens de tasser quelqu'un que de monter une machination semblable ? Puis, il t'a dit qu'il continuerait à te verser ton salaire le temps que tu sortes, non ? Tu dis n'importe quoi… Y a une fille qui est morte, t'as oublié ? Et la fille a été vue par plusieurs personnes en compagnie d'un gars qui te ressemble. C'est malheureux, mais c'est aussi niaiseux que ça. Et juste pour nous faire chier, ça s'adonne que le soir où elle a été tuée t'avais décidé d'aller te faire voir ailleurs…

— Et je te gage que le gros Massicotte a même pas pris la peine d'interroger le *staff* du 1234…

Reprenant tout à coup conscience de la présence de Vachon, André et Richard se tournèrent vers lui avec des regards interrogateurs ; celui du premier allumé par cet élément de preuve qui avait peut-être été négligé, le second rempli d'espoir en pensant que cette négligence pourrait le sauver.

Vachon avait un sourire au coin des lèvres ; de toute évidence, cette théorie de complot lui paraissait amusante.

— Oh, il l'a fait, dit-il enfin. Il est allé questionner les employés du 1234, mais il a vite abandonné : personne pouvait affirmer hors de tout doute que tu te trouvais là le soir du 22. Par contre, trois personnes sont certaines de t'avoir vu avec la fille, et une autre est presque sûre... Contre aucune qui se souvienne de t'avoir vu au bar... Et tu dis que tu es rentré chez vous avec une pitoune dont tu connais même pas le nom, t'as même pas son numéro de téléphone. Avoue que c'est pas fort. Alors pour Massicotte, c'est suffisant. Sa job, c'est de trouver assez d'éléments qui disent que c'est probablement toi ; pas le contraire.

— Comment veux-tu que je me défende contre ça ? demanda Richard en se passant les mains dans les cheveux.

— Laisse ça à Vachon, c'est lui l'expert, dit doucement André.

— Je trouverai bien un moyen, assura Vachon. Si vraiment t'es innocent, je vais trouver le moyen de t'en sortir.

Ni André ni Richard ne s'offusquèrent de l'insinuation.

Un instant plus tard, Massicotte fit son entrée dans la salle d'entretien.

— Je suppose que ton avocat t'a mis au courant ? dit-il à l'intention de Richard, mais en regardant Vachon.

Richard ne répondit même pas.

— On a les preuves qu'on voulait, reprit Massicotte. Le procureur a décidé que ça irait en enquête préliminaire...

Les mots résonnèrent douloureusement dans l'esprit de Richard. Tout pointait vers lui, et il ne savait toujours pas comment s'en sortir. Il s'affala sur sa chaise.

— Écoute, continua Massicotte en s'asseyant derrière le bureau, ça irait plus vite et ce serait mieux pour tout le monde si t'avouais tout de suite et après...

— Avouer quoi ? se récria Richard. J'ai rien fait, et vous le savez très bien.

— Voyons donc ! persifla Massicotte. C'est sûr qu'on sait que c'est pas toi ! C'est pas toi que les témoins ont vu avec la fille, quatre ou cinq fois avant qu'elle meure. Comme c'est pas toi qui as pris l'autobus avec elle pour te rendre au parc de la Visitation... Tout le monde se trompe, y a juste toi qui as raison ! On te retient ici juste pour perdre notre temps...

Les deux hommes se toisèrent quelques secondes durant lesquelles le sourire sarcastique de Massicotte s'effaça.

— C'est ta parole contre celle de quatre personnes, Masson. Si t'as aucun moyen de prouver que c'était pas toi au Dunkin' Donuts, ni au métro Henri-Bourassa, ni dans l'autobus 69, mais que tu tiens absolument à aller en procès, c'est ton droit. Pense juste que ta cause est foutue. Si t'avouais tout de suite, ton avocat va te le confirmer, ce serait à ton avantage.

Massicotte se leva en le regardant avec dédain. Il avait de bons arguments et, de toute évidence, il était sûr d'avoir arrêté le véritable coupable. Mais Richard était pourtant innocent et il n'allait surtout pas donner raison à cet imbécile si imbu de lui-même.

— C'est pas moi… Si ça prend un procès pour le prouver, eh bien, ça ira en procès.

— Comme tu voudras, fit Massicotte en quittant la pièce avec un haussement d'épaules.

La porte se referma derrière lui. Un long silence s'installa. Les tripes serrées, Richard se sentait de nouveau tomber, en proie à un vertige sans fin. Il avait l'impression d'être en train de se noyer, ou encore de tomber d'une falaise. Une sensation de nausée l'envahissait également, formant un tout qu'il avait du mal à identifier. Jamais, même dans ses pires cauchemars, il n'avait vécu pareil malaise. Était-ce donc ça, le désespoir ?

De tout temps, Richard Masson n'avait compté que sur lui-même. Comme Laurette le lui avait si bien appris, l'indépendance était l'une des meilleures choses que l'on pût posséder. Mais même Laurette n'aurait rien pu faire d'autre en de telles circonstances. Même son meilleur ami — son seul ami, en fait — ne pouvait rien pour lui.

La porte s'ouvrit une nouvelle fois ; un gardien venait pour le ramener à sa cellule. Vachon ne tenta pas de prolonger l'entretien. Ce fut André qui, d'une voix faible, brisa le silence :

— Voudrais-tu que je t'apporte quelque chose? s'enquit-il en se penchant vers son ami. Des livres? Des cassettes? Je peux demander au sergent ce que t'as le droit d'avoir…

— Ce que je voudrais le plus, tu peux pas me l'apporter…, coupa Richard avec un sanglot dans la gorge.

— C'est quoi? demanda André avec hésitation tout en retenant son souffle.

Richard leva vers lui un visage torturé, les yeux remplis de larmes.

— Ma mère…, fit-il d'une petite voix. Je voudrais voir ma mère…

— OK, je peux m'informer.

— Pas moyen, intervint Vachon dont le ton de voix s'était tout à coup adouci. J'ai déjà vérifié. Ils peuvent pas la laisser rentrer. C'est trop compliqué pour elle de se rendre jusqu'ici en fauteuil roulant, apparemment.

André ne trouva rien à redire, sachant que ce n'était que trop vrai: il fallait, pour se rendre jusqu'au parloir, passer un interminable réseau de couloirs et d'escaliers, des contrôles de sécurité, des points de fouille… même l'entrée principale posait problème, puisqu'il y avait au moins six marches à gravir. Il se laissa glisser à genoux devant Richard et lui mit la main sur un bras.

— Je vais m'arranger, promit-il. Même s'il faut qu'on passe par le garage ou par le quai des livraisons, que je la porte dans les escaliers… Elle pèse une plume!

— Et tu penses qu'elle va te laisser faire? demanda Richard avec un petit rire forcé. Elle m'a rarement laissé la prendre, même moi!

André lui adressa un clin d'œil complice.

— Si elle sait que c'est le seul moyen pour voir son p'tit gars, comme je la connais, elle va accepter n'importe quoi.

Richard lui serra la main avec une force qui trahissait son désespoir.

— Si tu réussis ça, mon jack, je vais t'en devoir toute une…

4

She had a place in his life
He never made her think twice
As he rises to her apology
Anybody else would surely know
He's watching her go
But what a fool believes he sees
No wise man has the power to reason away
What seems to be
Is always better than nothing
There's nothing at all
But what a fool believes he sees...

What a Fool Believes, The Doobie Brothers. N° 19 du palmarès Billboard 1979

Richard se regarda tant bien que mal dans le dos de la vieille médaille de la Sainte Vierge qu'André lui avait apportée. Il n'avait jamais cru à ces bondieuseries ridicules, mais c'était le seul objet ressemblant à un miroir qu'on lui laissait garder. Les vrais miroirs étaient trop dangereux.

Malgré les égratignures qui striaient la surface de métal blanc poli, il fut heureux de constater que, même avec des moyens réduits, il avait réussi à se coiffer d'une façon sinon convenable, du moins acceptable. Son premier arrêt, en sortant de cette foutue place, serait assurément le salon de son barbier. En attendant, il se débrouillerait tant bien que mal.

Ce matin-là, dans les douches, personne ne l'avait nargué ni ne s'était moqué de lui. C'était la première fois depuis son arrivée à Parthenais, et il avait vu cet état de fait à la fois comme un bon et un mauvais signe : *soit qu'ils ne s'intéressent plus à moi parce qu'ils savent que je serai bientôt sorti ou alors ils ont fini par s'habituer à ma présence et je fais partie du décor...*

Les premiers jours avaient été difficiles. Les autres prisonniers prenaient plaisir à tourmenter les plus jeunes, ceux qui étaient moins coriaces ou encore ceux qui, comme Richard, maintenaient qu'ils étaient victimes d'une épouvantable erreur. Au bout de deux semaines, cependant, il n'attirait plus autant l'attention. Depuis le début, il avait évité tout contact non essentiel avec ses codétenus. Il arrivait toujours à se trouver un endroit à l'écart dans le réfectoire et réussissait en général assez bien à se soustraire à leurs regards. Il était hors de question, pour Richard Masson, d'entretenir une conversation, quelle qu'en soit la nature, avec des bandits. Mais le temps ne lui paraissait que plus long.

Prenant ainsi douloureusement conscience que son séjour s'éternisait, il avait décidé d'ouvrir le sac qu'André lui avait apporté quelques jours plus tôt. Ce dernier avait obtenu la permission d'entrer dans l'appartement de La Cité, qu'on avait fini de fouiller, pour y récupérer des articles de toilette.

En apercevant son vieux sac Adidas, Richard avait tout d'abord senti une vague de chagrin l'envahir. Même s'il ne l'utilisait plus depuis plusieurs mois, la vue de cet objet familier lui avait amèrement rappelé que, n'eût été cette vacherie que la vie lui balançait, il aurait pu dormir dans son lit, se laver dans sa salle de bain, manger ce qu'il lui plaisait plutôt que la nourriture infecte qu'on lui servait jour après jour. Sur le coup, son esprit avait de nouveau vacillé entre la colère et la déprime, car rien ne semblait vouloir s'améliorer de sitôt. Au contraire, tout le conduisait vers un procès.

Même Vachon mettait désormais une grande partie de son énergie là-dessus, plutôt que de chercher à trouver quelque détail qui prouverait son innocence.

Non, vraiment, Richard ne s'était pas senti d'humeur à se faire rappeler tout ce qui lui manquait et, après avoir remercié son ami, il avait glissé le sac sous sa couchette sans trop y prêter d'attention.

Mais ce matin, en prenant sa douche, justement, il s'était dit que le temps était venu de se secouer un peu. Il lui fallait rester positif, se botter le derrière et reprendre son assurance et la maîtrise de ses émotions ; tout ce qui lui avait autrefois permis d'avancer et de se faire un nom. Redevenir lui-même, quoi.

De retour à sa cellule, il avait décidé d'ouvrir le sac. Il y avait trouvé une bouteille de son shampoing favori, une autre de mousse coiffante et son fameux séchoir à main, qu'il avait si bien appris à manier. Pour couronner le tout, André avait ajouté un assortiment tout neuf de lotion et d'eau de Cologne *Azzaro*.

Cette attention particulière l'avait amusé. Dans son ardeur à courtiser les représentants de Fabergé, quelques mois plus tôt, il avait dû se résigner à porter *Brut 33*, l'étendard de la marque. En vérité, il détestait ce parfum et lorsqu'il n'avait pas à aller au bureau, il demeurait fidèle à *Azzaro*, qu'il achetait pratiquement en cachette. Comme il brisait le papier cellophane, l'odeur familière, même si faible, lui parvint et le réconforta tout de suite. Avec ce seul ajout, André avait, sans le savoir, fait beaucoup plus que lui remonter le moral.

— Masson ! cria un des gardes en s'approchant de sa cellule. T'as une visiteuse…

Richard fut abruptement tiré de ses pensées. Une visiteuse… Ça pouvait seulement être Laurette. *Sacré jack ! T'as réussi à la faire monter jusqu'ici !*

Les mains tremblantes sous le coup de l'énervement, Richard agrippa la bouteille de lotion après-rasage pour s'en asperger soigneusement. Un sourire de satisfaction éclaira son visage. *Au moins, je suis présentable!* L'air placide, le gardien attendait sur le pas de la cellule, probablement blasé par les attitudes de jars des gars qui s'activaient à se mettre sur leur trente-six pour aller rencontrer leur blonde.

Mais, dans le cas de Richard, la situation était autrement embêtante. D'une part, il était heureux de sa visite; d'autre part, il lui fallait à tout prix l'empêcher de voir combien il était malheureux. C'était relativement facile, cette journée-là. Le seul fait d'avoir pu se coiffer de façon convenable et de sentir bon ajoutait beaucoup.

D'un pas léger, il suivit le gardien, qui le mena dans une partie de l'édifice qu'il n'avait pas encore explorée. Depuis qu'il était tout petit, ça l'excitait toujours de découvrir un nouvel endroit, comme s'il était en voyage. Quelque part dans un bureau, une radio à plein volume laissait s'époumoner Gloria Gaynor: « *Oh no not I, I will survive...* » Le rythme entraînant de la chanson acheva de le mettre d'excellente humeur.

La salle des visites était vaste, froide, et aussi intimidante que peu accueillante. Une longue rangée de détenus étaient attablés face à leurs visiteurs. En balayant la scène du regard, Richard eut une vision de cabane à sucre, de réfectoire de pensionnat. Il ne put s'empêcher de constater que la plupart des filles étaient moches. Bien sûr, rien ne devait être plus démoralisant que d'aller rendre visite à son homme en prison.

Il sentait d'instinct que ce ne serait pas le cas pour Laurette. Avec sa force de caractère légendaire, elle serait même fière d'une telle sortie, et Richard devinait déjà qu'elle avait dû se faire coiffer pour l'occasion et choisi de porter de nouvelles chaussures. Il la chercha des yeux en entrant dans la salle, s'attendant surtout à la repérer grâce à son fauteuil roulant, mais ne la vit nulle part. Puis, il se secoua en réalisant qu'elle n'aurait pas pu rouler elle-même jusque-là. Comme André le lui avait promis, il avait dû la prendre dans ses bras, bien sûr. Il se concentra donc sur la tête des femmes, toutes assises du même côté de la table. Plusieurs blondes, mais aucune ne ressemblait à sa mère. Pourtant, ce ne pouvait pas être une erreur — on n'aurait pas pris le risque de le laisser sortir de sa cellule autrement.

Ils continuèrent d'avancer le long du mur pour s'arrêter devant l'une des dernières tables, où le gardien lui fit signe de s'asseoir. À sa plus grande surprise, ce n'était pas Laurette, mais Denise qui s'y trouvait.

Son sourire s'évanouit sous le coup de la déception ; il ne verrait pas sa mère aujourd'hui.

Sans son maquillage habituel, sous la lumière crue des néons, Denise était tout de même toujours aussi jolie ; au moins mille fois plus que les autres femmes dans la salle. Ses yeux, par contre, lui apparurent cernés et gonflés.

— Tu as l'air bien..., murmura-t-elle, gênée, en guise de salutations.

— Ouin, ça va pas trop mal...

— Quand même, la prison...

— Bof ! Je serai pas ici longtemps ; j'en profite pour me reposer. Y a pas grand-chose à faire, à part dormir, lire, écouter de la musique. Il manque juste un bar et on se croirait en vacances !

Il lui offrit un large sourire totalement feint pour bien lui montrer qu'il ne se sentait même pas contrarié par sa situation. En même temps, il glissa ses mains sous la table pour qu'elle ne puisse pas voir qu'il tremblait de la tête aux pieds.

Le fait d'avoir à rencontrer quelqu'un ici, de se conformer à la norme, renforçait en quelque sorte son sentiment d'être désormais un criminel à part entière. Encore plus que lorsqu'il était dans sa minuscule cellule ou qu'il subissait le désagrément des douches communes, il devenait tout à coup pareil aux autres hommes incarcérés en ces lieux. Sa situation lui apparut alors telle qu'elle était : sans issue.

Ils se regardèrent comme tant de fois avant, dans un silence qui couvrait les conversations autour d'eux. Pendant un court instant, Richard ne put s'empêcher de se dire qu'il ne se serait pas retrouvé ici, en ce moment, s'il avait accepté les conditions de Denise, de se marier et d'en finir avec sa vie de célibataire insouciant. Le soir du meurtre, il aurait été tranquillement chez lui, en train de regarder une des sempiternelles reprises de *La petite maison dans la prairie*... Plutôt rasant, mais mille fois mieux que de contempler le plafond de sa cellule.

— As-tu besoin de quelque chose ? demanda Denise au bout de quelques minutes. Je savais pas quoi t'apporter...

— Non, c'est correct... André s'occupe de tout.

— Il va te servir d'avocat ?

Richard ne put s'empêcher de rire doucement, sentant le malaise dans sa voix. Denise et André n'avaient jamais su s'entendre, tous deux en compétition pour accaparer l'attention de Richard.

— Non, il plaide pas de causes criminelles. Il m'a recommandé à un collègue de son étude... Mais il m'aide beaucoup. C'est lui qui t'a appelée pour te dire que j'étais ici ?

— Non, avoua Denise. J'ai... je l'ai vu dans les journaux.

Richard se sentit pâlir.

— On... on en a parlé dans les journaux ?

— Bien sûr... C'est un meurtre qui a attiré l'attention.

Tout à coup, il sembla à Richard que les murs de la salle, si vaste fût-elle, se refermaient sur lui. Son nom avait été mentionné... Un meurtre... Dieu sait à quel point cette histoire risquait de nuire à sa réputation et combien il lui faudrait de temps avant de pouvoir la rétablir, peut-être devrait-il même rebâtir sa carrière. Et André ne lui en avait rien dit... Il se força à rire encore une fois.

— Bof, on a tous notre petit quinze minutes de célébrité... Ils ont mis une belle photo, j'espère ?

— Non, y avait pas de photo, juste ton nom et ton âge…

Richard feignit d'être déçu en faisant une moue comique, mais retint le soupir de soulagement qui lui était venu. *Au moins, je risque pas de me faire regarder croche…*

— C'est dommage, dit-il. Je pense que je parais mieux que le portrait-robot… Tu l'as vu ? Tout le monde dit que c'est assez ressemblant… Moi, je trouve pas.

Denise ne répondit pas, mais lui fit un petit sourire, toujours aussi gênée.

— Tu sais…, commença-t-elle d'un ton hésitant, je… je sais bien que c'est pas toi, que tu es innocent…

Richard s'adossa de travers sur sa chaise, appuya un coude sur le dossier et croisa ses jambes dans une pose décontractée.

— C'est sûr que c'est une erreur ! s'écria-t-il en riant. Tout le monde sait ça. Y a juste la police qui est convaincue que c'est moi… Gang d'épais.

Denise se força à rire, elle aussi.

— Je suis contente que tu réussisses à prendre ça avec humour… J'étais inquiète pour toi…

— Oh ! C'est certain que j'aurais d'autres choses à faire. Mais y a probablement un zélé au département des enquêtes qui veut qu'on le remarque pour avoir une promotion et qui se sert de moi pour bien paraître. Faut juste que j'attende que quelqu'un s'aperçoive de sa gaffe…

— Ah oui ? Je pensais qu'ils avaient toutes les preuves nécessaires et qu'ils étaient prêts à t'amener au procès…

Richard eut envie de crier et serra les poings malgré lui. De telles allégations — qui étaient sans doute publiées dans les journaux — risquaient de lui nuire longtemps, même une fois blanchi. Sans compter le tort que ça pouvait causer à Laurette. Il s'inclina vers l'avant et chuchota à Denise, comme s'il s'agissait d'une confidence :

— Ça, c'est ce qu'ils disent aux journalistes, pour pas passer pour des caves. Dans le fond, je devrais même pas être ici… S'ils faisaient leur job comme du monde, ça ferait longtemps que le vrai coupable aurait été arrêté…

Denise eut l'air soulagée.

— Quand même, tu dois te sentir pire qu'un oiseau dans une cage… T'aimes tellement être dehors, pauvre toi !

Richard balaya ses propos d'un revers de la main.

— C'est temporaire. Dès que je serai sorti, je me reprendrai. Un voyage dans le Sud, dans le temps des Fêtes, ça te tenterait ?

Denise rougit et baissa les yeux.

— Je sais pas… Faudrait que j'y pense…

Richard regretta tout de suite ses paroles. Formulée par réflexe, son invitation avait été sincère ; à croire que, soudain, il avait oublié que c'était fini entre eux. Mais le fait de lui avoir demandé — et qu'elle n'avait pas refusé non plus — le laissa perplexe. Ce qu'il n'osait pas s'avouer, c'est combien il était heureux qu'elle soit venue. Denise était la dernière qu'il aurait pensé voir ici. Se retrouver avec elle ramenait des souvenirs doux-amers difficiles à refouler. Après sa sortie, peut-être recommencerait-il, en effet, à la fréquenter, qui sait ?

Cherchant toujours quoi dire, Denise changea abruptement de sujet.

— Et ta mère, elle est venue te visiter ?

— Oui, mentit Richard. Presque tous les jours. C'est pas facile pour elle, mais ça lui fait du bien de me voir…

— Ben oui… Tu penses que ça l'aiderait si j'allais lui rendre visite ? Je sais qu'on s'entendait pas trop bien, dans le temps, mais vu les circonstances…

— Oh, fit Richard en feignant l'hésitation, je crois pas que ce serait une bonne idée, faudrait que je lui en parle avant…

Le brouhaha des gardiens qui entrèrent dans la salle l'empêcha de se forcer à trouver quelque autre mensonge. L'heure des visites était terminée. Richard se sentit à la fois soulagé et immensément triste.

— Merci d'être venue, dit-il alors que le garde lui intimait de se lever. Je t'appelle dès que je suis revenu chez nous, OK ?

Denise lui répondit d'un hochement de tête, les yeux pleins d'eau. Richard se détourna rapidement et se força à s'éloigner d'un pas léger. Une larme coulait sur sa joue encore luisante de lotion.

: :

— Ça a pus d'allure ! cria Richard. Ça fait un mois que je suis enfermé ici ! As-tu idée du calvaire que j'endure ? Et t'as rien fait pour m'aider ! T'as toujours rien trouvé qui prouverait que je suis innocent !

— Heille, le jeune, je travaille pas au département des miracles ! riposta Albert Vachon.

— Calme-toi, mon jack, intervint André. Il fait tout ce qu'il peut, tu le sais.

— Comme quoi ? Il vient de le dire qu'il peut pas faire de miracles !

— Peut-être pas, fit Vachon avec un sourire rusé. J'ai quelque chose à te proposer qui pourrait t'aider beaucoup…

— C'est quoi ? demanda Richard avec inquiétude.

— J'ai bien repensé à toute cette preuve qu'ils pensent détenir. Dans les faits, ça veut pas dire grand-chose, c'est juste des personnes qui pensent te reconnaître. Alors, j'ai demandé à mon équipe de tout repasser en revue et d'essayer de voir s'ils auraient pas tourné les coins un peu trop ronds…

— Pis ? firent Richard et André à l'unisson.

— Eh bien, on s'est aperçus assez vite qu'ils avaient négligé un tas de choses qui pourraient virer en notre faveur.

André regarda Richard et lui fit un clin d'œil complice.

— Je te l'avais dit, qu'il était fort, chuchota-t-il.

Cependant, Richard avait trop souvent vacillé entre l'espoir et le désespoir pour baisser sa garde si facilement.

— Par exemple ? demanda-t-il avec méfiance.

— La sérologie, lâcha simplement Vachon.

— Quoi ?

— Les tests de base, expliqua André. Des patentes scientifiques ; c'est un peu compliqué. Les groupes sanguins, l'analyse des fluides corporels...

— Dans les liquides du corps, des tas de choses sont particulières à chaque individu, précisa Vachon. Des sortes de marqueurs qui sont presque uniques à chaque personne, comme les empreintes digitales.

— Ils ont même pas vérifié ça ? fit Richard, incrédule.

— Oh oui, répondit Vachon avec vigueur. L'équipe d'identification judiciaire a tout fait ça. Comme la température jouait en leur faveur, ils ont eu plein de spécimens frais. Ils ont du sang du tueur, des échantillons de sa salive, de son sperme... Eux, ils l'ont faite, leur job. C'est Massicotte qui a pas fini la sienne.

— Comment ça ?

Vachon étala quelques feuillets devant lui et son sourire s'étira.

— On a rien en ce qui te concerne, dit-il. Ils t'ont pas fait de prise de sang, de prélèvement de salive, ni demandé d'échantillon de sperme, *right* ?

— Non, répondit Richard, qui commençait à se demander si, effectivement, ils pourraient enfin avoir le dessus sur le gros Massicotte. Ça change quelque chose ?

— Mets-en ! s'exclama André.

— Selon le protocole d'enquête, pour que ça en vienne au procès, il aurait fallu s'assurer que tout concorde, au minimum. Ça me surprend même que le procureur de la Couronne ait accepté d'aller de l'avant sans ça...

— Pas le temps, trop de travail, Massicotte qui est assez convaincant…, suggéra André.

— Peut-être, acquiesça Vachon, mais on va les prendre à leur propre jeu.

— De quelle façon ? s'enquit André.

— Je vais commencer par demander une analyse indépendante, expliqua Vachon. On va faire effectuer tous les tests par un labo privé, pour garder ça entre nous, puis, quand on aura quelque chose de solide, on demandera une réouverture de l'enquête. Imagine un peu : le gars a laissé tomber une goutte de son sang sur la blouse de la fille. Quelles sont les chances qu'il ait le même groupe sanguin que toi ? C'est pareil avec la salive et le sperme, y a des façons de démontrer si ça vient du même gars… Mais Massicotte a même pas pris la peine de s'en assurer.

— Et si c'est pas assez solide ? s'inquiéta Richard. Suppose que ça se ressemble trop ?

— C'est presque impossible. Il suffit de pas grand-chose, répliqua Vachon. La moindre petite différence entre ton profil et celui du tueur, et tout peut achopper.

— Penses-tu ? demanda André. C'est pas sûr à cent pour cent, ces affaires-là. Puis, Massicotte est autrement têtu, et la Couronne est de son bord…

— Peut-être, convint Vachon. Mais même si on va en procès, si je trouve un filon à exploiter, ça peut aider. Les jurés, quand ils entendent parler de quelque chose de scientifique, ça les rend tout croches et ils savent plus quoi penser. Même si le juge leur demande de pas en tenir compte, ils pourront pas l'oublier…

Richard regarda tour à tour les deux avocats avec hésitation.

— Et vous êtes sûrs que c'est fiable ? Que ça se retournera pas contre moi ?

Vachon éclata de rire.

— C'est presque sûr à cent pour cent. Comme une chance sur un million. C'est de la technologie de pointe ! Si t'es innocent, t'as rien à craindre... à moins que t'aies un frère jumeau, un jumeau identique, qui aurait les mêmes marqueurs !

Richard fixa André.

— Qu'est-ce que t'en penses ?

— T'as rien à perdre, mon jack, répondit André avec sollicitude. Enfin, on aura quelque chose qui jouera en ta faveur. Ensuite, ce sera la job de Vachon de convaincre le juge qu'ils ont fait une erreur en t'arrêtant.

— J'ai rien à perdre, tu dis ? Tu trouves pas que j'en ai déjà perdu beaucoup ? As-tu idée de ce que je vis, enfermé ici, jour après jour, à pas savoir ce qui se passe ? J'ai pas moyen de savoir quand je vais sortir, si je vais récupérer ma job... J'ai un char neuf parqué dans une fourrière qui risque de rouiller avant que je puisse le reprendre ! Je passe mes soirées dans une petite cellule de huit par huit... Encore plus petite que le plancher de danse de l'Octogone ! Je suis écœuré de me faire traiter comme un criminel, de faire rire de moi par les autres, de me faire achaler par les gardiens qui arrêtent pas de m'appeler Réal...

André eut un petit rire nerveux.

— Réal ? Me semble que t'as pas une tête de Réal...

Richard haussa les épaules.

— Y a un gars quelque part à Montréal qui me ressemble, apparemment. Lui, c'est un vrai criminel. Ciboire, c'est lui qui devrait être ici à ma place !

Un lourd silence envahit la pièce pendant que Vachon fouillait dans sa mallette pour en sortir un formulaire bleu qu'il commença à remplir. Richard se mit à marcher de long en large, en grommelant de colère :

— J'aimerais bien le voir, ce Réal-là... Moi aussi, je pourrais rire de lui, pour faire changement.

André se redressa soudain, comme si on avait allumé un feu sous sa chaise.

— Ben c'est ça ! s'exclama-t-il. On l'a, notre preuve !

Vachon et Richard s'immobilisèrent et le regardèrent avec perplexité.

— De quoi tu parles ? demanda Vachon.

— Si le Réal en question ressemble tant que ça à Richard, il doit par conséquent ressembler au gars du portrait-robot... Si on le mettait dans un *line up* et qu'on faisait revenir les témoins, on a des chances que ce soit lui qu'ils identifient !

— Ouin, mais s'il ressemble au portrait-robot, objecta Richard, pourquoi c'est pas lui que les policiers sont allés arrêter, d'abord ?

André balaya sa question d'un geste d'impatience.

— Aucune idée. Peut-être parce que tes voisins ont été les premiers à appeler pour te dénoncer... peut-être parce que ceux qui l'ont reconnu ont été trop paresseux pour prendre le téléphone... J'le sais-tu, moi ?

— Ou peut-être parce qu'il est déjà en dedans, avança Vachon avec scepticisme. Si le gars est un habitué de la place, il pourrait être en train de purger une peine ailleurs. Si c'est le cas, ça l'élimine tout de suite de la liste des suspects.

— La liste des suspects ? Y a juste un nom sur la liste : le mien, crisse ! Ils se sont jamais donné la peine de chercher un autre coupable !

André se tourna vers Albert Vachon.

— Peux-tu t'informer ?

Vachon se leva à contrecœur.

— Je vais aller questionner les gardes qui sont en service, dit-il en attachant son veston. À tout le moins, essayer de savoir c'est qui ce Réal. Je vais demander à voir Massicotte, aussi. Comme vient de le dire Richard, le fait qu'ils ont seulement un suspect ajoute à ce que mon équipe a déjà établi : ils ont tourné les coins ronds.

Il glissa le formulaire dans sa mallette pour ensuite la refermer.

— Par contre, dit-il d'une voix grave, il faut quand même procéder avec le test de sérologie. Ça peut servir. Je reviens dans quelques minutes.

— C'est ça. Moi, j'aimerais mieux y réfléchir avant de m'embarquer là-dedans. Je suis toujours pas convaincu que ça va m'aider, cette histoire de test…

Vachon le regarda quelques secondes d'un air contrarié, puis sortit en emportant sa mallette et son imperméable. André se rua aussitôt sur Richard.

— T'en rends-tu compte, mon jack? demanda-t-il en le secouant par les épaules, joyeux comme un gamin. Tu vas peut-être sortir d'ici avant longtemps!

Richard eut un petit rire niais.

— Wow… Ce serait au boutte…

— Alors, c'est quoi la première chose que t'aimerais faire en sortant? T'as juste à le dire, et je m'arrange pour l'organiser!

Richard alla s'asseoir, soulagé mais tout de même un peu perplexe.

— Je sais pas trop par où on devrait commencer. Récupérer mon char… Retourner au Limelight… Me taper deux ou trois belles filles…

— Parfait! dit André. Je suis content de voir que t'as encore ta *drive*! Tantôt, j'irai acheter de quoi pour fêter un peu… du bon stock.

Le regard de Richard s'illumina.

— Ouais, ça me serait pas mal utile, ici… Ça aiderait à passer le temps, des fois…

— Minute! Je peux en mettre de côté pour quand tu vas sortir, mais pas question de t'en fournir ici dedans… J'ai pas le goût de perdre ma job!

— Ben non, ben non, le rassura Richard. Je te demanderais pas des choses de même! Des plans pour que tu te retrouves enfermé avec moi. Je souhaiterais pas ça à mon pire ennemi!

André eut l'air soulagé.

— Voyons, fit-il, qu'est-ce qu'il brette, Vachon? Me semble que ça fait un boutte qu'il est parti?

Il sortit à son tour, laissant Richard quelque peu confus. Malgré lui, ce dernier s'imaginait libre, de retour à son appartement, dans ses affaires, passant chez Laurette pour lui annoncer la bonne nouvelle. Déjà, il pouvait presque sentir l'air frais emplir ses poumons, voir la lumière du jour autrement qu'à travers une vitre...

André revint en coup de vent quelques minutes plus tard.

— Vachon est parti ! fit-il en rageant. Y a parlé avec deux ou trois gardes et y a crissé son camp ! Il s'est même pas donné la peine de revenir nous voir !

— Heille, c'est quoi c't'affaire-là ? s'écria Richard. Il est censé m'aider, mais il crisse son camp ! C'est quoi son ostie de problème ?

— Je sais pas, admit André, encore sous le coup de la surprise. C'est pas dans ses habitudes, tu peux me croire ! Ils m'ont dit qu'il s'est informé au sujet de Réal, et après il est sorti de l'édifice... Il avait l'air fâché, apparemment... C'est peut-être parce que tu te décidais pas au sujet de la prise de sang ? Il a déjà laissé tomber des causes parce que ses clients refusaient de l'écouter...

Cette annonce acheva de mettre Richard hors de lui.

— Je m'en câlisse de son ostie de test ! C'est moi le client ! J'en ai rien à ficher de ce qu'il a décidé... Je veux un autre avocat !

— Attends un peu, implora André. On sait pas où il est allé...

— JE VEUX MÊME PAS LE SAVOIR ! tonna Richard. Demain matin, tu rentres à ton bureau, tu dis à Vachon que je veux pus le voir, pis tu me trouves quelqu'un d'autre, OK ?

: :

Ayant eu amplement le temps de couver durant une autre nuit blanche, la colère de Richard ne fit qu'augmenter lorsque, entrant dans la salle d'entretien, il se retrouva nez à nez avec André et Vachon.

— Heille! s'écria-t-il en regardant le premier tout en pointant le second. Je t'avais dit que je voulais pus le voir, lui!

— Calme-toi, plaida André. Laisse-le t'expliquer pourquoi il est parti si vite hier.

Tirant Richard par le bras, il lui intima de s'asseoir pendant que Vachon sortait un dossier dont les coins commençaient à s'écorner.

— Bon, commença ce dernier. C'est vrai qu'il y a apparemment en ville un gars qui te ressemble comme deux gouttes d'eau, qui s'appelle Réal et qui a un dossier aussi épais qu'un annuaire du téléphone…

— Ça pourrait être lui, le tueur? l'interrompit Richard.

Vachon leva la main pour lui indiquer de le laisser parler.

— J'ai pas pu mettre la patte sur sa fiche, mais à ce qu'il paraît, il a été arrêté surtout pour des crimes mineurs: vol à l'étalage, voies de fait simples… Jamais d'histoire de viol, encore moins de meurtre…

— Y a toujours une première fois, l'interrompit de nouveau Richard.

Vachon eut soudain l'air agacé par cette façon de lui couper la parole.

— Écoute, fit-il en lui jetant un regard froid, ça se pourrait que ce soit lui, mais faut pas se faire d'idées.

— Mais pourquoi personne a pensé à lui comme suspect? demanda André.

— Comme tu l'avais supposé hier, on a dénoncé Richard en premier. Les témoins étaient presque unanimes, alors Massicotte a cru qu'il détenait le bon gars.

— Mais ce type… Réal, ils vont l'arrêter aussi? Le questionner?

— Pas sûr, répondit Vachon en faisant une moue sceptique. C'est un robineux, il a aucune adresse connue… On le voit parfois à l'Armée du salut, des places de même, mais seulement quand il fait très froid. Le reste du temps, il flâne en ville, jamais longtemps au même endroit. Il a été arrêté une fois aux galeries d'Anjou, une fois à Sainte-Anne-de-Bellevue, deux fois à Laval…

— Coudonc, il s'en promène une *shot* ! s'écria André

— Oui, acquiesça Vachon. Le genre qui reste pas en place. Un vrai de vrai vagabond.

— Mais il faut le trouver ! lança Richard. S'il y a une chance que ce soit lui…

— C'est ce que je me disais hier, expliqua Vachon. C'est pour ça que je suis parti d'ici en trombe. J'ai tout juste eu le temps d'aller voir le procureur pour lui demander un mandat d'arrestation pour ce Réal…

— Et puis ? firent André et Richard en chœur .

— Il a refusé ! Il veut même pas ressortir son dossier, pour qu'on puisse au moins comparer sa photo avec la tienne. Il dit que ce serait trop coûteux et probablement une perte de temps d'essayer de le retracer… Il est même pas certain de l'endroit où est son dossier, justement. La dernière fois que le gars a été vu, il s'était battu avec un type qui l'avait embarqué sur le pouce, en route vers Québec… On est même pas sûr qu'il soit à Montréal. Ce serait comme chercher une aiguille dans une botte de foin. Toi, par contre, t'es déjà ici, quatre personnes sont prêtes à témoigner contre toi… alors la police va y aller avec le plus facile.

— Mais c'est pas juste !

— Non, c'est pas juste, mais c'est pas moi qui décide. La seule solution, …

— C'est quoi ? demandèrent André et Richard encore une fois à l'unisson.

— C'est que tu acceptes de passer le test dont je te parlais hier. Une fois qu'on aura quelque chose de solide qui permet de supposer que c'est pas toi, je retournerai voir le procureur et là, on sera en mesure de négocier un peu plus serré.

Richard hésitait toujours autant.

— Allez ! l'encouragea André. Je te l'ai dit, t'as rien à perdre…

— Écoute, Masson, déclara alors Vachon, j'ai un marché à te proposer... Je peux pas te donner de détails, mais disons que je connais une couple de gars qui me doivent une faveur... Si t'acceptes de passer le test, moi, je suis prêt à leur demander de le retrouver, ton Réal...

— Des gars ? Quels gars ?

— Je viens de te le dire..., soupira Vachon, je peux pas te donner de détails...

— Albert connaît beaucoup de monde, renchérit André en insistant sur « beaucoup ». Du monde pas toujours très correct, mais qui peut être utile quand on en a besoin...

Richard comprit l'allusion, se souvenant qu'Albert Vachon était un criminaliste qui avait souvent défendu des récidivistes endurcis.

— Mais qu'est-ce que ça change, que j'accepte de passer ton test ou non ?

Vachon haussa les épaules.

— Disons que ça va contribuer à faire avancer la science...

— Et qu'est-ce qui te fait croire que personne va venir y mettre les pattes ? répliqua Richard.

— Comment, y mettre les pattes ? Qu'est-ce que tu veux dire ?

— Je suis juste pas capable d'arrêter de penser qu'il y a quelqu'un derrière tout ça. Quelqu'un qui est prêt à tout — et qui a déjà fait beaucoup — pour me nuire.

Vachon émit un grognement.

— Pas encore ta maudite histoire de complot ?

— Oui, répondit Richard avec conviction. Au point où j'en suis, je peux pas éliminer cette possibilité.

: :

Richard se frotta l'intérieur du coude, à l'endroit où la satanée prise de sang avait laissé une trace désormais presque tout effacée. Deux semaines plus tôt, victime de la tension qui ne faisait que s'amplifier, il avait accepté de passer le test. Surtout qu'André lui avait rappelé quelque chose d'important : Richard était de groupe sanguin AB négatif, parmi les plus rares. Les chances pour que le tueur soit du même groupe étaient minces. Puis, il avait la promesse, autant celle de Vachon que celle d'André, que tout serait fait sans que personne puisse interférer.

Ces arguments avaient été suffisants pour que Richard accède à la demande de Vachon. Au moment du prélèvement, vu que Richard était stressé, la veine avait éclaté, ce qui avait provoqué un hématome comme il en avait rarement vu. Ça ne posait pas de problème pour l'analyse, aux dires de l'avocat, mais Richard en avait été quitte pour quelques jours d'enflure, un peu de douleur et une marque mauve qui avait ensuite viré au vert, puis au jaune.

Le prélèvement de salive avait été le plus facile. Pour l'échantillon de sperme, en revanche, le « prélèvement » avait été laborieux, à tout le moins. Même avec les magazines qu'on lui avait fournis. Sa libido avait sérieusement fléchi depuis le début de son incarcération, et les images de déesses qui défilaient jadis dans sa mémoire lorsqu'il se mettait au lit avaient fait place, à des préoccupations plus noires et sordides.

Depuis, toutefois, il n'avait aucune nouvelle des résultats. Pas plus qu'il n'y avait de traces de ce fameux Réal. Tous ses espoirs semblaient disparaître au fur et à mesure que sa peau reprenait sa teinte normale.

André lui avait rendu visite presque tous les jours, mais n'avait rien de nouveau à lui communiquer. Vachon travaillait fort à son dossier, selon ses dires, mais il avait aussi plusieurs clients qui le réclamaient. Richard n'avait d'autre choix que d'attendre.

Au début, il avait trouvé ces visites rassurantes, encourageantes. André s'amenait toujours le matin, dès la première heure, ce qui commençait bien la journée. À quelques reprises, cependant, il avait tardé, puis s'était montré avec des signes évidents que la veille avait été mouvementée. Il n'avait jamais osé l'avouer à Richard — qui n'avait pas posé de questions non plus —, mais il devenait clair qu'il avait repris sa vie nocturne, même sans lui.

Dans les couloirs de la prison, quelques décorations de Noël étaient apparues. À l'occasion, à la radio, on entendait de la musique du temps des Fêtes. Richard surprenait aussi parfois les conversations des gardiens qui parlaient de leurs projets pour la période des vacances.

Il était aussi enragé qu'attristé de constater que tout continuait comme avant à l'extérieur, que la vie ne s'était pas arrêtée et que personne ne l'attendait. À quelques reprises dans les premières semaines de son incarcération, Gérald Gagnon, son patron, le président de l'agence de publicité, était venu le voir. Son attitude avait convaincu Richard que celui ou ceux qui cherchaient à lui nuire ne faisaient pas partie de la firme. Les propos de Gagnon avaient d'abord été encourageants, rappelant à Richard que ses collègues pensaient à lui et se souciaient de son sort. Puis, de façon anodine, Gagnon avait mentionné deux gros contrats qui avaient été décrochés sans que Richard ait rien à y voir. Cette constatation l'avait un peu sonné. Désormais, on réussissait à très bien se passer de lui. Sa fierté professionnelle en avait pris tout un coup. Déjà qu'il n'était plus maître de sa propre vie... Se voir de cette façon mis de côté lui enlevait le peu de dignité qu'il lui restait. Gagnon lui avait laissé entendre que sa place l'attendait, dès que tout serait réglé. Néanmoins, malgré ses promesses de revenir, il ne s'était plus montré.

Seule Laurette semblait avoir aussi mis sa vie en suspens. Plus de trois semaines après son arrestation, au bout d'une longue hésitation, Richard s'était décidé à l'appeler. Il ne comprenait pas cette gêne qu'il éprouvait au début. Bien sûr, il n'avait rien à se reprocher, donc aucune crainte qu'elle puisse détecter quoi que ce soit de louche dans sa voix. Par contre, contrairement à Denise devant qui il avait si bien réussi à bluffer, sa mère sentirait tout de suite combien il était malheureux. Et cela ne pouvait que la rendre triste aussi. Il avait pris bien soin de ne pas l'appeler trop souvent, de ne pas trop en dire, de paraître jovial, pour la rassurer. Elle avait semblé jouer le jeu. Pour le moment.

Elle était toujours aussi forte. Elle le soutenait, même de loin, mieux qu'André ne le pouvait en personne. Chaque fois, Richard se disait qu'il se devait de demeurer fort, lui aussi. C'était le moins qu'il puisse faire pour elle, pour rester digne de la façon dont elle l'avait élevé.

Ce fut après un appel de sa mère qu'on vint lui annoncer que son avocat voulait le voir. Comme c'était contraire aux habitudes d'André de se pointer ainsi en plein après-midi, son visiteur ne pouvait être que Vachon. D'ailleurs, celui-ci avait prédit, à sa dernière visite, que les résultats ne tarderaient plus.

Richard était tout aussi craintif que joyeux en marchant vers la salle d'entretien. Avec un peu de chance, il faisait ce trajet pour la dernière fois. Le gardien poussa la porte et Richard remarqua tout de suite l'air irrité de Vachon. Il sut alors que son calvaire était loin d'être fini.

— André… André est pas venu ? demanda-t-il d'un ton puéril.

— Non, répondit Vachon en lui faisant signe de s'asseoir. Je lui ai pas dit que je venais. Je voulais te parler seul à seul.

Richard posa ses fesses sur le bout de la chaise, comme un enfant inquiet. Vachon ressortit le fameux formulaire bleu, qui entre-temps avait été rempli et tellement manipulé qu'il en était devenu tout froissé.

— À partir de maintenant, dit-il d'un ton sévère, va falloir que tu joues *fair*. Je suis prêt à t'aider même si t'es coupable, mais faut que tu sois franc.

— Comment ça, même si je suis coupable ? s'écria Richard. Je suis pas coupable ! Qu'est-ce que tu racontes là ?

Vachon leva le feuillet du bout des doigts et le lui mit sous le nez.

— C'est pas ça que le test dit, mon gars, déclara-t-il. C'est apparemment ton sang qu'on a trouvé sur le cadavre de la victime. Encore tout frais ! Ta salive dans son cou, ton sperme dans son vagin. On a un match parfait ! Faut-tu que je te fasse un dessin ? Comment t'expliques ça, si c'est pas toi qui l'as tuée ?

— Ben ton crisse de test vaut pas d'la marde ! rugit Richard en se levant d'un bond.

La chaise tomba à la renverse au moment où André faisait irruption à son tour dans la salle.

— On m'a dit que... que... au bureau..., balbutia-t-il. On m'a dit que t'avais eu les résultats...

: :

Richard ne savait pas à quoi s'attendre en entrant dans la salle des visiteurs. Chaque fois qu'il y était venu, l'endroit avait été pour lui comme une scène de théâtre, où il s'était efforcé, d'abord pour Denise, puis pour Gagnon, de donner une performance digne des plus belles soirées de la Place des Arts. Il n'avait aucune idée de l'identité de son visiteur cette fois-ci, mais il reprit instinctivement son rôle du gars pour qui tout va pour le mieux.

Il fit à peine quelques pas avant d'entendre des éclats de voix et sut tout de suite que ce serait peine perdue.

— Pas moyen de passer ! criait une femme. Vous pourriez pas vous tasser un peu ? Et touchez pas à mon fauteuil ! J'ai besoin de personne pour me pousser, je suis tout à fait capable toute seule !

À un coin de la table, on avait retiré des chaises pour lui faire de la place. Deux gardiens et un autre homme s'affairaient à déplacer des gens. Richard reconnut immédiatement André, qui tenait sur son avant-bras la longue pelisse noire. Son cœur fit un bond dans sa poitrine et il se dirigea vers eux d'un pas hésitant.

La femme pesta encore une ou deux fois, mais Richard ne put comprendre ce qu'elle disait. Par contre, il remarqua que tous les autres prisonniers et leurs visiteurs avaient tourné la tête dans cette direction.

Laurette Dubé-Masson venait rendre une visite à la prison de Parthenais. Personne n'avait jamais rien vu de pareil ni n'en reverrait de sitôt.

— Non mais tu parles d'une bande d'imbéciles ! s'écria-t-elle à l'intention de son fils alors qu'il s'asseyait devant elle. Comment tu fais pour endurer ça ?

— Bonjour, maman, fit Richard d'une petite voix.

Laurette attendit que les gardiens aient reculé et que les autres prisonniers cessent de la regarder avant de lui répondre. André se dandina sur un pied, puis sur l'autre, témoin mal à l'aise de ces retrouvailles.

— Me semble que ça te ferait du bien, une coupe de cheveux…, dit Laurette en guise de salutations.

Richard se coiffa tant bien que mal du bout des doigts.

— J'ose pas faire la demande, confessa-t-il en riant. J'ai peur qu'ils me rasent la bolle. Tu sais, les barbiers de prison, ils connaissent pas les coupes à la mode.

André se mit à rire aussi, comme pour confirmer ce que venait de dire son ami. Laurette s'inclina vers l'avant pour permettre à son fils de l'embrasser.

— C'est pas bien grave, dit-elle d'un ton conciliant. T'es toujours aussi beau, c'est ça qui est important.

Elle lui serra très fort les mains.

— Je suis contente de voir que tu t'en sors bien, continua-t-elle avec un grand sourire. André me dit tout le temps que tu es fort, optimiste, que tu as confiance que ça va s'arranger bientôt. C'est comme ça qu'il faut penser, jamais lâcher.

— Maman…, commença Richard avant que sa voix ne se brise dans un sanglot.

Laurette se redressa, l'air interdit. De son côté, André détourna le regard, visiblement gêné.

— Ben voyons, mon gars, laisse-toi pas abattre de même ! C'est pas comme ça que je t'ai élevé. T'es un homme maintenant, t'es pus un bébé !

Bien au contraire, Richard se sentait comme s'il avait de nouveau six ans. Comme cette première journée d'école où il s'était subitement retrouvé entouré de tous ces visages étrangers, ne reconnaissant que quelques-uns de ses petits voisins les plus proches, les autres le toisant avec curiosité et parfois même avec mépris. C'était la première fois qu'il se séparait de sa mère si longtemps. Il aurait voulu qu'elle reste avec lui, silencieuse, au fond de la classe. Le seul fait de l'avoir près de lui l'aurait réconforté. Mais Laurette était rentrée à la maison dès que la cloche avait sonné. Ce scénario s'était répété tous les matins, tous les midis, et il avait fallu plusieurs mois avant que Richard ne parvienne à se débarrasser de cette boule qui se formait dans sa gorge chaque fois.

Bientôt, à la fin de la période des visites, Laurette allait repartir, et Richard savait déjà qu'il serait le plus malheureux des petits garçons.

— Je me suis enfin décidée à venir, fit-elle pour changer de sujet. C'est toute une affaire, rentrer ici ! Mais ça en vaut la peine ! Je sais que tu te retiens pour pas m'appeler trop souvent… et j'ai bien deviné que t'avais pas beaucoup de visite. Me semble que le temps doit être long, par boutte ?

— Non, non, protesta mollement Richard en retenant presque son souffle. Y a André qui vient presque tous les jours, bien sûr, et Albert Vachon…

— Non, non, non, l'interrompit Laurette. Je parle du vrai monde… tes amis, tes collègues ?

— Oh, eux autres…

Richard hésita quelques secondes. Comment lui dire ? De vrais amis, il n'en avait qu'un : André. Loin d'être antisocial, Richard avait cependant toujours eu de la difficulté à entretenir ses amitiés. Des connaissances, des copains avec qui il pouvait prendre une bière après le boulot, occasionnellement jouer un match de tennis, ou encore organiser un party impromptu, il en avait plusieurs. Quand le temps était à la fête, c'était facile de les rassembler. Mais les gens sur qui compter en cas de pépin étaient rares. Surtout lorsque le pépin en question consistait à se faire arrêter pour un crime dont il était le seul suspect.

— Ben, y a Gagnon qui est venu deux ou trois fois, pour m'apporter des nouvelles du bureau… Et je t'avais pas dit : y a eu Denise, aussi…

Laurette parut surprise.

— Ton ancienne blonde ?

— Ouin, j'aurais jamais pensé la voir ici…

— Moi non plus… Elle est venue te dire quoi faire ? Comment te défendre ?

Richard secoua la tête en riant.

— Ben non, maman, c'est pas ça pantoute. Elle est venue me dire qu'elle savait que j'étais innocent…

— Tout le monde qui te connaît sait que t'es innocent…

— Peut-être, mais personne d'autre est venu me le dire, avoua-t-il enfin, piteux.

Laurette eut un petit geste de la main.

— Inquiète-toi pas avec ça. C'est sûrement parce qu'ils savent même pas que t'as le droit de recevoir des visites…

Sa voix sonnait faux. Pour la première fois de sa vie, Richard constatait que sa mère était à court d'arguments. Il éclata de nouveau en sanglots. Cette fois, André recula, par pudeur.

— Voyons ! grogna Laurette. Secoue-toi un peu ! Tout le monde nous regarde !

Elle jeta un regard hautain tout autour d'elle.

— Tout le monde nous regarde depuis tantôt, répéta-t-elle, comme si on était des animaux dans un zoo…

Sa voix retentit fort dans la grande salle et, d'un seul coup, tous ceux qui les épiaient furtivement se détournèrent. Laurette eut un petit sourire de satisfaction.

— T'as pas de raison de t'en faire, assura-t-elle à Richard en s'inclinant vers lui de nouveau. C'est juste comme un mauvais rêve. Va bien falloir que tu te réveilles un jour!

Richard hocha la tête, mais garda les yeux baissés. De toute évidence, André avait dû lui cacher les éléments les plus importants qui jouaient contre lui: les témoins convaincus et catégoriques, le test de sang...

Ils restèrent de longues minutes sans rien dire, les mains de Laurette emprisonnant celles de son fils, ce dernier n'essayant pas de se soustraire à ce contact chaud et réconfortant, espérant futilement qu'elle pourrait ainsi lui transmettre de sa force, chose qui lui faisait défaut. Puis, un brouhaha de voix leur indiqua que l'heure des visites tirait à sa fin. Déjà, André revenait vers eux.

Laurette se redressa dans son fauteuil et adressa à Richard un sourire radieux. Pour un peu, on aurait pu croire qu'elle était fière de le retrouver en ces lieux, comme si elle savait déjà qu'il traverserait cette épreuve et en sortirait indemne.

— On va tâcher de revenir, dit-elle en tendant un bras vers André. Maintenant que je sais comment ça marche, je vois bien que ça vaut la peine de se laisser mener, si c'est toi qu'on trouve au bout du chemin.

Richard n'osa pas demander de détails de leurs péripéties, sachant déjà qu'il avait fallu plier, puis déplier le fauteuil roulant à quelques reprises, qu'André avait dû la porter à quelques étapes, tout ce que Laurette détestait, mais qu'elle était prête à endurer pour lui. Comme toujours.

Par chance, le gardien lui intima de se lever pour retourner à sa cellule avant que Laurette et André n'aient eu le temps de bouger. Il n'aurait pas eu le courage de les regarder s'éloigner.

Comme il l'avait fait après la visite de Denise, il marcha droit devant lui et ne se retourna pas.

5

Feeling down'n dirty, feeling kinda mean
I've been from one to another extreme
This time I had a good time, ain't got time to wait
I wanna stick around till I can't see straight
Fill my eyes with that double vision, no disguise for that double vision
Ooh, when it gets through to me, its always new to me
My double vision gets the best of me

Double Vision, Foreigner. N° 88 du palmarès Billboard 1979

Richard se sentit vaguement pris de nausée en apercevant la date sur le calendrier suspendu au mur dans la salle d'audience. Le vendredi 7 mars 1980.

Je serais dû pour un autre paiement sur mon char.

Puis, la réalité le rattrapa: déjà cinq mois depuis son arrestation. Plus tôt, en route vers le palais de justice, il avait pu regarder par la fenêtre un peu. La première fois depuis longtemps. La ville avait passé l'hiver et en gardait les dernières traces: des bancs de neige sale, des mares de gadoue gênant les piétons aux intersections, des arbres gris aux branches dégarnies, hésitant à afficher leurs bourgeons.

Huitième journée de procès; huitième journée qui se terminerait encore avec cette horrible sensation d'être en train de se noyer.

Albert Vachon, fidèle à sa promesse, plaidait avec brio. C'était clair qu'il avait un don. Jamais il ne parla du test de sang. Vraisemblablement, il devait avoir détruit le fameux feuillet bleu avec le résultat. En somme, il n'allait utiliser que ce qui pouvait avantager la cause; l'utiliser au maximum.

Parfois, en l'écoutant parler, Richard en venait à oublier que c'était sa cause sous les projecteurs, que c'était son avenir dans la balance. Il se laissait plutôt prendre aux tactiques de Vachon qui tentait tour à tour de faire ralentir la machine, puis interrogeait les témoins en les talonnant de si près que l'une d'entre eux — la serveuse du Dunkin' Donuts — avait presque fondu en larmes.

Le chauffeur d'autobus était beaucoup plus coriace, soutenant avoir remarqué le suspect dès qu'il avait mis le pied dans son bus parce qu'il portait une veste jeans tachée à l'épaule, semblable à celle qu'il avait lui-même portée et donnée à l'Armée du salut quelque temps auparavant, au point de se demander si ce n'était pas la même… Vachon ne se laissait pas démonter pour autant et le faisait répéter encore et encore les moindres détails de sa déposition, si bien que le chauffeur se mit à s'énerver et à bégayer, et que le juge dut intimer à Vachon de cesser son harcèlement.

En fait, tout au long du procès, le juge avait dû le rappeler à l'ordre plusieurs fois. Et ce n'était pas fini, selon André. Ce cher André, qui se pointait aussi souvent que possible quand il n'était pas retenu ailleurs par un client ou par la chaude étreinte d'une récente conquête qui refusait de le laisser partir au petit matin.

Le contre-interrogatoire devait se terminer enfin. Lundi prochain, ce seraient les plaidoiries. Après, il y aurait la délibération du jury. André avait tenté de se montrer encourageant, mais Richard n'était pas dupe: son complet neuf, ses cheveux fraîchement coupés et savamment coiffés — sans compter ses nouvelles chaussures hors de prix — ne seraient peut-être pas suffisants pour convaincre les douze personnes qui l'observaient avec curiosité depuis deux semaines qu'il n'était pas un violeur ni un tueur.

Tout tenait en deux points: la ténacité des témoins qui juraient l'avoir vu en compagnie de la victime dans les vingt-quatre heures avant son décès, tout près du lieu où son cadavre avait été retrouvé, et son incapacité à fournir un alibi pour prouver qu'il était à des milles de là au même moment.

On se serait cru dans un mauvais film. Et, tout comme dans plusieurs de ces mauvais films, l'intrusion d'un commis qui entra pour transmettre un billet au juge en plein milieu de la séance fut aussi surprenante qu'intrigante. Vachon s'arrêta net dans son interrogatoire.

Le juge Dufour prit la petite feuille, la déplia et y jeta un coup d'œil. Il haussa un sourcil, inclina la tête sur le côté et regarda tour à tour les avocats des deux parties.

— Vous m'excuserez, Messieurs, déclara-t-il, mais je me dois de suspendre ce procès en raison d'un imprévu. Nous reprendrons dans une vingtaine de minutes…

Outre une légère surprise, Vachon n'eut d'abord aucune réaction. Ce ne fut que lorsqu'un des huissiers indiqua aux membres du jury qu'ils devaient quitter la salle qu'il réagit enfin, se précipitant vers la table derrière laquelle étaient assis André et Richard.

— Non, mais, c'est quoi l'affaire? demanda-t-il, irrité.

— Aucune idée, répondit André. Peut-être un problème technique? Une alerte à la bombe dans l'édifice? Ou bien sa femme a eu un accident d'auto?

Il continua ainsi avec une série de suppositions tout aussi loufoques les unes que les autres, mais Richard ne l'écoutait plus. De l'autre côté de la salle, le procureur de la Couronne semblait aussi surpris que Vachon.

Seul Richard demeura calme. Depuis le temps, il avait réussi à ne plus s'étonner de rien. Il s'était passé tellement de choses incroyables au fil des mois, c'en était insensé. Peu importait la raison pour laquelle le procès venait d'être suspendu : il savait que, inexorablement, il allait être condamné. C'était écrit depuis le début.

Malgré tout ce qu'André et Vachon pouvaient en penser, Richard restait convaincu qu'il s'agissait d'un coup monté. Il n'arrivait pas à comprendre par qui, encore moins comment, mais le résultat était le même : il se retrouvait sans défense devant la puissance de ceux qui avaient comploté tout ça. Et la sempiternelle question le tenaillait toujours : pourquoi ?

Tournant la tête avec hésitation, il balaya la salle du regard. Très peu de personnes avaient assisté aux audiences depuis le début. Des jeunes — des étudiants, peut-être ? — prenaient des notes. Deux ou trois autres hommes aussi ; probablement des journalistes. Comme d'habitude, il y avait Laurette, installée tout de suite à droite du banc des accusés, au seul endroit qui lui était facile d'accès. Denise, elle, était assise complètement à l'autre bout de la salle. Richard ne savait toujours pas si elles s'étaient parlé, si elles s'étaient au moins approchées l'une de l'autre, mais il en doutait fort. Pourtant, ces deux femmes, parce qu'elles étaient les seules qui croyaient en lui désormais, avaient beaucoup plus en commun qu'elles ne voulaient l'avouer.

Richard eut une vision de toutes ces filles qu'il avait connues, au cours des dix dernières années. Pour la plupart, il ne se souvenait pas de leur nom. On se rencontre dans une disco, on danse un peu, on se retrouve chez l'un ou chez l'autre pour baiser. Certaines s'étaient montrées vivement intéressées à le revoir et lui avaient remis leur numéro de téléphone, en échange d'une promesse vide qu'il les rappellerait. Denise était venue puis repartie à quelques reprises, s'étant elle aussi fait servir plus que son lot de mensonges. Et Richard n'en éprouvait jamais de remords. La vie était belle, la baise, facile, et le niveau de responsabilité, presque nul.

Un instant plus tard, la longue parade des déesses fit place dans son esprit à celle de ses anciens collègues. Même avec eux, Richard n'avait pas toujours joué *fair*. Pour avancer, dans ce métier, il fallait parfois poignarder quelqu'un dans le dos. Richard n'en était pas fier, mais il était persuadé qu'on ne pouvait pas faire d'omelette sans casser des œufs. Puis, il s'était fait rendre la monnaie de sa pièce à quelques reprises; il s'était fait traiter de salaud, mais avait aussi encaissé des coups bas. Plus souvent qu'à son tour? Il ne pouvait en juger, exactement. Il n'avait jamais fait le décompte.

Était-ce pour toutes ces raisons qu'il payait un si lourd prix aujourd'hui? Il avait gravi assez vite l'échelle de l'entreprise et ne s'était jamais gêné pour s'en vanter. La descente n'avait pris que quelques minutes, le temps d'un coup de fil au sujet d'un portrait-robot...

Richard savait qu'il n'avait pas toujours été un ange. Il en avait même fait baver à plusieurs sans s'en rendre compte. Égoïste, insouciant, orgueilleux, il le reconnaissait. Mais pas méchant, dans le fond. Sinon, Laurette se serait bien chargée de le remettre dans le droit chemin. Jamais rien de bien grave, du moins rien pour que sa conscience ne l'empêche de dormir. Surtout, rien qui ne puisse justifier cette condamnation pour meurtre. C'était insensé.

Son regard croisa celui de Vachon.

— Merci, dit-il d'une voix faible. T'es vraiment bon, même si je suis pas sûr que le jury va embarquer...

— Inquiète-toi pas, répondit Vachon en lui faisant un clin d'œil. Quand ce sera fini, tu vas recevoir ma facture.

Richard allait répliquer lorsque le juge revint dans la salle, l'air encore plus soucieux qu'en sortant. Il monta à son pupitre, mais ne prit pas la peine de s'asseoir.

— J'aimerais que les deux avocats me suivent, ordonna-t-il sans autre précision.

Vachon et le procureur obtempérèrent. André eut le réflexe de se lever également pour les accompagner dans la petite pièce attenante, mais Vachon lui indiqua de rester à son fauteuil.

Un murmure parcourut la salle. Richard regarda de nouveau André, qui haussa les épaules.

— Ça peut vouloir dire n'importe quoi…, déclara ce dernier sur un ton blasé.

Déjà les deux avocats revenaient, suivis d'un huissier qui prit la parole.

— Le procès est suspendu jusqu'à lundi matin, neuf heures, annonça-t-il.

Avant même que Richard n'ait eu le temps de réagir, on lui avait passé les menottes pour le ramener au fourgon cellulaire. Son dernier regard fut pour sa mère. Il lui sourit timidement, à défaut de pouvoir aller se blottir dans ses bras. Il savait qu'il la retrouverait à la même place à l'ouverture de l'audience, lundi matin. Elle était toujours là, toujours aussi fidèle, toujours aussi forte.

Comme à chaque fin de séance, Richard avait le cœur gros. Il aurait voulu lui parler, lui dire de ne pas s'inquiéter, mais, comme à chaque fois, il hésita trop longtemps et, avant qu'il ne se soit décidé, on l'avait déjà fait sortir de la salle. Il devrait encore se contenter de lui passer un coup de fil, plus tard en soirée. Entendre sa voix au téléphone lui faisait toujours du bien, sauf qu'être près d'elle lui manquait alors plus cruellement. Cette dernière journée ne différerait pas.

Une fois à Parthenais, plutôt que de le conduire à sa cellule comme c'était d'habitude le cas depuis le début des audiences, on l'amena tout de suite à la salle d'entretien. Vachon y faisait les cent pas, l'air contrarié; André se tenait à l'écart, le dos au mur.

— On a découvert de nouveaux éléments, grogna Vachon lorsque Richard vint s'asseoir.

— De nouveaux éléments? répéta ce dernier avec hésitation. Comme des nouvelles preuves?

— Aucune idée, répondit Vachon. On me demande d'attendre encore une heure ou deux.

Il regarda sa montre.

— Crisse ! Bientôt quatre heures ! Il va être trop tard pour demander une suspension ! Va falloir attendre jusqu'à lundi.

— Toute la fin de semaine sans savoir ce qui se passe ? s'écria Richard. Ça veut dire quoi, pour moi ?

— Aucune idée, répéta Vachon. Me font chier, des fois...

Sur ce, il se mit à discuter avec André de certains points de droit, des délais de communication, de cette fâcheuse manie qu'on avait, trop souvent, de retenir de l'information.

Richard ne l'écoutait plus. Habituellement, il revenait du palais de justice avec une impression qui, même si elle n'était pas encourageante, était tout de même concrète. Les discussions se terminaient sur une note logique, à la fin d'un plaidoyer, d'un témoignage. Jamais les audiences n'étaient restées ainsi en suspens. Cet état de fait, en apparence anodin, lui était aussi désagréable que déroutant.

Que venait-on de découvrir, au juste ? Les scénarios les plus fous se mirent à défiler dans son esprit. Peut-être était-il coupable, après tout ? Pouvait-il effectivement souffrir d'un dédoublement de personnalité, avoir fait toutes ces choses sans s'en souvenir ? Cela expliquerait tout et, au point où il en était, Richard se surprenait presque à souhaiter que ce soit le cas. Au moins, il en aurait le cœur net. Une explication logique, peu importe sa nature et les conséquences, valait mieux que l'ignorance et l'incompréhension.

Soudain, la porte s'ouvrit à toute volée. Comme toutes ces surprises qui n'en finissaient plus de se succéder, Georges Massicotte fit irruption dans la pièce.

En réalité, Richard n'était pas vraiment étonné de le voir. Massicotte avait été appelé à témoigner, puis avait assisté aux comparutions par intermittence. Or c'était la première fois que Richard le rencontrait au centre de détention depuis le début du procès. Et c'était aussi la première fois que Massicotte le dévisageait de cette façon, comme s'il avait aperçu un fantôme.

— Qu'est-ce qui se passe ? cria Vachon, en colère. Est-ce qu'on va finir par le savoir ?

— Ben, figurez-vous donc qu'on a trouvé votre Réal…, répondit Massicotte d'une voix blanche tout en continuant à fixer Richard.

Vachon s'arrêta net.

— Réal ? fit-il avec hésitation.

— Réal Gendron, vingt-huit ans, articula lentement Massicotte. Il a été arrêté vers l'heure du midi, après s'être battu dans un parc, près de la place Jacques-Cartier. On l'a amené au quartier général, des gardiens l'ont reconnu, ils se souvenaient de Richard, du portrait-robot… Alors ils nous ont appelés… Et puis… puis là…

Il ne put continuer, visiblement secoué.

— Maudite marde, souffla-t-il seulement.

— Maintenant, persista Vachon, on fait quoi avec ça ?

— Ben…, répondit Massicotte en désignant vaguement Richard, on va le libérer…

— Le libérer ? firent Vachon et André à l'unisson.

— Ouais, acquiesça mollement Massicotte. Le type a quasiment avoué, comme si de rien n'était. Il a surtout pas nié, c'est à se demander s'il riait pas de nous autres. Ce serait fort possible que ce soit plutôt lui qui a tué la fille, en septembre…

Il laissa de nouveau sa phrase en suspens, toujours aussi hébété. Tout, dans l'attitude de Massicotte, indiquait à Richard que quelque chose n'allait pas, était à l'opposé de ce à quoi il était habitué, et il ne se sentait pas rassuré. Sans compter que la rapidité avec laquelle le fameux Réal avait ni plus ni moins avoué son crime lui semblait pour le moins anormale.

— Ça… ça va être suffisant ? demanda-t-il avec inquiétude.

Massicotte ne répondit pas et continua à le fixer. Vachon s'élança hors de la pièce.

— C'est quoi, cette ostie d'histoire de fous ? l'entendit-on crier dans le corridor.

Massicotte sortit à son tour, à reculons, lentement et comme à regret, toujours incapable de quitter Richard des yeux.

— Je reviens tout de suite, dit-il simplement.

Richard dut se secouer pour essayer de comprendre ce qui se passait. L'attitude de Massicotte était déroutante. L'inspecteur avait été correct avec lui en général, mais, les premiers jours après son arrestation, il avait joué au taupin sûr de lui, se frisant la moustache du bout des doigts avec nonchalance, lui jetant des coups d'œil condescendants et des sourires sarcastiques.

Même pendant le procès, il avait conservé cette attitude de supériorité, du genre à qui rien n'échappait. Lors de cette irruption, par contre… On aurait dit qu'il était abasourdi, bouche bée, complètement sonné. Richard n'arrivait pas à trouver le qualificatif exact.

— Te rends-tu compte, mon jack ! s'écria André en le prenant par les épaules comme il le faisait si souvent.

En apercevant cette mine épanouie qu'il n'avait pas eu l'occasion de voir depuis bientôt cinq mois, Richard prit soudainement conscience que cette sordide histoire arrivait peut-être bel et bien à sa fin.

— On va en virer toute une pour fêter ça !

— Wô, fit Richard en levant la main. On s'emballera pas tout de suite… Ça peut être long avant que ça se fasse…

— Pas sûr, moi, riposta André en regardant sa montre. Si le gars a presque avoué, le juge et le procureur sont au courant, ils l'ont probablement déjà *booké*… c'est une question de minutes avant que tu sois sorti…

— Si c'est ça, mon jack, eh ben, l'horaire de la soirée est tout fixé…, répliqua Richard. Depuis le temps que j'imagine ce que je ferais en sortant : on passe chacun chez nous pour se changer, j'amène ma mère souper au Kon-Tiki, et on se rejoint plus tard en ville pour en virer une, comme tu dis !

André acquiesça avec un large sourire, puis il se leva et alla regarder dans le corridor. Tout était calme

— Je me demande où Vachon est passé… Ça commence à me taper sur les nerfs, sa maudite manie de crisser son camp comme ça…

— Au moins, cette fois-ci, il peut pas aller bien loin, déclara Richard en montrant la chaise sur laquelle Vachon avait laissé son imperméable et sa mallette.

André sourit de nouveau.

— Je pense qu'il reviendra pas avant d'avoir tout tiré au clair. Il nous doit bien ça.

— Oui. Pour toutes les fois où il m'a fait chier…

Ils se regardèrent et éclatèrent de rire.

— Ce serait drôle, quand même, dans un sens, si…, commença André.

— Si quoi ?

— Ben…, poursuivit-il avec hésitation. Depuis des semaines, au bureau, il arrête pas de dire que t'es probablement son cas le plus désespéré, mais qu'il va gagner et que ça va être sa plus belle victoire…

— Ouin ? Et puis ?

— Ben, imagine, tu vas te retrouver libre, et ça aura rien à voir avec lui.

Dix minutes plus tard, Vachon était de retour, aussi blême et sonné que Massicotte l'avait été plus tôt.

— Faut absolument que vous veniez voir ça, les gars…, dit-il d'une voix blanche.

Sans même attendre leur réaction, il ressortit dans le couloir. André et Richard le suivirent d'un pas incertain, ce dernier surpris d'avoir soudain le droit de se promener librement dans le bâtiment. Sans même qu'il s'en aperçoive, les gardiens qui, auparavant, se trouvaient toujours à proximité avaient disparu.

Loin devant eux, Vachon courait presque, dévalant les marches deux à deux sans même vérifier si André et Richard lui avaient emboîté le pas.

Rendu dans le secteur de l'enregistrement, Richard sentit un frisson le parcourir. Cinq mois plus tôt, c'était ici qu'on avait procédé aux formalités de transfert, avant de lui assigner une cellule. Le long cauchemar avait alors commencé. Allait-il finir aujourd'hui ?

À leur arrivée, un prévenu finissait de passer par le même processus. Le gars leur tournait le dos, mais Richard sut tout de suite que c'était ce fameux Réal. Qu'on soit en train de lui mettre les menottes voulait tout dire. Les gardiens derrière le comptoir avaient un drôle d'air, en tous points semblable à celui de Massicotte et de Vachon.

Puis, deux d'entre eux aperçurent Richard qui arrivait et ils blêmirent davantage.

Mais qu'est-ce qui se passe ?... Pourquoi tout le monde a l'air bizarre, tout d'un coup ?

Avant qu'ils ne soient parvenus près de l'homme, celui-ci était entraîné des policiers. Sans même se consulter, Vachon, Richard et André se hâtèrent derrière eux.

Le prévenu et son escorte entrèrent dans une salle d'entretien. Lorsque le gars se tourna pour s'asseoir à la table, Richard et André purent enfin voir son visage. Ils s'arrêtèrent net sur le pas de la porte.

À quelques pieds seulement, Richard avait devant les yeux une copie conforme de lui-même. Un homme dont la carrure, le visage, le regard et même la chevelure étaient identiques aux siens. La seule différence était que ce type avait l'air plus vieux, avachi, de toute évidence lourdement marqué par une vie difficile.

Richard se revoyait quelques mois plus tôt, lors de son arrivée à la prison. Dépeigné, mal rasé, c'était clair que n'importe qui pouvait facilement les confondre.

Au bout d'un instant, l'homme releva la tête et jeta un vague coup d'œil autour de lui. Il ne semblait pas autrement impressionné de se retrouver en ces lieux, mais plutôt étonné de constater que personne ne disait rien.

Après avoir dévisagé Massicotte, puis Vachon, il dirigea son regard vers André et Richard, qui, avec leurs complets-cravates, pouvaient facilement passer pour de quelconques enquêteurs. Si André ne retint pas son attention, en voyant Richard, par contre, il écarquilla les yeux et ouvrit la bouche, mais aucun son n'en sortit. Il se leva lentement et le fixa avec intensité.

— C'est quoi, c't'affaire-là ? dit-il dans un bêlement. T'es qui, toé ?

Personne ne répondit. Pas même Massicotte, qui habituellement se montrait volubile et n'hésitait pas à rappeler aux prévenus que c'était à lui de poser les questions. L'inspecteur lui enleva les menottes, puis laissa passer Richard, qui s'avança avec hésitation vers l'inconnu.

— C'est exactement ça que j'allais te demander..., murmura-t-il.

Ils se toisèrent, aussi surpris l'un que l'autre, leurs regards tout aussi froids, leurs mâchoires crispées.

— C'est toi, Réal ? demanda Richard.

— Ouin, toé ?

— Moi, c'est Richard...

— Pis kessé tu fais icitte ? T'es une police ?

— Non, je suis un gars ordinaire... Mais je voudrais bien savoir d'où tu sors, toi.

Réal haussa les épaules.

— De nulle part, de partout. Je vis à Montréal. Je bumme dans les rues. Des fois, je me fais arrêter...

La réponse avait été débitée sur un ton qui se voulait désinvolte, mais Richard ne fut pas dupe : ce type était tout aussi surpris que lui. Mais quelque chose d'autre avait interpellé Richard, qui interrogea André du regard.

— Simonac…, fit ce dernier avec le peu de souffle qui lui restait, même la voix sonne pareil…

Sur le point de défaillir, Richard ferma les yeux et prit une grande inspiration. Ce Réal était sa copie conforme, même si nettement plus abîmée. Une ressemblance si frappante qu'elle en donnait le vertige. Il sut du coup que cette misérable histoire de meurtre était réglée, mais que quelque chose d'autre — possiblement pire — venait de commencer.

Il avait devant lui non seulement son parfait sosie, mais… Les paroles de Vachon, lorsque celui-ci lui avait expliqué le test de sérologie, lui étaient subitement revenues à l'esprit : « Quelles sont les chances qu'il ait le même groupe sanguin que toi ? C'est pareil avec la salive et le sperme, y a des façons de démontrer si ça vient du même gars… à moins que t'aies un frère jumeau… »

Cette éventualité lui tomba dessus comme une tonne de briques, le laissant sans voix. Pourquoi ? Pourquoi le sort s'acharnait-il sur lui ainsi, n'ayant de cesse de lui apporter plus que son lot de revirements et de mauvaises surprises ? Ça n'en finissait plus… Loin de se dissiper, le mystère ne faisait que s'épaissir. Par contre, il y avait moyen d'éclaircir une question cruciale.

— Es-tu le fils de Laurette et Alcide Masson ? demanda enfin Richard.

Chacun de ces mots amplifia son émoi. Il connaissait déjà la réponse. *Ostie, j'ai un jumeau…*

Contre toute attente, Réal éclata de rire en s'affalant sur une chaise.

— Le fils de quelqu'un ? Aucune idée ! Ma mère m'a câlissé là quand j'étais p'tit bébé. J'ai jamais su qui étaient mes parents, c'est pas écrit nulle part.

André s'avança à son tour.

— Est-ce que tu connais ta date de naissance, au moins ?

— Le 29 juin 1951, il paraît... C'est ça qu'on m'a toujours dit à l'orphelinat...

Richard ferma les yeux une seconde fois. Il n'était pas surpris de cette réponse. Bien sûr qu'ils avaient la même date de naissance, il le savait déjà avant qu'André ne pose la question. Finalement, toute cette histoire était bel et bien un coup monté, en quelque sorte : pas un complot visant à lui nuire, comme il l'avait cru, mais plutôt un mauvais tour du destin.

Il regarda de nouveau l'homme devant lui. Aussi incroyable que cela puisse être, ça expliquait tout. Dès le départ, les témoins les avaient confondus. C'était logique. Les résultats identiques des analyses de sang s'expliquaient également, mais si l'idée d'avoir un sosie était déroutante, ce n'était rien comparativement à celle d'avoir un jumeau sorti de nulle part. Ou plutôt, comme Réal venait de l'expliquer, d'un orphelinat.

Difficile à croire, mais impossible à nier. Pourquoi ne l'avait-il pas découvert avant ? Les souvenirs qu'il gardait de sa petite enfance étaient devenus de plus en plus vagues avec les années, par contre, il savait parfaitement que jamais un frère n'avait fait partie du paysage, surtout pas un jumeau. Comment Laurette avait-elle pu lui cacher ça tout ce temps ? Et Joseph ? Le savait-il aussi ? Toute sa vie avait-elle été construite sur un mensonge ?

Richard dut s'asseoir, pour éviter de tomber. D'instinct, André, Vachon et Massicotte reculèrent jusqu'au mur, désireux de rester pour voir comment tout cela allait finir, mais incapables de formuler une seule question. Richard savait déjà qu'il lui revenait de mener l'interrogatoire.

Face à Réal, qui le regardait droit dans les yeux, il eut l'impression de se voir dans un miroir. De son côté, même s'il tentait de paraître détaché, Réal était tout aussi dérouté. On a beau être un criminel de longue date, vraisemblablement blasé par une vie de misère, il y a de ces choses qui chamboulent même les êtres les plus endurcis. Puis, imperceptiblement pour les autres, les deux hommes frissonnèrent, presque en même temps.

Richard se racla la gorge, hésita. Comment lui expliquer, à cet inconnu, à ce meurtrier, qu'ils étaient fort probablement des frères ?

— Moi aussi, je suis né le 29 juin 1951, fit-il.

— Eh ben ! En plus de se ressembler, on aurait la même date de fête ? C'est trop fort !

— Comme tu dis, mais ça va encore plus loin que ça, ajouta Richard, la gorge sèche. J'ai passé un test, avant Noël, et ça me porte à croire qu'on serait des jumeaux... Mais comment ça se fait que j'ai jamais entendu parler de toi ?

— Ben là, on est quittes, parce que moé non plus j'ai jamais entendu parler de toé. Des jumeaux ? Elle est ben bonne, celle-là...

— T'as vécu où, toute ta vie ? coupa Richard.

— Je viens de te le dire : à Montréal. Je pense que je suis né dans une crèche, me souviens pus laquelle, et un moment donné je me suis retrouvé à l'orphelinat Saint-Arsène...

André et Richard sursautèrent.

— L'orphelinat Saint-Arsène ? demanda Richard. Sur la rue Christophe-Colomb ?

— C'est ça. Mais ça existe pus. Y a eu un feu y a quelques années... mais j'étais pus là. Ils m'ont crissé dehors quand j'avais quatorze ans. J'ai fait des foyers nourriciers, quatre ou cinq, et un jour j'ai eu dix-huit ans...

Déjà, Richard ne l'écoutait plus. Dans son esprit, les images du vieil édifice en briques rouges avaient surgi, le ramenant à ces nombreuses fois où, dans son enfance, il était passé devant. Été comme hiver, l'endroit lui donnait la chair de poule. Dans la grande cour, des enfants jouaient dans une atmosphère pesante, tenant de l'exercice militaire, comme si on leur interdisait d'y trouver plaisir. Une multitude de garçons de tous âges qui, selon Laurette, n'avaient pas de famille.

— Tu vois, disait-elle, comme on est chanceux, nous deux ? Ton père est mort, mais moi, j'ai survécu... Sinon, c'est dans un endroit comme ça que t'aurais abouti...

À l'époque, Richard, même s'il reconnaissait sa chance, était tout de même envieux de ces gamins qui vivaient tous sous le même toit, grandissaient ensemble, s'échangeaient des secrets, le soir, dans la pénombre des dortoirs. Lui, dans son petit lit, n'avait personne. Chez les Masson, après le souper et les devoirs, c'était interdiction de jouer dehors, et Richard se retrouvait blotti contre sa mère, à regarder la télé ou à jouer aux cartes. L'été, ses amis — même André — le désertaient souvent, quittant la ville à tour de rôle pour aller passer quelque temps qui à son chalet, qui dans un camp de vacances, ou alors sur les plages des États-Unis.

Richard, lui, sortait rarement de la ville. À cause du fauteuil roulant de Laurette, toute escapade était compliquée. Il devait donc se contenter de balades dans le quartier quand personne ne s'offrait pour les amener faire un tour à la campagne. Le pendant urbain était, le plus souvent, un pique-nique au parc Jarry, à la piscine publique. Dans la plupart des cas, il restait seul avec Laurette.

Pendant le temps des Fêtes, si les trottoirs étaient bien déneigés, ils sortaient parfois en soirée. Pour prendre l'air et admirer les décorations de Noël. En passant devant l'orphelinat, il ne pouvait manquer d'entendre les cris des garçons qui jouaient au hockey sur la grande patinoire. Richard, lui, n'avait pas de patinoire dans sa cour.

Un de ces garçons, assurément, était Réal.

Richard lança un coup d'œil à André qui, médusé, ne pouvait rien faire d'autre que d'écouter, adossé au mur entre Vachon et Massicotte. Ce dernier paraissait toujours aussi sonné.

— Tu jouais au hockey, des fois ? demanda Richard alors que Réal continuait à lui raconter comment il passait ses journées à se promener en ville.

— Au hockey ? Ça m'est arrivé, quand j'étais pas en punition…

— Tu t'es déjà promené sur la rue Boyer ? Au sud de Jean-Talon ?

— Me souviens pas… On sortait jamais du terrain de l'orphelinat. Ils voulaient pas, les enfants de chienne. Après que j'ai été parti, t'imagines que ça m'a jamais tenté de retourner dans ce boutte-là…

— C'est là que j'habitais, l'interrompit de nouveau Richard. Sur Boyer… Me semble qu'on se serait reconnus si on s'était vus. Ma mère était en chaise roulante… Notre mère, je veux dire…

Les mots le surprirent lui-même. *Notre mère…* L'idée de ne pas être fils unique lui était à la fois agréable et irritante. Mais pourquoi Laurette lui aurait-elle caché l'existence d'un frère ?

— En chaise roulante ? répéta Réal d'un ton sarcastique. Essaies-tu de me faire brailler ? Si vraiment ta mère est ma mère… C'est une infirme ?

Il ricana méchamment. Richard s'offusqua de son commentaire. Comment osait-il tourner en ridicule la condition de Laurette ?

— Elle a beaucoup de mérite !

— De mérite ? explosa Réal en se levant d'un bond.

Dans le coin de la petite salle, André retint un geste instinctif pour attraper la chaise qui menaça de tomber à la renverse. Vachon et lui se regardèrent, témoins silencieux et impuissants.

— Du mérite pour quoi ? cracha Réal. Pour m'avoir abandonné quand j'étais bébé ? Condamné à une vie de misère ? Pour être jamais venue me reprendre, pendant que moé, je l'attendais ?

Richard ne répondit pas. *Elle devait avoir ses raisons…*

— Parce que je l'ai attendue, ma mère, tu sauras, continua Réal en postillonnant de colère. Quand j'étais petit, je m'endormais en braillant en pensant à elle, même si je savais même pas de quoi elle avait l'air, en espérant qu'on allait me réveiller le lendemain pour me dire qu'elle était revenue me chercher. Des fois, je voyais des femmes qui marchaient dans la rue, qui semblaient s'en venir vers l'orphelinat. Chaque fois, je me disais : c'est elle, ma mère, elle s'en vient me chercher. Mais c'était jamais elle. Elle est jamais venue... Les seuls qui venaient, c'étaient les vieux cochons de frères qui passaient en pleine nuit pour nous faire des écœuranteries dans notre lit.

Sous l'emprise de la rage qui visiblement grondait en lui, il s'arrêta devant Richard et lui jeta un regard sombre. Ce dernier ne lui en tint pas rigueur. Non seulement le type venait d'être arrêté pour meurtre, mais cette découverte d'un jumeau devait lui avoir asséné tout un coup. Richard était bien placé pour comprendre.

— Quand j'ai eu quatorze ans, reprit Réal en se calmant un peu, d'un coup, je me suis retrouvé dehors. Dans une famille de trous de cul qui pensait juste au chèque et qui se crissait ben de moé... J'ai passé au batte plus souvent qu'à mon tour. La seule chance que j'avais, c'est que j'étais libre. Je pouvais me promener en ville, aller partout. Je me quêtais un peu d'argent et je prenais l'autobus, et après le métro, quand ils l'ont ouvert. Je passais mes journées à tout explorer, à faire le maximum de millage rien qu'avec un billet.

Il vint se rasseoir.

— Au moins, pendant ce temps-là, je mangeais pas de volées.

Richard ne répondit pas. Chaque mot de Réal faisait apparaître en lui des images si vives qu'il n'avait aucune peine à imaginer ce que son frère avait dû vivre. Était-ce ça, la fameuse connexion télépathique que les jumeaux étaient censés partager et que personne ne pouvait expliquer ? Si une telle connexion existait, Richard n'aurait-il pas dû sentir une sorte de vide dans sa vie ? Ou alors, était-ce ce vide qu'il cherchait à combler depuis plus de dix ans, en s'étourdissant avec ses succès professionnels et cette série de femmes qui étaient passées dans son lit ? Il ne le saurait probablement jamais. Peu importait, un fait demeurait : il avait un frère, et ce dernier avait connu une vie totalement à l'opposé de la sienne. Et tout ça, à son insu.

— Je sais pas c'est qui, ta mère, dit finalement Réal, mais si c'est aussi ma mère, ben, pour moé, c'est rien d'autre qu'une crisse de salope.

6

And I remember what she said to me
How she swore that it never would end
I remember how she held me oh so tight
Wish I didn't know now what I didn't know then
Against the wind
We were runnin' against the wind
We were young and strong, we were runnin'
Against the wind

Against the Wind, Bob Seger. N° 55 du palmarès Billboard 1980

Contre toute attente, Richard crut reconnaître le parfum de Denise dans l'appartement. Pourtant, elle n'y avait pas mis les pieds depuis au moins deux ans. Tout était plus ou moins comme il l'avait laissé le matin de son arrestation. Même les traces de rouge à lèvres sur un des verres de champagne. La seule différence était l'épaisse couche de poussière qui recouvrait tout et qui témoignait du passage du temps.

André le suivait en portant le sac Adidas.

— Tu m'excuseras, dit ce dernier, mais si j'avais su que t'étais pour rentrer aujourd'hui, j'aurais fait un peu de ménage.

Richard ne répondit pas et alla s'affaler sur son canapé. Dehors, le soleil était sur le point de se coucher. C'était rassurant de voir que les journées allongeaient, que l'hiver était derrière eux.

Il avait imaginé mille scénarios pour son retour à la maison. Chaque fois, dans son imagination, ç'avait été joyeux, réconfortant. Maintenant que c'était vrai, il se sentait complètement vide de toute émotion.

— T'appelles pas ta mère? cria André qui était rendu dans la cuisine et remplissait la bouilloire pour faire du café.

Richard attendit qu'il soit revenu dans le salon avant de lui répondre:

— Pas tout de suite. Je saurais pas quoi lui dire… Il faudrait que je lui explique tous les détails… Que je lui pose plein de questions… Me semble que ce serait mieux en personne.

— T'as raison. Tu devrais aller lui faire la surprise et tout lui raconter avant qu'elle se couche. C'est trop tard pour l'amener souper, mais vous pourrez vous reprendre demain…

— Y en aura pas de souper… pas dans les prochains jours, en tout cas.

Dans la cuisine, la bouilloire se mit à siffler et André alla préparer le café.

— OK, dit-il en revenant avec une tasse. Alors, je te laisse te changer, et on se reverra plus tard au Lime…

— Non, dit calmement Richard, j'ai pas le cœur à sortir ce soir.

Les yeux ronds, André alla s'asseoir en face de lui.

— Comment ça, t'as pas le cœur à sortir? Tu me niaises? Depuis le temps que tu te morfonds… Là t'es enfin libre et tu veux même pas en profiter? Tu savais pas que la journée finirait comme ça quand tu t'es levé à matin… Avoue que c'est une crisse de bonne raison pour fêter!

— Fêter quoi? cria Richard en se redressant d'un bond. Le fait que j'ai un jumeau et que j'en avais aucune idée? Une espèce de déchet de la société qui traîne dans les rues et qui a tué une fille qu'il connaissait même pas, après l'avoir violée? Qui est devenu criminel parce qu'il a passé son enfance et son adolescence à se faire tripoter et varger dessus? Tout ça parce que ma mère l'a abandonné quand il était bébé ? Ouais, comme tu dis, ça en fait des affaires à fêter !

André alla le rejoindre près de la fenêtre. Sans un mot, ils regardèrent la ville à leurs pieds. D'habitude, cette vue imprenable avait le don d'apaiser Richard, mais, cette fois, il n'arrivait pas à endiguer la confusion qui refusait de s'estomper.

— Calme-toi, mon jack, dit finalement André. Je comprends que tu sois secoué... Moi aussi, ça m'a sacré toute une claque... Mais t'es responsable de rien, là-dedans...

— Penses-tu ? demanda Richard en se tournant vers lui. On était deux bébés, y avais-tu songé ? Deux bébés identiques. Ça aurait tout aussi bien pu être moi qu'elle abandonne. J'aurais fini comme lui, sans fierté ni scrupules. Et pourquoi ? Pourquoi lui et pas moi ? Toute cette histoire a aucun sens ! Te rends-tu compte ? Toute ma vie, j'ai jamais su que j'avais un frère qui vivait à deux coins de rue de chez nous ! Tout le monde m'a menti, m'a caché ça ! Non, franchement, je pense pas avoir le cœur à fêter avant d'avoir tiré tout ça au clair.

: :

En ouvrant son courrier, Richard réalisa que c'était la première fois qu'il faisait ça à trois heures du matin. Quelques minutes plus tôt, le cœur gros et l'esprit en lambeaux, à bout d'arguments et de suppositions, il avait décidé de se dégourdir les jambes et s'était par automatisme retrouvé dans la salle de courrier. Sachant qu'il ne dormirait pas de la nuit — du moins, pas tant que ses sombres pensées lui trotteraient dans la cervelle —, il s'était dit qu'il devait tenter de se changer les idées, même si ce n'était que temporaire.

Affalé sur une chaise, la chemise défaite et les manches roulées, André avait la tête appuyée contre le mur et regardait fixement devant lui. Sur le coin du comptoir de cuisine, les pots de Nescafé et de Coffee-mate étaient maintenant vides.

Habituellement, à cette heure-là, il est autrement en forme, songea Richard. Mais la journée qui venait de se terminer était loin d'être ordinaire.

Pendant des heures, les deux amis de toujours avaient tourné la question dans tous les sens: pourquoi Laurette avait-elle caché à Richard l'existence de son jumeau et pourquoi avait-elle abandonné Réal ainsi?

D'autres questions se posaient alors: qui d'autre était au courant? son père? Joseph? Après tout, il ne pouvait pas s'agir d'une erreur médicale à la naissance — on ne peut pas «oublier» ainsi un bébé... C'était sûrement un geste délibéré. Et c'était impossible de faire une telle chose sans que personne d'autre en sache rien.

Et combien cruelle était cette ironie: les deux garçons avaient grandi à quelques pâtés de maisons sans jamais se rencontrer. Laurette savait-elle que Réal s'y trouvait? Assurément pas; ils auraient pu maintes fois se retrouver face à face... Ou alors était-elle si sadique qu'elle l'avait fait exprès, qu'elle avait choisi sciemment de demeurer dans le bungalow? Était-elle à ce point perverse?

Seule Laurette pouvait répondre à ces questions. Mais plus Richard pensait à elle, moins il avait envie de la voir. Celle à qui il devait tout, celle qui avait tant fait pour lui apparaissait désormais sous un nouveau jour. L'image qui lui venait à présent n'avait rien de bienveillant.

Il vida sa tasse et continua de décacheter les multiples enveloppes. Au début de son incarcération, André était venu vérifier la case postale à intervalles réguliers, mais il avait négligé de le faire pendant les dernières semaines, à l'approche du procès. Pour la plupart, il s'agissait d'annonces sans importance. Un en-tête attira par contre l'attention de Richard, qui se dépêcha d'ouvrir l'enveloppe.

— Ah ben, les enfants de chienne..., fit-il dans un souffle en lisant rapidement.

André sortit de sa torpeur.

— Quoi ? C'est qui ?

— C'est le bureau, répondit Richard d'une voix blanche. Ils m'ont congédié…

André se redressa subitement.

— Quoi ? Quand ça ?

— La lettre est datée du 31 décembre… Gagnon m'avait dit de pas m'inquiéter, il m'avait juré que je pourrais revenir quand tout serait réglé. J'aurais dû le rappeler, lui donner signe de vie plus souvent, mais j'avais confiance. Il a même offert de continuer à me verser mon salaire ; il disait que je faisais rentrer tellement d'argent que je les rembourserais amplement un jour… Tu te souviens ? T'avais fait vérifier mon compte de banque…

— Ça fait un bout de temps que je suis pas allé, confessa piteusement André. Pas depuis Noël, je pense.

— Justement. Ils ont dû prendre la décision juste avant les Fêtes…

— C'est à peu près dans le temps où on s'est fait confirmer la date de ton procès… Ils ont dû penser que tu reviendrais pas…

— Ils ont fait ça par écrit, peux-tu croire ? Même pas le courage d'envoyer quelqu'un m'avertir en personne.

Il laissa tomber la lettre et eut un rire cynique.

— As-tu assez d'argent pour un boutte ? demanda André avec inquiétude.

Richard haussa les épaules en fixant le courrier qu'il n'avait pas encore ouvert.

— Aucune idée. Mon dernier relevé bancaire doit être là-dedans. Pour être bien honnête, je m'en sacre pas mal…

— Tu t'en sacres ? fit André en fronçant les sourcils. Voyons donc ! Ça te fait trois mois de salaire à rattraper ! T'as un loyer à payer ! Un char ! Tu vas faire quoi si l'argent rentre pas ? Penses-tu pouvoir te trouver autre chose assez vite ?

Sans répondre, Richard se leva pour aller aux toilettes. Au point où il en était, l'idée de reprendre sa vie là où elle s'était arrêtée ne l'avait même pas effleuré. Il alluma la lumière, ferma la porte et s'appuya le front contre le miroir du lavabo. Une odeur de renfermé régnait dans la petite salle, mais ça lui importait peu.

Il se regarda enfin. La barbe drue sur son menton et ses yeux injectés de sang lui rappelèrent immédiatement Réal. À partir de maintenant, ce serait le cas chaque fois qu'il se verrait ainsi. Et ce n'était pas une image très agréable à contempler. Surtout à trois heures du matin.

Les deux gars du poster de Hall and Oates le dévisagèrent. Richard ne put s'empêcher de sourire cyniquement en pensant qu'il l'avait placé sur ce mur pour l'avoir à la vue pendant qu'il se coiffait. À une époque pas si lointaine, se pomponner pour aller danser était un rituel immuable, d'une importance quasi capitale. Ça lui paraissait si futile désormais. En fait, toute la vie qu'il avait menée jusqu'à maintenant lui semblait dérisoire. Les derniers mois avaient été certes déroutants, mais rien n'aurait pu le préparer à ce qu'il avait vécu ces douze dernières heures. Pire encore, rien ne pouvait le préparer à ce qui allait certainement suivre. Car, dans son esprit, deux images se superposaient désormais, même s'il essayait de toutes ses forces de les chasser : le visage de Laurette et celui de Réal.

Richard avait envie de crier. Comment avait-elle pu abandonner son enfant, puis faire semblant, pendant près de trente ans, qu'il n'avait jamais existé ? Comment tant s'échiner pour l'un, tant lui donner, alors que l'autre était condamné à une vie de misère ?

Il revint à la cuisine la rage au cœur et un sanglot dans la gorge.

— Réal a raison, annonça-t-il à André en train de rincer les tasses. Laurette est une salope.

Surpris, André laissa échapper une cuillère, qui fit un bruit d'enfer sur le carrelage.

— Tu penses pas vraiment ça ? Tu me niaises, j'espère…

— Pas pantoute, déclara Richard en essuyant sa tasse avec une énergie agressive. Je vois pas pourquoi Réal m'aurait menti…

— Non, c'est sûr, Massicotte a confirmé sa date de naissance, le fait qu'il avait grandi à l'orphelinat Saint-Arsène... Mais quand même, Laurette...

— Comment t'expliques ça, d'abord ? On abandonne pas un enfant comme on sort ses vidanges ! Elle croyait que je le saurais jamais ? Elle qui dit tout le temps que la vérité finit toujours par se découvrir. Tu parles ! C'est une championne de la menterie ! Et tu sais ce que je pense ? Que c'est parce qu'elle se sentait coupable et qu'elle voulait se racheter qu'elle m'a tant gâté. Elle s'est trompée sur toute la ligne : peu importe ce qu'elle a pu faire pour moi, je pourrai jamais lui pardonner ça.

7

When I was young, it seemed that life was so wonderful,
A miracle, oh it was beautiful, magical.
And all the birds in the trees, well they'd be singing so happily,
Joyfully, playfully watching me.
But then they sent me away to teach me how to be sensible,
Logical, responsible, practical.
And they showed me a world where I could be so dependable,
Clinical, intellectual, cynical.
There are times when all the world's asleep,
The questions run too deep
For such a simple man.
Won't you please, please tell me what we've learned
I know it sounds absurd
But please tell me who I am.

The Logical Song, Supertramp. N° 25 du palmarès Billboard 1979

Richard gara la Mustang d'André et resta un moment sans bouger. Il avait eu, il n'y avait pas si longtemps, une belle Mazda RX-7 flambant neuve. La dernière fois qu'André avait vérifié, elle était toujours à la fourrière. Au début, Richard s'en était inquiété, puis il avait fini par se dire qu'elle y était en sécurité. Ces endroits-là avaient habituellement une grande variété de doberman, rottweiler, pitbull et autres petites bêtes du même genre pour monter la garde. Comme sa banque avait cessé les paiements, elle devait être sous le coup d'une saisie. L'avis devait être dans l'une des enveloppes restées sur la table de cuisine. Cela ne lui faisait ni chaud ni froid. Tout comme se retrouver dehors après cinq mois d'incarcération, reprendre le volant et traverser la ville aux premières lueurs de l'aube le laissait indifférent. La nuit qu'il venait de passer avait suffi pour remettre son compteur à zéro, en quelque sorte. Sa vie reprenait son cours, comme on se réveille d'un mauvais rêve au petit matin et on continue ce qu'on faisait la journée d'avant.

Mais dans le cœur de Richard, tout avait changé. La finale de la veille, lorsqu'il avait appris l'existence de Réal, avait éclipsé ce qu'il avait vécu pendant sa détention. Si l'indignation et la colère de se voir si injustement traité — sans compter les multiples contrariétés rencontrées au fil des mois, les mauvaises surprises qui n'en finissaient plus — avaient atteint sa dignité, sa fierté, et causé de sérieux torts à sa réputation, la trahison de Laurette l'avait atteint droit aux tripes. Il pourrait se refaire une carrière, trimer dur et, avec le temps, reprendre le haut du pavé, mais son cœur en lambeaux ne pourrait jamais être rapiécé. L'amour inconditionnel qu'il vouait à cette femme depuis le premier jour était disparu pour laisser place à une haine tout aussi viscérale. Et il lui fallait encore la confronter…

À sept heures du matin, la rue Boyer était tranquille. Richard savait que Laurette était probablement déjà levée, lavée, coiffée, habillée. Il y avait à peine un peu plus de quinze heures qu'il l'avait vue dans la salle d'audience. Normalement, il aurait dû l'appeler pendant la soirée, comme il le faisait tous les soirs après les audiences. Elle devait être morte d'inquiétude, mais Richard ne se sentait pas du tout coupable. Pas plus qu'il ne se sentirait coupable de ce qu'il avait prévu lui dire.

Dans le courant d'une nuit sans sommeil, de noirs sentiments étaient nés et s'étaient consolidés en lui, comme dans un entonnoir qui les distillait goutte à goutte : colère, incompréhension, trahison, amertume. À l'aube, le cœur froid et l'esprit sombre, Richard avait pris sa décision : elle avait des comptes à rendre, cette femme qu'il avait cru si bien connaître, mais qu'il voyait tout à coup sous un nouveau jour. Le contraste était brutal. Hier encore, elle était tout pour lui. Comment pouvait-il en être venu à tant la détester en si peu de temps ?

Il prit un moment pour se calmer, sortit de la voiture et se dirigea vers la maison. Il entendit à peine le taxi qui s'arrêta derrière lui, de même que la portière qui se referma violemment.

— Richard ! Attends-moi !

Il reconnut la voix d'André, mais ne ralentit pas pour autant. Avant de quitter l'appartement, ils s'étaient presque disputés en planifiant la façon dont Richard voulait confronter Laurette.

— Tu viens de passer six mois enfermé, à pas savoir ce qui t'arriverait, avait plaidé André. Hier, c'était probablement la pire journée de ta vie. Pour finir le plat, t'as pas dormi de la nuit… Crois-tu que c'est une bonne idée d'aller voir ta mère dans cet état-là ?

Or Richard n'en pouvait plus d'attendre. Non seulement il voulait des réponses, mais il voulait aussi lui dire ce qu'il pensait d'elle. En quelques heures à peine, tout venait de basculer. Bien sûr, le processus s'était enclenché près de six mois plus tôt, mais s'il n'y avait pas eu ce lâche abandon, ces mensonges, ni lui ni Réal n'en seraient arrivés là. Laurette avait bien caché son jeu. Pas surprenant qu'il soit lui-même devenu si habile dans l'artifice et le mensonge : il avait, sans même s'en douter, appris d'une pro ! Ça devait finir. Ça allait finir ce matin même.

Il avait convaincu André de lui prêter sa voiture, de le laisser aller seul. Son ami avait fini par accepter, mais s'était ravisé après son départ et avait sauté dans un taxi. Ce qui ne voulait pas dire que Richard allait reculer pour autant.

Profitant du temps qu'André mettait à payer la course, Richard parvint à la maison et poussa la porte, qui n'était pas verrouillée.

— Qui est là ?

La voix de Laurette semblait craintive. *Tant mieux...*, pensa Richard. L'instant d'après, elle apparut dans l'entrée de la cuisine, faisant rouler son fauteuil d'un mouvement assuré, comme énergisée par l'appréhension.

Dans son visage, Richard put lire toute une gamme d'émotions : la surprise, la joie, le soulagement, puis, finalement, l'inquiétude.

— T'es sorti ? demanda-t-elle, émue. Tu t'es pas poussé, j'espère ?

— Ils m'ont libéré, répondit Richard en tentant de paraître calme. Ils ont trouvé le vrai coupable, hier soir...

Les yeux de Laurette se remplirent de larmes et elle ouvrit les bras.

— Enfin ! Je suis tellement contente ! Pourquoi tu m'as pas appelée ?

Voyant que Richard ne bougeait pas, elle laissa tomber ses bras.

— Qu'est-ce qui se passe ? Tu m'embrasses pas ?

— Tu veux pas savoir qui c'était, le coupable ? demanda-t-il froidement.

— Qu'est-ce que ça change ? répondit-elle avec hésitation. L'important, c'est que toi, tu sois libéré...

— Et l'autre, c'est pas important ? Il a jamais été important, c'est ça ?

Laurette fronça les sourcils.

— De quoi tu parles ? Quel autre ?

— Ton autre fils, Laurette... C'est lui qui a commis le meurtre... Mon frère jumeau...

Laurette mit quelques secondes avant de réagir.

— Es-tu tombé sur la tête ? Mais de quoi tu parles ?

André entra et fit tout de suite écran entre Laurette et Richard.

— André, qu'est-ce qui se passe ? Richard arrive en me disant qu'il a été libéré, mais il a pas l'air content… Et là il me parle d'un frère jumeau… C'est quoi, cette histoire de fous ?

— Je vais tout vous expliquer…, commença André.

Richard l'empoigna par l'épaule et l'écarta d'un geste brusque.

— Mêle-toi pas de ça !

— Mêle-toi pas de ça ? répéta André en se plantant, le menton bien haut, devant Richard. Comment veux-tu que je m'en mêle pas ? On est amis depuis qu'on a six ans ! On a toujours tout partagé, même les filles, crisse ! J'ai mis mon travail de côté, j'ai risqué de me sacrer dans la marde pour t'aider depuis cinq mois. J'ai fait tout ce que tu m'as demandé. Non, j'ai pas été emprisonné, mais ma vie a été virée à l'envers quand même. Ce que t'as vécu hier, je l'ai vécu avec toi. Et là tu voudrais que je crisse mon camp ?

Richard ne répondit pas. Il s'affala dans le vieux fauteuil gris, incapable de se tenir droit sous le poids de ce qui l'accablait. André poussa un soupir de soulagement, s'agenouilla devant Laurette et lui prit les mains.

— Le coupable, dit-il d'une voix douce, c'est Réal.

— Réal ? demanda Laurette. Réal qui ?

— Réal Gendron.

André attendit de Laurette une quelconque réaction, qui ne vint pas.

— C'est… c'est l'autre jumeau…, ajouta-t-il.

— Comment ça, « l'autre jumeau » ?

— Le jumeau de Richard. Celui que… celui que vous avez aband… laissé à la naissance…

Laurette lança un regard à Richard, qui resta de marbre.

— Sincèrement, André, fit-elle d'une petite voix, je comprends de moins en moins.

Sourcils froncés, André se releva. Le visage de Laurette ne trahissait aucune émotion autre que l'incompréhension. Richard se demanda combien de temps elle pourrait lui jouer la comédie ainsi. Il serra les poings, bien déterminé à ne pas se laisser avoir par son air innocent.

— Réal Gendron est un gars qui ressemble comme deux gouttes d'eau à Richard, expliqua André. Il a la même date de naissance. Comme on avait fait un test sanguin, on a été en mesure de conclure que c'étaient des jumeaux. Mais Réal a aucune idée de qui sont ses parents. Il a été abandonné à la naissance et a grandi dans un orphelinat…

À ces mots, Laurette eut un petit cri étouffé et mit tout de suite sa main devant sa bouche. L'entendant réagir ainsi, Richard releva enfin la tête et lui jeta un regard froid.

— Tu pensais bien que personne le saurait jamais, hein ? lança-t-il d'un ton haineux en se levant.

Il fit quelques pas dans sa direction, puis il s'arrêta brusquement. Laurette s'était mise à pleurer doucement.

— Comment t'as pu faire ça, maman ? Comment t'as pu laisser ton enfant pourrir à l'orphelinat pendant que moi, tu me gâtais comme c'est pas possible ? As-tu idée de ce qu'il a vécu ? De tout ce que moi j'ai eu et que lui a pas eu ? Tu te souviens quand tu me parlais de ces pauvres p'tits gars de Saint-Arsène, que tu me disais combien ils faisaient pitié ? Tout ce temps-là, lui, il était là ! Le savais-tu ? LE SAVAIS-TU ? Comment tu faisais pour dormir, la nuit ?

— Je… je savais pas…, sanglota-t-elle en se tordant les mains. Des jumeaux…

Richard ouvrit des yeux ronds et son visage se durcit.

— Voyons donc… Tu te souviens même pas de ton accouchement ? Tu dormais ? Puis, hop, tu t'es réveillée, et le docteur t'a pas dit que t'avais eu deux bébés ?

André s'agenouilla de nouveau devant Laurette, qui devenait de plus en plus agitée. La mâchoire crispée, Richard se retourna et asséna un coup de poing dans le mur. André ne les avait jamais vus ainsi, ni l'un ni l'autre. Bien sûr, comme tout le monde, Richard se fâchait de temps à autre, mais pas au point de recourir à la violence. Laurette, de son côté, était toujours si forte, si maîtresse d'elle-même.

— Est-ce que ça va, madame Masson ? Avez-vous besoin de quelque chose ?

La main sur le bras d'André, elle le regarda, les yeux toujours pleins de larmes, et sembla se calmer un peu.

— J'aimerais que tu m'amènes jusqu'à ma chambre, dit-elle en ravalant un sanglot. Richard, viens avec nous.

Richard se raidit. C'était la première fois que sa mère demandait à quelqu'un d'autre que lui de pousser son fauteuil. Paradoxalement, son coeur ne se serra que davantage. André saisit les poignées en lui jetant un regard lourd.

— Merci, fit Laurette une fois qu'ils furent rendus. Maintenant, tu serais gentil de me laisser seule avec Richard.

André ferma la porte de la chambre derrière lui. Richard s'y appuya, tâchant de maintenir la plus grande distance possible entre lui et sa mère.

D'un solide coup de roue, Laurette se rendit jusqu'à la garde-robe. Elle ouvrit la porte, tassa les vêtements suspendus et prit un petit coffre en bois, qu'elle plaça sur ses genoux. D'un geste nettement moins assuré, elle revint vers le lit, y posa le coffre et l'ouvrit d'une main tremblante.

— Richard, il y a une chose que je t'ai jamais dite…

— Oui, que j'avais un jumeau… Tu as oublié ou quoi ?

— Je l'ai pas oublié ; je le savais pas.

Richard poussa un soupir d'impatience.

— Comment peux-tu ignorer que tu as donné naissance à des jumeaux ?

— Parce que… parce que je t'ai pas donné naissance… Je suis pas ta vraie mère…

Sa voix se brisa et elle se pencha vers l'avant, le visage dans les mains.

— J'aurais voulu te le dire avant, fit-elle à travers ses pleurs, quand tu as été en âge de comprendre… Mais j'ai jamais trouvé le bon moment…

— Pis aujourd'hui, c'est le bon moment, tu penses ?

Richard regretta ses paroles tout de suite après les avoir prononcées. Il était sidéré. Laurette n'était pas sa mère… Cette révélation fit grandir sa confusion. Il regarda celle qui n'avait jamais été rien d'autre que « maman », se sentant tout à coup un peu coupable de lui causer de la peine. Cette dernière sanglotait maintenant sans retenue. Richard aurait voulu faire la même chose. Comme si, en laissant libre cours à ses pleurs, il arriverait à laver toute l'amertume, la colère et la frustration qui l'avaient habité ces derniers mois ; et cette dernière nuit. Mais Laurette, elle, réussirait-elle à se débarrasser du poids de ce lourd secret qu'elle avait dû porter au cours de toutes ces années ?

De toute sa vie, aussi loin qu'il pouvait se le rappeler, Richard Masson n'avait jamais vu sa mère pleurer. Même quand son grand-père était mort. Aujourd'hui, par contre, elle semblait inconsolable.

Il prit quelques minutes pour rassembler ses idées. Dans un sens, apprendre qu'elle n'était pas sa mère était un soulagement. Du moins, c'était préférable que de croire qu'elle avait pu abandonner son frère. Pourtant, la situation prenait un tournant qui lui donnait le sentiment de déraper à toute vitesse.

Pour sa part, Laurette était démolie. Par réflexe, Richard eut envie de la prendre dans ses bras, de la consoler, mais les émotions qui tourbillonnaient en lui étaient trop contradictoires — il ne pouvait plus rien donner, puisque lui-même se sentait totalement démuni. Incapable de se retenir davantage, il tomba à genoux devant elle et se mit enfin à pleurer.

Pendant de longues minutes, ils restèrent face à face, incapables de dire un mot. Laurette ne pouvait rien faire d'autre que de passer une main tremblante dans les cheveux de son fils.

Pour Richard, le cauchemar ne faisait que se prolonger. Quelle serait la prochaine surprise ? Où cela s'arrêterait-il ? Qu'allait-il découvrir, maintenant ?

Le premier à se ressaisir, il recula un peu en s'asseyant sur ses talons :

— Dis-moi tout, maman. Il faut que je sache… ça me dépasse, tout ça.

Laurette réussit à se calmer, ferma les yeux et parla lentement, avec un grand effort de concentration, comme si elle ne voulait rien omettre.

— Avec ton père, un peu après notre mariage, on s'était rendu compte qu'on pouvait pas avoir d'enfants. Le docteur nous avait suggéré l'adoption. Au début, je voulais pas en entendre parler… Si je pouvais pas avoir un enfant moi-même, je voulais pas celui des autres. Ton père, lui, était malheureux. Alors, petit à petit, je me suis habituée à l'idée. Au bout d'un an, on a soumis une demande et, après ça, j'ai fait semblant d'être enceinte. Il fallait que personne se doute de rien, tu comprends ? Dans ce temps-là, les enfants adoptés étaient mal vus. C'étaient les enfants du péché. Y avait juste Joseph qui savait. Lui, il était toujours d'accord avec tout ce que je voulais.

Elle marqua une pause, avala sa salive, mais garda les yeux fermés. Richard eut un élan pour se rapprocher d'elle, mais se retint.

— Au début, continua-t-elle, je savais pas quoi faire. T'arrivais dans notre vie, t'avais rien demandé, et moi, je savais pas trop comment être une mère… Et puis, je l'avoue, ça m'a pris du temps à accepter que j'aurais jamais d'enfants de ma chair ; que j'avais failli comme femme, en quelque sorte. Pendant longtemps, je t'ai vu comme un étranger. Au fil des mois, par contre, voyant que ton père était si heureux, que tout le monde nous félicitait, qu'il y en avait qui étaient même jaloux de nous, je me suis trouvée immensément chanceuse. Tu étais tellement beau, tellement sage ! On a parlé d'aller en chercher un autre, une fille, cette fois-ci, mais trois jours après avoir fait la demande, l'accident est survenu…

Sa voix se brisa de nouveau.

— J'ai su que c'était ma punition, sanglota-t-elle. Ma punition pour pas t'avoir aimé assez… Quand on m'a dit qu'il fallait que je te place en institution, que je me sépare de toi, tout d'un coup, c'était la pire chose qui pouvait m'arriver. C'est là que j'ai compris combien tu comptais pour moi. J'avais perdu mon mari, mes jambes, je voulais pas perdre mon enfant en plus !

Elle ouvrit enfin les yeux.

— La suite, tu la connais, soupira-t-elle. Il fallait à tout prix que je garde mon secret. Heureusement que j'avais Joseph ! Si tout le monde avait su que t'étais adopté, que t'étais pas mon fils, on m'aurait probablement forcée à me séparer de toi encore bien plus…

— Mais… mais Réal ? demanda Richard avec hésitation.

Laurette secoua la tête.

— Richard, tu dois me croire : je le savais pas que t'avais un jumeau.

— Si tu l'avais su, l'aurais-tu adopté aussi ?

Elle sortit de la boîte une mince liasse de feuillets.

— Regarde, ici, ce sont tes papiers d'adoption. Ces papiers-là, c'est la deuxième demande qu'on a faite, dix-huit mois plus tard… Y a rien nulle part qui parle de jumeaux…

Elle empoigna les roues de son fauteuil, mais elle éprouva de la difficulté à avancer vers Richard. Dans le lourd silence, le faible grincement retentit comme un vacarme assourdissant. Elle tendit le bras pour tenter de le toucher, mais Richard eut un mouvement de recul.

Il était, d'un côté, heureux de connaître la vérité. Immensément soulagé de constater que, dans le fond, Laurette était tout aussi victime que lui. Car il la croyait. Du coup, toute la haine et la colère qui avaient grondé en lui pendant la nuit s'envolèrent, le laissant honteux. Comment avait-il pu douter d'elle, même un seul instant ?

Mais, d'un autre côté, il voyait le reste de son monde s'écrouler. Après tout ce qu'il venait de traverser, il apprenait qu'il n'était pas celui qu'il pensait être.

Incapable d'en supporter davantage, il se redressa et sortit. Il entendit le fauteuil grincer une seconde fois et devina que Laurette avait tenté un geste pour le retenir, mais il ne revint pas sur ses pas. Il devait s'éloigner avant d'étouffer.

Il rejoignit André dans la cour. L'air frais lui fit du bien. De part et d'autre de l'allée centrale, la neige accumulée avait commencé à fondre, mais laissait voir toutes les saletés que l'hiver avait parsemées. Les fesses appuyées contre un banc de neige encore gelé, André grillait une cigarette, une demi-douzaine de mégots à ses pieds. Richard s'approcha sans dire un mot, lui enleva la cigarette de la bouche et en tira une longue touche. Loin de s'en formaliser, André tira son paquet de sa poche.

— Et puis ? demanda-t-il à contrecœur, comme s'il ne voulait pas vraiment savoir.

Incapable de répondre, Richard s'appuya aussi le derrière à côté de lui et se prit la tête à deux mains.

— T'as pas peur d'avoir froid ? reprit André. Attends, je vais chercher ton manteau...

Il esquissa un mouvement vers la maison, mais Richard le saisit violemment par le bras.

— J'en ai pas besoin, dit-il d'une voix tremblante. J'ai juste besoin que tu restes avec moi.

André ouvrit les bras en signe d'incompréhension et Richard s'y précipita. Faisant fi de toute la pudeur qui avait maintenu entre eux une distance physique depuis qu'ils étaient gamins, Richard le serra de toutes ses forces et sanglota dans son cou. Pris au dépourvu, André ne sut rien faire d'autre que de lui tapoter le dos. Le beau Richard Masson, autrefois si sûr de lui, si prompt à faire le jars, était démoli.

— Voyons, mon jack, balbutia André, prends sur toi...

Quelque peu calmé, Richard se redressa. Il voulut ramasser la cigarette tombée par terre, à moitié fumée, mais André le retint en lui présentant son paquet.

— Viens, dit-il, on va aller marcher. Ça va te faire du bien...

Par réflexe, André tourna à droite en arrivant au trottoir, pour aller vers le nord, vers la rue Jean-Talon. Richard lui prit le bras.

— Pas par là, dit-il.

André se souvint que c'était de ce côté que se trouvait l'orphelinat Saint-Arsène — ou, du moins, ce qu'il en restait. Pas une bonne idée. Marchant d'un pas rapide, ils se retrouvèrent quelques minutes plus tard sur la Plaza St-Hubert. Plusieurs commerçants déverrouillaient leurs portes. Le soleil s'était montré et illuminait les trottoirs de vifs rayons dorés.

Richard accéléra le rythme, se réchauffant en route et prenant de grandes respirations. Déboussolé, André ne trouvait pas les mots qui auraient pu l'aider. Qu'est-ce qu'on dit à un gars dont la vie s'écroule par gros morceaux?

Richard fut le premier à parler.

— À six heures, hier soir, on m'a annoncé que j'étais libre, fit-il d'une voix tremblotante. Comme tu disais toi-même, j'aurais mérité de sortir pour fêter ça... Aujourd'hui aurait dû être la plus belle journée de ma vie. Mais là, c'est rendu que c'est la pire... Je me demande ce qui va arriver, quelque chose me dit que ça peut juste empirer.

André le laissa parler. Richard lui raconta tout ce qu'il venait d'apprendre de la bouche de Laurette : l'adoption, le besoin de garder le secret, le temps qui file et qui porte à croire que ça ne servirait à rien de le dire, de toute façon.

Au bout d'une demi-heure, André osa enfin poser la question qui lui brûlait les lèvres depuis que Richard lui avait révélé que Laurette n'était pas sa mère.

— Tu la crois ? demanda-t-il d'une petite voix. Tu la crois quand elle te dit qu'elle savait pas, pour l'autre bébé ?

Richard s'arrêta net et lui jeta un regard vide.

— Je sais plus quoi croire, mon jack.

8

I used to hurry a lot, I used to worry a lot
I used to stay out till the break of day
Oh, that didn't get it,
It was high time I quit it
I just couldn't carry on that way
Oh, I did some damage, I know it's true
Didn't know I was so lonely, till I found you
You can go the distance
We'll find out in the long run

The Long Run, Eagles. N° 82 du palmarès Billboard 1980

Richard eut un mouvement de recul en entrant dans la grande salle. Un frisson le parcourut, ramenant à sa mémoire toutes ces fois où quelqu'un était venu lui rendre visite dans ce damné centre de détention. Comment devait-on se sentir, comme simple visiteur ? Assurément pas comme ça, c'était certain. Ils devaient être rares, ceux qui revenaient voir des détenus après avoir obtenu leur propre libération. Richard trouva le courage de passer le pas de la porte et de se rendre à la grande table du fond en pensant à celui qu'il venait voir.

Quelques minutes plus tard, Réal se pointa, accompagné d'un agent, et vint s'asseoir devant lui sans manifester aucune émotion. Richard en fut déçu. Non pas qu'il espérait que Réal l'accueillerait avec un grand sourire et les larmes aux yeux, mais il s'attendait à ce qu'il fasse montre à tout le moins d'un peu de curiosité. Le jour de la libération de Richard, ils s'étaient quittés sans un au revoir. Sans dire un mot, en fait. Les gardiens avaient emmené Réal, qui s'était docilement laissé faire, tournant le dos, sans même le regarder une dernière fois, à ce jumeau qu'il venait tout juste de découvrir, mais qui ne l'intéressait pas outre mesure.

Pour Richard, par contre, la réalité était tout autre. Depuis que Laurette lui avait dit qui il était — ou, plutôt, qui il n'était pas —, l'idée de revoir Réal était devenue une obsession. Ce type à l'allure revêche, cette espèce de déchet de la société, ce meurtrier... était désormais son unique famille. Déjà, à peine quarante-huit heures plus tard, il s'était précipité à Parthenais dès la première plage d'heures de visite.

Ni l'un ni l'autre ne parla pendant ce qui parut une éternité. Comme la toute première fois, ils se regardèrent intensément. Richard se revit aux premiers jours de son incarcération : Réal n'était pas le genre à se soucier de son apparence, de toute évidence. Surtout pas pour un visiteur inattendu. Ses cheveux graisseux ne semblaient pas avoir été lavés depuis qu'ils s'étaient rencontrés, trois jours plus tôt. Il ne s'était pas rasé non plus... Mais était-ce vraiment sa faute ? Avait-il de quoi se laver convenablement, outre les rares savonnettes des douches communes ? Richard prit note de lui apporter des articles de toilette à sa prochaine visite.

Puis, le fixant toujours avec attention, il fit un effort pour tenter de lire ce qui pouvait se passer dans l'esprit de Réal : peine perdue. Contrairement à ce que racontent parfois les romans à l'eau de rose ou les téléromans fleur bleue, les jumeaux ne peuvent pas deviner d'instinct ce que l'autre pense. Il fut déçu de constater que ce n'étaient que foutaises.

— Qu'est-ce que tu me veux ? demanda enfin Réal.

Richard fut pris de court par son ton empreint d'hostilité. Il n'avait rien préparé à lui dire, même s'il avait tant à lui raconter. Plus de vingt-cinq ans de souvenirs, entre autres choses. Sans compter ce que Laurette lui avait révélé l'avant-veille. Pour l'instant, Réal ne semblait aucunement réceptif.

Richard serra les dents et résolut sur-le-champ de ne pas se laisser intimider, de ne pas se laisser prendre par ce qui pouvait être un bluff de la part de ce frère dont il ignorait tout. Il avait beau avoir vécu une vie solitaire et remplie de misère, Réal Gendron était tout de même un être humain, et les êtres humains ont besoin de contact avec les autres. Intérieurement, Richard fit le pari qu'il arriverait à l'amadouer. Avec de la ténacité. Même s'il lui fallait se faire repousser encore et encore. Ou, à l'opposé, même s'il lui fallait entendre ses histoires les plus sordides. Il ne voulait rien de Réal. Seulement qu'il l'écoute.

— J'ai appris deux ou trois affaires, depuis vendredi, commença-t-il. Je pensais que tu serais intéressé, toi aussi…

— Dis ce que t'as à dire, pis sacre ton camp, coupa Réal.

— J'ai appris que la femme qui m'a élevé est pas ma mère. Elle m'a adopté quand j'étais bébé. Elle savait pas qu'il y avait deux bébés. Elle m'a montré les papiers, tout ça. Y a rien qui dit nulle part qu'on était deux…

— Bon, asteure tu veux me faire brailler avec tes histoires de mère fantastique ?

— Non, je veux juste que tu saches que c'est pas une salope, comme tu disais.

Réal haussa les épaules.

— T'es libre de penser ce que tu veux. Moé, j'en ai rien à crisser.

Il se leva pour lui signifier que leur entretien était déjà terminé. Richard ne se laissa pas démonter et s'empressa de continuer :

— Ça veut dire que t'es ma seule famille, Réal. J'ai juste toi. Et toi, t'as juste moi…

Réal s'immobilisa, Richard le sentit frémir. Déjà, le gardien venait les rejoindre, visiblement un peu inquiet du comportement de Réal, mais surtout intrigué à la vue de ces deux hommes qui se ressemblaient tant et si peu à la fois.

Puis, Réal se retourna et regarda froidement Richard.

— J'ai pas besoin de personne, cracha-t-il avant de s'en aller, flanqué du gardien.

Cette fois, Richard éprouva une sensation de chaleur. En dépit de ce que Réal venait de dire, il sut tout de suite que sa déclaration avait atteint un point vulnérable. À en juger par la façon dont son frère s'était immobilisé, à sa voix tremblante dans cette dernière phrase, Richard comprit qu'il avait touché une corde sensible. Toute sa carrière avait été bâtie sur ce don qu'il avait de capter les sentiments des gens en dépit de ce qu'ils disaient. C'était viscéral chez lui, et cet atout était de taille quand venait le temps de courtiser des clients. En quelque sorte, Réal n'était pas si différent d'eux. Richard avait confiance : il arriverait à percer son armure, si épaisse fût-elle. S'il avait eu à tenir un pointage, il aurait pu dire qu'il venait de marquer un premier point. Et il y en aurait d'autres. Le reste de leurs vies respectives en dépendait.

: :

Richard regarda André dans les yeux, sachant quel ton adopter pour que son copain acquiesce à sa demande.

— Si y a quelqu'un à Montréal qui peut tirer ça au clair, déclara-t-il, c'est bien toi…

André le dévisagea avec incrédulité.

— Es-tu sûr que tu veux savoir ?

— Je viens de te le dire…

— Simonac, Richard ! As-tu pensé à ce que ça pourrait te faire ? Tu penses pas que t'en as déjà assez encaissé comme ça ? Regarde-toi un peu. Je te reconnais même plus !

Richard ne répondit pas et s'alluma une cigarette. Percer le mystère entourant sa naissance était depuis des semaines sa principale préoccupation, frisant l'obsession. Et même s'il en parlait peu, il ne pouvait plus le cacher à André, qui ne le connaissait que trop bien.

— Tu peux pas vivre ta vie en fonction de ça, mon jack ! Depuis que t'es sorti de prison, on dirait que t'as vieilli de dix ans. Tu te donnes même plus la peine de te peigner, viarge ! Pis t'es-tu au moins vu avec le vieux t-shirt que t'as sur le dos ? Viens pas me dire que tu t'es débarrassé de tout ton beau linge ?

— Ben non, fit Richard pour le rassurer. J'ai juste pas défait toutes mes boîtes…

À ces mots, André se retourna pour justement regarder cette pile de boîtes que Richard avait rapportées après avoir remis les clés de son appartement. Son bel appartement, à La Cité, il l'avait rendu pour revenir vivre chez Laurette, abandonnant derrière la plupart de ses meubles. Même chose avec la Mazda, qui avait été saisie après qu'il avait cessé les paiements.

— On dirait que t'as pus de fierté, fit tristement observer André. En plus, on sent que t'as même pas un soupçon de rancœur, de révolte, contre tout ce que t'as traversé. Je t'ai toujours connu comme un lion, mais là, c'est rendu que t'as plutôt l'air d'un mouton… Tu te rases même plus… Chaque fois que je viens te voir, je trouve que tu ressembles de plus en plus à Réal. On pourrait croire que tu le fais exprès…

Il tenta d'interroger Laurette du regard, mais cette dernière resta silencieuse, les yeux rivés sur son tricot. Comme si elle ne voulait pas s'interposer, mais désirait être disponible si l'on avait besoin de son aide, de son soutien.

Richard soupira en esquissant un triste sourire.

— Et puis après ? Tu sais, ce que je vis là, c'est comme une autre prison… C'est vrai que j'ai été blanchi, que c'est derrière moi, toute cette histoire de prison, de procès… Mais je peux quand même pas faire semblant que c'est jamais arrivé... Comme c'est là, j'ai même pas le goût de me chercher une autre job. Je veux pas reprendre ma vie, surtout si elle est pour ressembler à celle d'avant... C'était tellement superficiel, tellement futile. J'ai d'autres préoccupations pas mal plus importantes...

André soupira à son tour.

— OK, c'est compréhensible, mais ce que tu me demandes, c'est quelque chose de pas mal compliqué. Tu sais que, si je pousse trop, ça pourrait me coûter ma job ?

— Voyons donc ! Il doit bien y avoir quelque part des informations sur mon frère pis moi... C'était qui, cette femme qui nous a mis au monde ? Pourquoi mes parents ont jamais été informés qu'il y avait un second bébé ?

— Ouin, mais ils seraient où, ces papiers-là, as-tu une idée ? L'orphelinat Saint-Arsène a passé au feu il y a cinq ans et on cherche des documents qui ont près de trente ans. Ça peut être n'importe où...

— C'est quand même pas quelque chose qu'on enferme dans une voûte secrète ! Ça doit être dans un vieux classeur au ministère des Affaires sociales, à Québec.

— Wô ! Je connais presque personne à Québec...

Richard vint lui tapoter l'épaule.

— Toi, peut-être pas, mais comme tu dis toujours, c'est pas les contacts qui manquent...

Laurette agita la main en guise d'avertissement.

— Faites bien attention dans quoi vous vous embarquez. La vérité peut être dure à accepter.

— Plus dure que ce que je viens de traverser ? ironisa Richard. Écoute, ça fait des semaines que je pense juste à ça. Avant, j'ai passé cinq mois d'enfer, et ça s'améliore pas ! Sans compter que Réal en pâtit, lui aussi !

— Dis-moi pas que t'es encore allé voir Réal ? demanda André.

En réalité, Richard avait visité son frère au moins dix fois en autant de semaines. La plupart du temps, Réal avait refusé de le voir, mais Richard avait tenu bon, fidèle à la promesse qu'il s'était faite. Et puis, il lui apportait chaque fois de petits cadeaux, une bonne provision de cigarettes, des chips, du chocolat, ce qui devenait beaucoup plus difficile à refuser.

De brève rencontre en brève rencontre, il avait réussi à susciter chez Réal un intérêt qui, même si encore ténu, devenait de plus en plus palpable. Son frère continuait de le tenir à distance, mais Richard sentait qu'il gagnait du terrain. Et, non, ce n'était pas le fruit de son imagination. Malgré le laconisme de leurs entretiens, Réal laissait de temps à autre tomber une bribe qui permettait d'en découvrir un peu plus sur qui il était, ce qu'il pensait. Leur relation était pour le moins fragile, mais c'était déjà ça.

Sauraient-ils un jour établir ce lien fraternel qui leur avait été si cruellement refusé ? C'était peu probable, mais Richard croyait que ça valait la peine d'essayer. Il suffisait de reprendre leur histoire à zéro. C'était là qu'André devait intervenir.

Car le mystère de leur origine restait entier. Même si Réal lui avait dit de laisser tomber, de ne plus venir le voir et de faire semblant que leurs chemins ne s'étaient jamais croisés, Richard était autrement têtu. Il devait aller jusqu'au fond de la question. Il devait découvrir qui il était, ne pouvant supporter l'idée de n'être personne.

9

Baby, so they give you anything
Darling, all the joy money can bring
Baby, do they bring you happiness
Darling, you're no different from the rest
Can't you see that it's love you really need
Take my hand and I'll show what a love could be
Before it's too late
Mama don't want you, daddy don't want you
Give it up baby, baby, mama can't buy you love
Mama don't want you, daddy don't need you
Give it up baby, baby, mama can't buy you love

Mama Can't Buy You Love, Elton John. N° 35 du palmarès Billboard 1979

— C'est bizarre, dit André en pénétrant dans le salon, chaque fois que je viens ici, j'ai le sentiment de reculer dans le temps. J'ai dû venir des milliers de fois quand j'étais petit, pis me semble que rien a changé…

— Je me souviens, acquiesça Laurette avec un sourire attendri. Tu sonnais, t'attendais poliment, puis ensuite j'entendais ta petite voix : « Richard, y sort-tu ? »

— Un peu plus tard, j'ai commencé à cogner et à entrer sans invitation. Faut dire que la porte était jamais barrée.

— Ben non, admit Laurette. Vous sortiez et vous rentriez tellement souvent ! Me semble que je vous vois encore, dans la cour en avant… Vous restiez jouer pendant des heures, beau temps, mauvais temps.

— Ah, ça, c'est quand on était petits ! Ensuite, on s'est mis à s'enfermer dans la chambre de Richard pour parler de filles, écouter les Beatles… On refaisait le monde !

— Pis vous fumiez en cachette ! Penses-tu que je m'en suis jamais rendu compte ? À partir du moment où Richard a pris son premier appartement, tes visites sont devenues plus rares…

— Ben, au moins, on venait souper de temps en temps, avant que…

Il laissa sa phrase en suspens. Avant que tout ce cauchemar commence. L'arrestation, l'incarcération, le procès… André était venu à quelques reprises prendre Laurette pour l'amener visiter Richard, puis assister aux procédures, mais c'était loin d'être joyeux.

Depuis la libération de Richard, André aurait pu croire que le fil du temps se rembobinait. À la seule différence qu'ils jasaient désormais dans le salon, que Richard ne se cachait plus pour fumer et que plus aucune musique ne jouait. Richard, absorbé de façon quasi malsaine par sa quête, avait pour seul projet de découvrir d'où il venait. Quant aux filles, il était à des lieues de s'y intéresser. La seule chose restée inchangée était son habitude de se promener des heures durant, refusant de rester confiné, surtout depuis le calvaire de sa détention. Sauf qu'il le faisait maintenant à pied, plutôt que de rouler sans but comme à cette époque pas si lointaine.

Justement, ce soir-là, il faisait les cent pas dans le salon.

— Bon, c'est ben beau, les vieux souvenirs, grogna-t-il avec impatience, mais t'as pas d'autre chose à me dire ? T'as rien trouvé ?

— Oh oui, j'ai trouvé quelque chose…, commença André. J'ai trouvé pas mal de choses…

Laurette leva les yeux vers Richard.

— Es-tu vraiment sûr que tu veux savoir ? demanda-t-elle.

Richard eut un geste d'agacement.

— Maman, on en a parlé mille fois… J'ai pas peur de la vérité. Et si André est au courant, c'est sûr qu'il va me le dire à un moment ou à un autre, tu sais bien.

André les regarda tous les deux en secouant la tête.

— Je pourrais jamais garder ça pour moi, c'est… c'est tellement… tellement…

— Incroyable ? suggéra Richard. Merveilleux ? Abominable ?

André hésita quelques secondes, ne relevant sur aucun des qualificatifs proposés.

— Démoniaque, répondit-il enfin.

— Démoniaque ? répéta Laurette. Je suis pas sûre que je veux en savoir plus…

Elle empoigna les roues du fauteuil et se donna un élan pour quitter le salon, mais les mots d'André la firent s'arrêter net.

— Je pense que vous feriez mieux d'entendre parce que ça vous concerne aussi. Et quelque chose me porte à croire que vous en aviez aucune idée…

— Qu'est-ce que t'as trouvé, mon jack ?

De son sac, André sortit un épais calepin de notes.

— J'ai fait des choses pas très correctes, avoua-t-il. J'ai mis la main sur des papiers que j'aurais pas dû voir… Je sais pas si je suis allé trop loin, mais ça m'a coûté cher. Et ça risque de me coûter encore plus cher si quelqu'un vient à l'apprendre.

— Pas de problème, décréta Richard, on peut te rembourser…

— C'est pas une question d'argent, coupa André. C'est l'idée que je peux perdre ma job et me faire radier du Barreau.

— T'aurais pas dû, intervint Laurette. C'est injuste que tu te mettes dans le trouble à cause de nous.

— Si je me mets dans le trouble, répondit André, ce sera à cause de moi. Vous aviez pas pensé, madame Masson, que moi aussi je voulais savoir ?

— *Anyway*, interrompit Richard. Qu'est-ce que t'as trouvé ?

André inspira profondément avant de répondre.

— J'ai trouvé qu'il y avait eu seulement un couple de jumeaux nés le 29 juin 1951. C'était à la crèche de la Miséricorde. Ils ont été baptisés sur place. On leur a donné le nom de famille de Gendron, et un d'entre eux a tout de suite été déclaré disponible pour adoption.

— La mère voulait garder l'autre ? supposa Laurette.

— Non, c'est pas ça, loin de là, répondit André. Je me suis rendu compte assez vite que beaucoup de ficelles se sont fait tirer…

— Des ficelles que se sont fait tirer ? répéta Richard avec surprise. Qu'est-ce que tu veux dire, au juste ?

— Ben, dans ces années-là, tout était géré par la Société d'adoption, en collaboration avec les religieuses directement impliquées dans ce qui concernait les naissances, les baptêmes, et tout ça. C'étaient des procédures standards assez simples. Mais dans le cas qui nous intéresse, les bonnes sœurs ont été complètement écartées, et c'est le gouvernement qui s'est occupé de tout régler.

— Le gouvernement ? fit Laurette en fronçant les sourcils. Comment ça ?

— Le bureau du premier ministre, précisa André.

Il avala sa salive avec difficulté et prit de nouveau une grande inspiration.

— Des arrangements ont été faits, continua-t-il d'une voix tremblotante. L'idée était que l'un des bébés devait être adopté par une bonne famille… et l'autre devait jamais se faire adopter…

— Et la bonne famille ? demanda Laurette. C'est nous autres ?

André acquiesça d'un signe de tête.

— Plusieurs familles ont soumis des demandes d'adoption cet été-là, poursuivit-il. Ils en ont retenu trois, et vous avez toutes fait l'objet d'une enquête approfondie.

— Une enquête ? répéta Laurette. Quelle sorte d'enquête ?

— Oh, fit André, rien de bien extraordinaire, mais pas mal plus que les autres familles, habituellement. En plus des antécédents judiciaires, ils ont fait une enquête de crédit, ils ont ressorti tous les rapports d'impôt, les droits de propriété, toutes sortes de choses comme ça pour montrer que vous étiez capables d'offrir une vie confortable au bébé que vous alliez avoir…

— C'était presque comme une compétition ? résuma Laurette.

— En plein ça. Curieusement, c'est le bureau du premier ministre qui s'est occupé de déterminer le grand gagnant…

— Et l'autre bébé, demanda Richard, qu'est-ce qu'ils en ont fait ?

— C'est là que ça devient démoniaque, répondit André. Ils ont fait des pieds et des mains pour que l'un des bébés soit adopté dans une bonne famille, mais que l'autre le soit jamais. Interdiction formelle de le proposer à l'adoption. Il est resté à la crèche plusieurs mois, puis ils l'ont placé à l'orphelinat Saint-Arsène.

— Comme tu dis, c'est démoniaque, commenta Richard. C'est déjà assez cruel d'être abandonné comme ça, c'est carrément chien de condamner un enfant à une vie si triste. Mais pourquoi ?

— Et pourquoi le bureau du premier ministre s'est mêlé de ça ? intervint Laurette. C'est ça que je comprends pas. Est-ce qu'ils étaient si importants que ça, les bébés ?

— C'est exactement ça, dit André. J'ai tout compris quand j'ai réussi à trouver le nom de la mère…

Laurette et Richard se regardèrent un instant.

— Es-tu certain que tu veux savoir ? demanda-t-elle encore une fois. L'histoire devient de plus en plus malsaine, on dirait…

— Oui, répondit Richard. J'en sais déjà trop, mais je le regrette pas. Et toi, maman, veux-tu le savoir ?

— C'est pas de mes oignons, mais si tu penses que ça peut t'aider…

Un lourd silence s'installa entre eux. Richard promena son regard de sa mère à son ami, incapable de prononcer le mot qui lui brûlait autant la langue que l'âme. *Qui… ?* Après un dernier hochement de tête en direction de Laurette, il se tourna finalement vers André dans une interrogation muette.

— Mireille de La Faisandière, dit simplement ce dernier.

— De La Faisandière ? répéta Richard. Y a pas déjà eu un ministre qui s'appelait comme ça ?

— Oui, mon jack. J'ai le malheur de t'apprendre que tu es le petit-fils d'un ancien ministre des Finances de notre belle province.

— De La Faisandière, répéta à son tour Laurette. On aurait pas pu choisir pire.

— Comment ça ? demanda Richard. C'était qui, lui, au juste ? Le nom me dit quelque chose, mais c'est vague. Y avait pas eu un scandale… ?

— Je me souviens pas des détails, dit Laurette. Je me suis jamais intéressée à la politique, mais je sais qu'il avait fait pas mal d'argent durant la guerre, on avait jamais trop su comment. C'était un peu louche, apparemment. Il était marié à une Française… Elle aussi était pas mal riche. Je me rappelle qu'il y avait eu beaucoup d'accusations de corruption, de pots-de-vin, de magouillages pendant qu'il était ministre…

— Et je te gagerais que la fille était encore pire que le bonhomme, avança Richard.

Il alla à la fenêtre. Contrairement à celle de son ancien appartement, celle-ci n'offrait qu'une vue restreinte — pour ne pas dire nulle —, mais, pour Richard, le simple fait de regarder dehors était apaisant. Ce qu'il venait d'apprendre le mettait sens dessus dessous.

— Elle était pas mariée, je suppose ? demanda-t-il après quelques minutes d'un silence pesant.

— Non, répondit André. Elle avait vingt et un ans, étudiait en architecture. Elle devait rentrer à la Sorbonne à l'automne 1951…

— Juste après avoir abandonné ses deux enfants, ajouta Richard.

André ne répondit pas.

— Oui, je vois tout ça très clairement, maintenant, poursuivit Richard. Elle était enceinte, et je gagerais que c'était plus important pour elle d'avoir une belle carrière que de se marier obligée et d'élever ses enfants ! Surtout que les femmes allaient pas souvent à l'université, dans ce temps-là... C'était une chance qu'elle pouvait pas laisser passer. Une vraie gosse de riche, comme on dit. Si son père était croche, elle devait l'être aussi. Quand on doit choisir entre étudier à la Sorbonne et changer les couches de deux braillards, le choix est facile...

— Attends, dit Laurette. Tu peux pas savoir. On a pas le droit de la juger, on a aucune idée de comment ça a pu se passer. J'en ai connu des filles qui se sont retrouvées enceintes sans être mariées... C'était pas rose pour elles. Et on abandonne pas un bébé comme on se fait arracher une dent, me semble !

— Voyons donc ! explosa Richard. Son père était riche à craquer ! Elle aurait pu trouver quelqu'un pour la marier, si le chum voulait pas. Elle aurait pu se payer des bonnes, des nourrices... Mais non, elle aimait mieux s'en aller vivre en Europe. On oublie les bessons, on fait comme si rien s'était passé...

Richard s'arrêta devant sa mère, se pencha vers elle et prit appui sur les bras du fauteuil roulant.

— Pour finir le plat, elle a convaincu son papa de s'arranger pour que les bébés soient séparés, un adopté, l'autre pas. Je sais pas c'est quoi l'idée derrière ça, mais j'ai bien l'intention de le savoir... Fie-toi sur moi !

: :

Seul dans la salle des archives, Richard sentit sa poitrine se serrer. Le son de chacun de ses gestes était étouffé par la multitude d'étagères qui l'entouraient ; des étagères qui, en formant un dédale inquiétant, lui donnaient l'impression d'un piège dont il ne pourrait sortir. Le plafond, même à dix pieds au-dessus de sa tête, l'oppressait également, rendant sa respiration difficile. Pendant une fraction de seconde, il eut envie de crier, juste pour voir si on l'entendrait. Il n'avait jamais souffert de claustrophobie auparavant, mais le long périple dans ce énième sous-sol de Radio-Canada l'avait quelque peu déstabilisé — comme une descente aux enfers, sans savoir ce qu'il allait trouver au bout de son chemin.

Jean-Louis, son ancien copain de classe qui lui avait donné accès, était reparti vers son poste, à l'entrée de la salle, en lui assurant qu'il lui serait facile de faire de même une fois qu'il aurait terminé. Richard s'était senti coupable de lui demander son aide de cette façon : il n'avait pas vu son ami archiviste depuis longtemps, mais il savait qu'André avait souvent eu recours à ses services pour mettre la main sur de vieux reportages pouvant lui fournir de l'information sur ses clients ou leurs adversaires.

La semaine précédente, André avait mis Jean-Louis au courant de la situation, pour obtenir sa collaboration. Y avait-il eu échange d'argent ? Richard n'avait même pas pensé le lui demander. Et cela ne l'aurait nullement dérangé. Tout ce qui lui importait était d'en apprendre le plus possible sur Mireille de La Faisandière, et ce, de façon discrète.

Jean-Louis l'avait accueilli avec affabilité, comme s'ils s'étaient vus la veille. Sans poser de questions hormis les banalités d'usage, il avait fait entrer Richard dans les entrailles de la société d'État pour ensuite l'amener loin des regards indiscrets. Là, à côté d'une visionneuse, Richard avait trouvé une lourde pile de vieux journaux, de microfiches et de bobines de film. Jean-Louis s'était ensuite éclipsé, laissant Richard affronter seul son passé.

Car c'était ici qu'il espérait trouver réponse aux questions qui le taraudaient depuis qu'il avait appris l'identité de sa mère.

Showtime..., pensa-t-il en enfilant la pellicule dans l'appareil.

Jean-Louis lui avait laissé une liste de dates où il y avait eu des captations de Mireille de La Faisandière, tantôt avec son père, tantôt avec sa mère, à l'occasion d'événements mondains ou politiques. Tout cela était un peu pêle-mêle, si bien qu'il lui fallait d'abord passer à haute vitesse des tonnes de reportages.

Au début, le défilement rapide des images l'étourdit. Puis, il la vit. Son cœur bondit et se mit à battre la chamade. Ça ne pouvait être qu'elle — la ressemblance était frappante. Mais la ressemblance avec qui, au fait ? Ses yeux lui rappelaient ceux de Réal, en plus grands, plus vivants, et surtout en moins sarcastiques. Son sourire, par contre, était identique à celui que Richard se faisait à lui-même lorsque, satisfait de s'être coiffé à son goût, il s'adressait un clin d'œil dans le miroir avant de partir. Un sourire comme celui qu'il avait dû servir des centaines, sinon des milliers de fois aux clients qu'il voulait faire céder ou aux filles qu'il cherchait à séduire — un sourire à la fois enjôleur et moqueur, mais dont la sincérité était trop souvent feinte.

Elle lui apparaissait enfin, sa mère ; cette femme qui les avait abandonnés, Réal et lui, près de trente ans plus tôt. Malgré la haine profonde qui l'envahissait, Richard ne put s'empêcher de la trouver belle.

Chacun de ses mouvements était gracieux et posé. Elle avait une façon puérile, presque pudique, de mettre sa main devant sa bouche lorsqu'elle riait. Richard constata que les gens qui apparaissaient aussi sur l'enregistrement n'avaient d'yeux que pour elle. Malheureusement, il ne restait que très peu de films, donc très peu d'occasions de la voir bouger. C'était toutefois suffisant pour que Richard puisse voir comment elle se tenait, l'image qu'elle projetait et le charme fou qu'elle dégageait.

Maintenant, je sais de qui je tiens... Devant cette ressemblance, Richard se mit à maudire ce don qu'il possédait puisque, même si ça l'avait toujours bien servi, il provenait d'elle. Il rembobina la pellicule ; il en avait assez vu pour comprendre comment elle se jouait des autres.

Les photos et articles de journaux lui en apprirent à peine plus. D'abord et avant tout, Mireille était considérée comme « la fille de Maurice », et on n'en avait pas davantage à dire à son sujet. À peine quelques mentions dans le carnet mondain. Toujours en compagnie de l'un de ses parents, jamais au bras de quelque jeune homme, fût-il de bonne famille. Bien entendu, rien ne faisait état de sa grossesse ni de la naissance des jumeaux. Tout cela avait été habilement caché. Et même si ç'avait été connu, personne ne se serait avisé de l'annoncer. On ne parlait pas de ces choses en 1951.

Parmi les banalités, une surprise attendait Richard : Mireille de La Faisandière ne s'était jamais rendue à la Sorbonne. Elle était allée en Europe à l'été 1951 ; elle y était restée plusieurs mois, même. On pouvait la voir, en compagnie de sa mère, un peu dans l'ombre et en retrait, sur une photo prise à l'occasion d'une quelconque réception dans une ambassade, au début du mois d'août. Impossible de découvrir ce qu'elle y avait fait du reste de son été, par contre. Puis, tout juste avant les Fêtes, elle était revenue à Montréal. Par la suite, on l'avait aperçue deux ou trois fois, toujours aux côtés de sa mère, dans quelque vernissage ou autre événement du genre. À ces occasions, cependant son visage était grave et ses yeux avaient perdu de leur éclat.

En parallèle, le père se faisait discret au fur et à mesure que les insinuations de fraude et de malversations au sein du gouvernement faisaient surface. Tout de suite après, au début de 1952, sa femme Rosalie avait commencé à sortir seule, délaissant le monde politique pour s'occuper d'œuvres de charité, magasinant dans les plus belles boutiques de la ville, prenant le thé au Ritz au moins une fois par semaine, le plus souvent en compagnie de bourgeoises de Westmount. Aux dernières nouvelles, elle résidait toujours dans la même immense demeure cossue, sur Redpath Crescent

Plus rien sur Mireille, en revanche. Ayant réussi à tout éplucher, Richard fut surpris d'y avoir passé près de quatre heures, mais il restait avec la sensation désagréable de ne pas avoir vraiment avancé.

Il remit tous les journaux et les films dans l'ordre dans lequel il les avait trouvés, puis rejoignit Jean-Louis. Comme ce dernier le lui avait dit, sortir du labyrinthe était chose facile et Richard réalisa alors que le sentiment d'angoisse qui l'avait saisi à son arrivée avait rapidement disparu une fois qu'il s'était mis au boulot, pour être remplacé par une colère aussi sourde que tenace : il n'avait pas obtenu l'information qu'il cherchait. Qu'était-il donc advenu de Mireille de La Faisandière après son retour à Montréal ?

— Peut-être qu'elle a changé de nom ? suggéra Jean-Louis tout en escortant Richard vers la sortie.

— Peu probable. André a rien trouvé qui laisse supposer quoi que ce soit en ce sens. D'après ce qu'il a appris, elle vit plutôt en recluse depuis les années cinquante...

Pour la première fois depuis qu'il l'avait accueilli à la Maison de Radio-Canada, Jean-Louis se hasarda à poser une question à Richard :

— Et tu crois ça ?

— Bien sûr que non ! Elle doit bien sortir, probablement le soir, dans des lieux où les journalistes penseraient jamais la voir... Mais pourquoi ? Et j'ai beau tourner la question dans tous les sens, imaginer mille scénarios, je m'explique pas comment elle est devenue quasi invisible, surtout que sa mère est encore si active... On peut pas disparaître comme ça, me semble ?

— Je peux essayer de m'informer, proposa Jean-Louis. Peut-être qu'elle n'est juste pas assez intéressante pour que l'on braque les projecteurs sur elle. Ou encore peut-être qu'elle a changé à un point tel que personne ne la reconnaît ni ne fait le lien entre elle et l'ancien ministre... Tu sais, ça fait presque trente ans !

— Quand même..., soupira Richard, aucune photo d'elle publiée depuis le début des années cinquante... Pas même à la mort de son père, en 67 ! Elle est pas allée à ses funérailles et personne a semblé trouver ça bizarre !

— Je vais voir ce que je peux trouver, réitéra Jean-Louis en lui serrant la main en guise d'au revoir. Mais je ne peux rien te promettre…

— C'est correct, répondit Richard. Je trouverai bien un autre moyen.

Au fond, peu lui importait l'explication de cette absence. La seule possibilité qu'elle vive dans une grande et belle demeure sur la montagne, offrant une vue imprenable sur la ville, contrairement à Réal qui croupissait en prison, était suffisante pour que Richard la méprise de tout son être.

Il prit le chemin du retour, le cœur toujours aussi lourd et assombri par le dépit. Quel genre de femme Mireille était-elle devenue ? Si elle avait suivi les traces de ses parents, elle était sûrement une femme de tête. Rosalie aussi était issue d'une famille de politiciens, et l'un de ses oncles avait servi sous le maréchal Pétain.

À en juger par ce que Richard avait lu, à la suite de l'élection de Maurice de La Faisandière, puis de sa nomination aux Finances, ses détracteurs laissaient sous-entendre que c'était Rosalie qui, en vérité, dirigeait le ministère à travers son mari, qu'il ne prenait aucune décision sans la consulter et qu'elle gérait tout en coulisse. Dans l'esprit de Richard, Mireille devait être identique à cette femme de fer, ayant vraisemblablement appris à bonne école.

Je me demande qui d'autre que Réal et moi elle a pu crosser. Avec ou sans l'aide de sa famille ? Elle ne s'était de toute évidence jamais mariée, n'occupait aucun emploi ni ne semblait engagée dans aucune de ces causes si chères à sa mère. Que faisait-elle donc de son temps ? Sûrement rien de bon, il en avait la certitude.

: :

— Maurice de La Faisandière ? répéta Réal. Es-tu sûr ?

— Aucun doute, assura Richard. André a trouvé sa signature sur deux ou trois documents. C'est lui qui s'est arrangé pour qu'un des bébés soit adopté, mais pas l'autre.

— Pourquoi donc ?

— Aucune idée, mais on est à peu près certains que c'est une idée de sa fille.

— Une fille gâtée, dit Réal avec une moue de dégoût.

— Ben tu sais, pour tomber enceinte sans être mariée à vingt et un ans, dans ce temps-là, fallait déjà être passablement dévergondée. C'est pas comme aujourd'hui : les filles restaient vierges jusqu'à leur mariage. Elle aussi, on a trouvé sa signature, c'est donc qu'elle était au courant de tout…

Réal le regarda sans rien dire. Richard en profita pour river ses yeux dans les siens. En général, son frère évitait le contact visuel, sauf lorsqu'il s'emportait ou voulait lui servir quelque commentaire méchant ou sarcastique. Et il savait que si seulement Réal pouvait laisser tomber sa garde, il parviendrait à l'atteindre. À défaut d'établir un contact physique, il savait que leurs yeux pourraient amorcer le rapprochement qu'il espérait tant. Et puisque son frère était calme et semblait réceptif, Richard ne voulait pas briser la connexion qui s'établissait doucement.

Mais à peine quelques secondes plus tard, Réal mettait fin à cet espoir.

— Peut-être que c'est parce…, se hasarda-t-il en baissant le ton et les yeux.

— Parce que quoi ?

— Peut-être qu'elle… qu'elle a été violée…

Richard secoua la tête.

— On a pensé à ça, mais y a eu aucun rapport de police…

— Si c'était quelqu'un de la famille, supposa Réal, peut-être même le curé de la paroisse, tant qu'à y être…

Richard se redressa, interdit.

— Ben quoi ? demanda Réal. Sont capables de tout, ces ostie-là. J'en sais quelque chose.

— Ça se pourrait. Peu importe, le fait demeure qu'elle a machiné cette combine-là, pour nous séparer. Y a rien qui peut excuser ça. Elle devait bien savoir le tort que ça pouvait causer... du moins à toi.

— Heille, tu l'as pas eu facile non plus !

Sa réplique prit Richard de court. Pour une première fois, Réal, froid, détaché et sarcastique d'habitude, lui manifestait de l'empathie. Comme si, enfin, Réal arrivait à se mettre dans sa peau. Cette simple remarque lui fit chaud au cœur.

— Bof, dit-il. C'est pas grand-chose à côté de ce que t'as passé.

Réal eut un rictus narquois.

— Quand on a jamais rien eu, on a rien à perdre. Toé, par contre, t'as fait la belle vie, et maintenant il te reste pus grand-chose...

Richard fut ému par une telle déclaration.

— Tu sais, ajouta Réal, pendant longtemps j'ai pensé que c'était ça, la vie. La discipline, les dortoirs, les volées... J'ai jamais rien connu d'autre.

Richard se figea. Chaque mot évoquait pour lui des images vives ; il n'avait aucune difficulté à concevoir ce que la vie de Réal avait été, comme si l'on projetait un film devant lui. C'était assurément cette vie difficile qui avait donné à son frère une froideur peu commune, qui transpirait dans son hostilité instinctive, dans son faciès dur. De plus, en l'observant bien, Richard avait toujours l'impression de se découvrir lui-même, de voir ce côté sombre de sa personnalité, une facette lugubre de ce qu'il aurait pu être, lui aussi.

— Tu sais, commença Richard avec hésitation, je t'en veux pas pour ce que t'as fait...

Réal lui lança un regard lourd, mais il ne répliqua pas.

— Je sais que tu voulais pas la tuer, la fille..., continua-t-il.

À ces mots, les yeux de Réal se remplirent de larmes et il baissa la tête, alors que sa voix se brisait :

— Je... je sais pas comment ça a pu m'arriver... Elle s'était poussée de chez elle, elle avait nulle part où aller... Elle a commencé à me suivre comme une teigne, pis moé, c'était la première fois que quelqu'un s'intéressait à moé comme ça...

Il se tut. Richard en fit autant. Enfin, il venait de percer l'armure, d'ouvrir une brèche dans le mur que Réal avait bâti pour s'isoler du reste du monde. Il attendait maintenant avec impatience que ce dernier continue son histoire, qu'il lui dise exactement ce qui s'était passé, comment il en était arrivé à commettre un meurtre aussi sordide et pourquoi il ne s'était pas livré aux autorités avant, plutôt que de laisser un innocent être arrêté et subir son procès à sa place... Ensuite, il pourrait saisir l'occasion de se rapprocher davantage. Mais Réal changea aussitôt de sujet, taisant tout ce que Richard aurait voulu entendre.

— J'ai plaidé coupable, dit-il dans un soupir. Ça aurait servi à rien d'essayer de me défendre. Au début, j'avais presque pas de remords... Mais là, depuis que je t'ai connu... Quand je te vois, je me rends bien compte de la vie que j'aurais pu avoir...

— C'est vrai, admit Richard. Si Laurette avait su que t'existais, elle nous aurait pris tous les deux, on aurait pu grandir ensemble...

— Wô ! fit Réal en levant la main. C'est facile à dire après coup. Dans le temps, elle nous aurait peut-être laissés là tous les deux pour en adopter un autre...

Richard n'avait jamais pensé à cette éventualité. Il sentit son cœur se serrer et un grand frisson le parcourut. Effectivement, si Laurette et Alcide avaient su qu'il y avait deux bébés, ils auraient pu en choisir un autre. Elle lui avait elle-même confié que l'idée de l'adoption avait été difficile à accepter. Et puis, deux bébés, c'est beaucoup de travail.

Réal se racla la gorge avant de poursuivre, à mi-voix:

— Peut-être qu'on aurait pu être adoptés par un autre couple. Par contre, je pense qu'il y aurait eu plus de chances qu'on reste tous les deux à l'orphelinat. Mais même si on avait mangé des volées, au moins on aurait été ensemble…

À ces mots, Richard fut pris de vertige. Être élevé en compagnie de Réal aurait complètement changé son enfance. Depuis toujours, André avait été le frère qu'il n'avait pas eu. L'idée que Réal aurait pu faire partie de sa vie dès sa naissance lui apparaissait soudain et laissait entrevoir plein de possibilités. Avoir un frère… Quelqu'un d'identique à lui-même, constamment à ses côtés, à qui il aurait pu sans pudeur confier tous ses secrets, un vrai complice, de jour comme de nuit… Quelle joie il aurait pu connaître en ayant un compagnon de tous les instants ! On la lui avait volée, cette chance. Et on l'avait volée à Réal.

Toutefois, s'il avait grandi avec Réal, il n'aurait pas développé cette amitié avec André. Sauf qu'André n'était pas toujours là, dans le temps. Il passait souvent ses fins de semaine à son chalet, et certaines années il y restait tout l'été. Surtout, il n'était pas là non plus quand, tard le soir, Richard était en proie à ces angoisses existentielles qui étreignent parfois les jeunes garçons lorsqu'ils commencent à découvrir le monde autour d'eux, les injustices, les malheurs, la mort, la finalité de tant de choses. Réal aurait été là, lui, pour l'écouter, pour partager cette facette si intime de lui-même…

Richard se secoua : André n'avait pas toujours été là, mais il ne l'avait jamais laissé tomber. Surtout ces derniers temps. Réal était peut-être son frère de sang, mais André était devenu son ami par choix.

— Tout ça à cause d'une crisse de chienne, conclut Réal. C'est toutes des chiennes, *anyway*.

— Pardon ? fit Richard qui venait d'être arraché à ses pensées.

— Ma vie est foutue, trancha Réal, même si elle a jamais été brillante. Toé, tu vas t'en sortir. On se sera connus pour un boutte, mais avant longtemps tu vas t'en retourner de ton bord, pis moé, j'vas pourrir icitte.

Déjà son ton se durcissait, revenait à ce que Richard avait toujours entendu. Cette volte-face le décontenança et lui amena presque les larmes aux yeux. Pour une fois que son frère semblait près de s'ouvrir, de se laisser toucher, il n'avait pas su en profiter.

— Ben non ! s'écria Richard. Je vais continuer à venir te voir, qu'est-ce que tu penses ?

— Ce que je pense ? répondit Réal avec sarcasme. Je pense que ça va faire un temps. Un jour, tu vas te trouver d'autre chose pour t'occuper. Te trouver une nouvelle job, pour commencer ; reprendre ta vie. J'ai passé pas mal de temps en dedans ; je sais comment ça marche. Les gars reçoivent des visites au début... leur blonde, leur famille. Un moment donné, ça commence à s'espacer... Première chose qu'on sait, y a pus un chat qui vient les voir. Ça va être la même chose avec toé, je le sais déjà.

— Moi, c'est pas pareil ! se récria Richard. T'es mon frère !

— Pas pantoute ! cracha Réal avec dépit. On est des frères sur papier, mais pour le reste, on sera toujours deux étrangers. On se l'est fait voler, notre lien familial. Pis ça, on pourra jamais le ravoir.

— On peut pas revenir en arrière, c'est vrai, admit Richard, mais j'en ai pas fini.

— Qu'est-ce que tu veux faire d'autre ? Y a pus rien de possible pour nous deux.

— Je peux encore aller la voir, la crisse de salope, et lui demander des comptes.

— Qui ? Notre mère ?

— Ouais, fit Richard avec un sourire en coin. « Notre mère », comme tu dis. Ça s'adonne que j'ai son adresse...

10

Baby look at me
And tell me what you see.
You ain't seen the best of me yet
Give me time, I'll make you forget the rest.
I've got more in me, and you can set it free
I can catch the moon in my hand
Don't you know who I am?
Remember my name, I'm gonna live forever
I'm gonna learn how to fly
I feel it coming together
People will see me and cry
I'm gonna make it to heaven
Light up the sky like a flame
I'm gonna live forever
Baby, remember my name

Fame, Irene Cara. N° 68 du palmarès Billboard 1980

Richard fixa le petit bout de papier sans vraiment le voir. Quand André le lui avait remis, il avait cru découvrir la meilleure des choses qu'il avait apprises depuis longtemps : au milieu des mauvaises nouvelles et des révélations sordides, l'adresse de sa mère lui était apparue comme un trésor. Pas quelque chose de dispendieux, mais quelque chose d'utile. Une clé ouvrant une porte au-delà de laquelle il espérait trouver le salut, la paix d'esprit. Ou, à tout le moins, l'information cruciale qui lui permettrait de la confronter et de lui dire sa façon de penser.

À présent, immobile dans la Mustang d'André sur Redpath Crescent, il n'en était plus certain. La rue était une large boucle autour de laquelle étaient parsemées des maisons centenaires, cossues, mais d'un luxe discret. La demeure sur laquelle il fixait son regard était toute de briques rouges, d'une couleur qui, ironiquement, lui semblait identique à celle de l'orphelinat Saint-Arsène. Richard n'avait pas eu le culot de s'arrêter tout juste devant et avait choisi de garder ses distances en se garant un peu plus loin, en contrebas. De toute façon, une grosse Cadillac occupait la place d'honneur. C'était un modèle ancien, de toute évidence bichonné avec soin.

Richard ne fut qu'à demi surpris de voir le chauffeur en complet sombre sortir de la maison quelques minutes après son arrivée. Car il n'y avait aucun doute qu'il s'agissait du chauffeur ; sa façon de tenir le parapluie au-dessus de la femme qu'il accompagnait — sans se soucier de se faire lui-même mouiller — ne laissait aucun doute. Il ne lui manquait que la casquette et les gants.

À son bras, se retenant d'une main ferme mais sans démontrer de familiarité, une dame marchait d'un pas assuré, les yeux rivés au sol pour éviter les flaques d'eau sur l'asphalte de l'allée. Richard ne put voir son visage, mais il reconnut la chevelure d'un blanc neigeux, impeccablement coiffée. Il ne pouvait s'agir que de Rosalie de La Faisandière, la veuve de l'ancien ministre. Sa grand-mère, donc.

Il se souvenait de l'avoir déjà vue à la télé, dans des reportages, des documentaires. Sa silhouette fragile lui était désormais familière. À chaque apparition de son mari, elle était presque toujours à ses côtés, parfois en retrait, tout juste derrière. Mais jamais bien loin.

Sa grand-mère… L'idée lui fit bizarrement chaud au cœur. Mis à part Joseph, Richard n'avait pas connu ses grands-parents. Comment aurait été sa vie si elle en avait fait partie ? L'aurait-elle bercé, cajolé ? Ou aurait-elle été du genre autoritaire ? Il ne le saurait jamais, alors à quoi bon se poser la question.

La pluie qui tombait sur les vitres et la condensation qui se formait à l'intérieur de la Mustang l'empêchaient de bien la voir, pourtant il savait que c'était elle. Il tenta de l'observer de son mieux tandis qu'elle avançait, à pas menus mais élégants, vers la Cadillac. C'était un chaud après-midi d'été et, comme tous les lundis, madame de La Faisandière se rendait à son bridge.

Regardant la Cadillac s'éloigner, Richard se demanda soudain si Rosalie était au courant de cet horrible arrangement concernant les bébés. Mireille avait-elle tout organisé avec la seule collaboration de son père ? C'était probable. Rosalie avait l'air d'une gentille vieille dame et, comme la plupart des femmes de son milieu, elle se dévouait pour des œuvres hautement honorables. Il était très clair que Rosalie était forte et déterminée, mais tout aussi altruiste et charitable. Un peu à la façon de Laurette, mais à un autre échelon. Cette dernière lui avait d'ailleurs souvent dit : « Peu importe les moyens, c'est le résultat qui compte quand on fait du bien autour de soi. » Une telle femme aurait-elle été d'accord avec le fait que sa fille condamne ainsi l'un de ses petits-fils à une vie de misère ?

Le temps était venu de connaître la vérité. Rosalie sortie, Mireille était sans doute seule dans la maison. Tentant d'échapper de son mieux à la pluie battante, Richard sortit en courant de la Mustang et se réfugia sous le petit porche. Quelques secondes plus tard, une femme en blouse blanche et jupe noire vint lui ouvrir. La bonne, sans aucun doute. Ses vêtements étaient simples et même un peu miteux, ses souliers, semblables à ceux des serveuses de ces restaurants sans classe. Elle parut surprise par la requête de Richard, ce qui le dérouta quelque peu.

— Vous… voulez voir mademoiselle Mireille ? répéta-t-elle pas moins de trois fois en révélant un accent gaspésien.

— Exactement. Est-elle à la maison ?

— Mais bien sûr… elle est toujours à la maison… Je… je vais voir si elle peut vous recevoir. Vous êtes monsieur ?

— Mon nom est Richard Masson.

La bonne le toisa de la tête aux pieds, puis, ne décelant probablement rien de suspect, le pria de l'attendre dans l'entrée.

Richard resta sur le tapis, content d'avoir choisi de porter l'un de ses plus beaux complets, d'avoir pris la peine de se coiffer convenablement. De toute évidence, la femme aurait hésité un peu plus s'il s'était présenté autrement.

Le bruit de ses semelles disparut avec elle tandis qu'elle entrait dans une pièce située à gauche du hall. D'un coup d'œil circulaire, Richard examina le large vestibule, richement décoré. *J'en ai vu des belles maisons, mais celle-là, ça bat quatre as…*

Il lui avait été donné de pénétrer dans plusieurs résidences opulentes au cours de sa carrière, lorsque certains de ses clients l'invitaient à des réceptions, dans des *penthouses*, des suites d'hôtel. Mais la demeure des La Faisandière était de loin la plus luxueuse qu'il avait vue à Montréal. Le style était à la fois vieillot et sophistiqué : sur une table basse, contre le mur du fond, une longue série de photos en noir et blanc était alignée. Sur les murs étaient accrochées plusieurs œuvres d'art ; un vase orné de style français trônait au pied de l'escalier. Toutes les boiseries étaient en acajou massif, le plancher du grand hall, en marbre. Au beau milieu de la place, le tapis persan ne montrait pas son âge, mais était manifestement d'une autre époque.

Non, ce n'était rien de comparable à ce que Richard avait connu. Encore moins Réal. *C'est pour lui que je le fais… J'en ai rien à foutre qu'elle m'ait abandonné, moi.*

Constatant que la bonne tardait à revenir, Richard se demanda s'il n'aurait pas mieux valu donner un faux nom. Si Mireille faisait le lien entre le bébé et la famille qui l'avait adopté, elle refuserait peut-être de le recevoir. En considérant la façon dont elle les avait laissés, Réal et lui, la dernière des choses qu'elle souhaiterait était sans doute de voir l'un des deux apparaître sur le pas de sa porte après tant d'années. Il était par contre peu probable qu'elle fasse le lien ; les bessons avaient dû quitter son esprit depuis belle lurette.

Tant pis pour elle, elle ne peut plus s'en sauver. Il n'est pas question que je parte d'ici sans l'avoir vue, même s'il faut que je fouille la maison pour la trouver.

Il avait déjà mis trop d'efforts à préparer ce qu'il allait lui dire ; comment il allait le lui lancer au visage, surtout. Il ne la lâcherait pas tant qu'elle n'aurait pas compris tout le mal qu'elle avait fait à deux êtres innocents et sans défense. Par-dessus tout, elle devait comprendre qu'il était temps pour elle de payer pour ses erreurs du passé, qu'elle ne pouvait plus s'en tirer ainsi et continuer à mener la grande vie pendant que l'un de ses fils pourrissait en prison et que l'autre avait toute une carrière à rebâtir.

La seule inconnue dans ce scénario qu'il avait échafaudé était qu'il ignorait encore tout ce qu'elle avait pu faire pendant les trente dernières années. Mais une chose était certaine : elle n'avait certainement pas connu une vie difficile…

Cette pensée attisa sa hargne. Au début, il s'était dit qu'elle était jeune à l'époque, qu'elle ne réalisait pas les conséquences de ses actes. Très vite, pourtant, il avait réussi à se convaincre qu'à vingt et un ans, en 1951, la plupart des jeunes filles étaient épouses et mères, qu'en ce temps-là on acquérait beaucoup plus rapidement la maturité. Surtout que ces gens avaient connu la guerre. Et puis, sachant que l'enfant ne serait jamais adopté, elle aurait pu, mille fois au moins, venir le reprendre.

Non, vraiment, elle n'avait aucune excuse. Elle ne méritait rien d'autre que la haine que Réal et lui pouvaient lui vouer, et dans quelques minutes à peine, elle ne pourrait éviter de se voir confrontée aux faits.

Un bruit de toux le fit sursauter. Se retournant d'un bond, il fut quelque peu surpris de constater que la bonne attendait patiemment, avec un petit sourire hésitant.

— Mademoiselle Mireille va vous recevoir, dit-elle sans grande conviction en lui faisant signe de pénétrer dans le salon.

Showtime…, pensa Richard. Il se sentait sûr de lui, comme chaque fois qu'il faisait ses présentations devant des clients potentiels. Dans tous ces cas, il préparait son laïus avec soin, peaufinait son exposé dans les moindres détails, s'assurait d'en mettre plein la vue. Cette fois-ci ne ferait pas exception, sauf que l'enjeu était évidemment tout autre. Non, il n'y aurait pas de contrat à décrocher, aucun autre accomplissement à ajouter à son CV, pas de prime ni de promotion à espérer. Juste des comptes à régler. Et Richard avait déjà décidé qu'il ne reculerait pas avant d'avoir anéanti cette femme, qu'il osait à peine qualifier de « mère ».

Pendant qu'il avançait derrière la bonne, la grosse horloge grand-père sonna l'heure et le carillon retentit dans le hall. *L'heure de vérité…*

Il s'imaginait une version plus jeune de madame Rosalie, une stature droite et solide, une coiffure impeccable, mais sans aucune trace de gris, une élégance soignée et une pose étudiée. Les mots se bousculaient dans son esprit. *Dans quelques secondes, dans quelques secondes…*

Il s'arrêta sur le seuil en apercevant la femme qui se tenait timidement près d'un énorme foyer d'albâtre. Mireille de La Faisandière — car il s'agissait bien d'elle — était tout sauf ce que Richard avait pu concevoir.

Portant une lourde robe de toile bourgogne malgré la chaleur humide qui régnait dans la pièce, elle avait les épaules voûtées, la tête inclinée sur le côté et une attitude qui trahissait son incertitude. Son visage était bien celui que Richard avait pu voir sur les vieux films et les photos du début des années cinquante, mais la femme qui se trouvait devant lui avait l'air encore plus âgée que Rosalie. Ses cheveux filandreux pendaient sur ses joues, ternes et déjà clairsemés, comme ceux d'une vieille. Ses épais bas de nylon n'étaient pas sans rappeler ceux des religieuses, ses chaussures lacées et usées identiques à celles des couventines de jadis.

— Bonjour, monsieur, fit-elle d'une faible voix. Je ne sais pas qui vous êtes, mais je suis très heureuse que vous me rendiez visite... Je n'ai que si rarement de visiteurs...

Elle gesticula du bras d'une manière gauche pour l'inviter prendre place dans un des fauteuils. Sidéré, Richard ne put même pas bouger.

— J'ai... j'ai d'abord cru qu'il y avait erreur, dit-elle nerveusement en constatant que Richard ne semblait pas vouloir s'asseoir. Je pensais bien que vous veniez voir Maman. Mais Thérèse m'a dit que c'est moi que vous avez demandé à rencontrer ?

Pendant une fraction de seconde, Richard se demanda si elle lui jouait la comédie, si elle avait monté cette mise en scène pour faire pitié, pour le décontenancer et éviter d'avoir à l'affronter.

Mais il n'y avait aucune façon de simuler les cernes sous ses yeux, les joues creusées. Le teint maladif de sa peau n'était visiblement pas le résultat de soirées trop arrosées, mais plutôt du manque de soleil et d'air frais. Sa posture chancelante montrait un état de soumission, et on était loin de la jeune fille souriante et charmante qu'il avait découverte au fil de ses recherches.

Une certaine lourdeur s'installa entre eux. Heureusement, Thérèse revenait avec un plateau d'argent sur lequel elle avait posé le service à thé étincelant. Mireille parut prendre de l'assurance et adressa à la bonne un sourire doux. Puis, se tournant vers Richard :

— Je lui ai demandé de nous préparer du thé, expliqua-t-elle. J'espère que Maman ne sera pas fâchée que j'aie fait sortir son service des grands jours. C'est un grand jour, n'est-ce pas ? Je n'ai que si rarement de visiteurs... seulement des gens qui viennent rendre visite à Maman de temps à autre. Alors, je descends leur dire bonjour, mais je ne reste jamais. Je ne peux jamais rester ; je n'ai pas le droit, vous voyez...

Elle s'interrompit soudain et mit sa main sur sa bouche, comme une enfant prise en défaut.

— Ce n'est pas ça ! dit-elle précipitamment. J'ai le droit de rester... C'est juste que je ne peux pas, en réalité...

Elle eut un regard paniqué, comme si elle en avait trop révélé et cherchait désespérément une façon de réparer sa bévue. Richard se sentit soudain ému par ses grands yeux de biche affolée qui, d'une certaine façon, lui rappelaient ceux de Réal, les rares fois où celui-ci avait levé son masque.

Richard lui fit un grand sourire et alla s'asseoir en silence. Il l'entendit soupirer de soulagement, puis elle prit place dans l'autre fauteuil. Les minutes qui suivirent furent pénibles, à la limite du supportable. Mireille versa le thé, mais, de toute évidence, elle n'en avait pas l'habitude. On sentait dans ses manières l'hésitation d'une petite fille qui tente d'imiter sa mère, mais qui reste toujours aussi maladroite dans ses mouvements. Cette drôle de femme faisait nettement penser à une attardée. Pourtant, elle avait été acceptée à la Sorbonne, trente ans plus tôt...

Elle émit un petit rire nerveux et le regarda une fois ou deux, comme si elle attendait son approbation. La bonne était ressortie, mais Richard se doutait qu'elle n'était pas bien loin. La situation était si différente de ce qu'il avait mille fois imaginé que la surprise lui avait coupé tous ses moyens. Le beau *speech* qu'il avait préparé s'était envolé de son esprit à l'instant même où il était entré dans le salon. Les mots répétés dans son esprit n'avaient plus aucun sens, aucune raison d'être désormais. Il décida de changer de tactique.

— Il y a huit mois, commença-t-il, j'ai été arrêté par la police...

Mireille se redressa, stupéfaite, et le fixa. Deux secondes plus tard, elle rougit et baissa les yeux, comme si on venait de lui rappeler qu'il était impoli de dévisager les gens ainsi.

— Je... je suis désolée, fit-elle à défaut de trouver quelque chose de mieux à dire.

Richard rit doucement malgré lui : il venait de se rendre compte qu'il cherchait ses mots, comme s'il voulait s'adresser à non pas un client important, mais plutôt à un petit enfant.

— Rassurez-vous, j'avais rien fait de mal. C'était une erreur...

Calmement, il commença à relater son histoire, omettant les détails les plus scabreux, essayant de ne pas l'effrayer davantage, mentionnant à quelques reprises à quel point son ami André lui avait été d'un grand secours.

— Vous êtes très chanceux d'avoir un ami, l'interrompit-elle en regardant dans sa direction, mais sans vraiment le voir. Moi, j'aimerais bien avoir un ami...

Décontenancé par cette remarque inattendue, Richard mit quelques secondes à reprendre son récit.

— Alors j'ai passé tout le temps des Fêtes en prison, continua-t-il.

— Comme les pauvres ! s'exclama alors Mireille avec tristesse. Maman dit toujours que le temps des Fêtes est affreux pour les pauvres. Moi, je n'en connais pas, de pauvres. Et vous, vous en connaissez ?

— Euh... je... j'en croise à l'occasion, répondit Richard, pris de court.

— À Noël ou à d'autres temps de l'année ? Maman semble croire que la pauvreté est plus difficile à supporter durant le temps de Noël. Mais le reste de l'année, ils font quoi, les pauvres ?

— Je... je sais pas, avoua Richard. C'est pas là où je voulais en venir...

— Ah non ? Pourquoi êtes-vous venu ici, alors ?

Devant son attitude imprévisible, Richard sentit que l'après-midi allait être long. Il s'engagea sur une autre piste, histoire de voir quelle serait sa réaction à des questions bien précises.

— Vous vous souvenez de mon nom ? demanda-t-il en tentant de la secouer un peu.

— Thérèse me l'a dit..., bredouilla-t-elle.

Ses yeux regardèrent un peu partout sans se fixer sur rien, comme si elle espérait trouver la réponse écrite sur un mur.

— Richard Masson ! s'écria-t-elle avec un grand sourire quelques secondes plus tard. C'est bien ça ?

— Oui, acquiesça-t-il gentiment. Dites-moi, connaissez-vous quelqu'un du nom de Réal Gendron ?

Mireille fronça les sourcils.

— Non... je ne crois pas... Je devrais ?

— Réal Gendron, répéta-t-il. Richard et Réal, ça vous dit rien ?

Mireille secoua piteusement la tête.

— Des jumeaux, laissa-t-il tomber mollement, tout en surveillant sa réaction.

Elle secoua de nouveau la tête.

— Des jumeaux, poursuivit-il, nés le 29 juin 1951...

Mireille parut se raidir, mais ne répondit pas. Richard avait intérieurement fait le pari qu'elle aurait eu une réaction plus vive. Au contraire, son regard ne devint que plus vague. Il décida de jouer le tout pour le tout :

— Des jumeaux nés le 29 juin 1951, répéta-t-il, à la crèche de la Miséricorde...

Il avait pensé qu'elle se serait raidie davantage, qu'elle se serait empourprée, aurait montré quelque signe d'embarras, mais jamais il n'aurait pu imaginer la réaction qui allait suivre.

Mireille se leva d'un bond, laissant choir la tasse et la soucoupe qu'elle tenait, regarda fixement devant elle, les yeux exorbités, et cria comme un petit animal à l'agonie en s'effondrant.

— Noooooonnnnnn !

Son cri fit écho jusque dans le hall. La bonne accourut et la prit dans ses bras alors que Mireille hurlait comme une hystérique.

Médusé, Richard était incapable de réagir devant le spectacle qui s'offrait à lui.

Maintenant affalée sur le sol, Mireille était en proie à une crise qui approchait la folie, se tortillant sans égard pour sa robe qui remontait et s'enroulait autour de ses hanches. À genoux à côté d'elle, Thérèse la serrait tendrement et la berçait comme un enfant, tentant de la calmer. Elle lui susurra quelques paroles à l'oreille, des paroles que Richard n'entendit pas, mais qui réussirent à apaiser la pauvre femme. Devant une scène d'une telle désolation, il se dit encore une fois que ça ne pouvait pas être un simulacre.

La bonne lui jeta un regard sombre.

— J'aurais pas dû vous laisser entrer. Je pensais que ça lui ferait du bien... Là, c'est le contraire qui se passe...

— Je... je suis désolé, balbutia Richard, confus. Je... je pouvais pas prévoir...

— J'aurais pas dû vous laisser entrer, répéta-t-elle, mais elle voit jamais personne...

Dans ses bras, Mireille paraissait plus calme. Le regard vide, elle fixait les motifs sur le tapis.

— Ça va mieux, fit-elle au bout de quelques minutes. Veuillez m'excuser...

Elle se leva avec peine, lissa sa robe d'un geste machinal et quitta la pièce sans regarder Richard. Ce dernier n'eut pas le courage de la suivre du regard et ferma les yeux, comme pour chasser le souvenir de la scène qui venait de se dérouler.

— Je... je m'excuse..., fit Richard en observant Thérèse qui, à quatre pattes sur le sol, épongeait la tache de thé avec une serviette de coton blanc. Qu'est-ce qui lui a pris ?

Il était clair que Thérèse était, pour Mireille a beaucoup plus qu'une simple bonne, à en juger par la façon dont elle avait réussi à la calmer. La vitesse à laquelle elle avait accouru lui confirmait qu'elle était restée à proximité, qu'elle était aussi du genre qui écoute aux portes.

Voyant qu'elle ne répondait pas, il lui tendit une dernière perche :

— Pourquoi a-t-elle réagi ainsi lorsque j'ai mentionné la crèche de la Miséricorde ?

Thérèse sauta sur ses pieds et lui lança un regard paniqué, serrant contre sa poitrine les serviettes imbibées de thé.

— Oh ! Monsieur ! Faut jamais parler de cet endroit ici !

— Pourquoi donc ?

— Parce que nous l'interdisons formellement, répondit une voix rêche qui provenait du hall.

Richard se retourna pour constater la présence, sur le seuil, de Rosalie de La Faisandière.

11

I've been stranded in the combat zone
I walked through Bedford Stuy alone
Even rode my motorcycle in the rain
And you told me not to drive
But I made it home alive
So you said that only proves that I'm insane
You may be right, I may be crazy
But it just may be a lunatic you're looking for
Turn out the light, don't try to save me
You may be wrong for all I know
But you may be right

You May Be Right, Billy Joel. N° 76 du palmarès Billboard 1980

— Thérèse, ordonna Rosalie d'une voix qui trahissait sa contrariété, assurez-vous que Mireille est bien dans sa chambre…

Thérèse baissa la tête et sortit sans se faire prier. Rosalie posa son sac sur un guéridon près de l'entrée et pénétra dans le salon d'un pas lent.

— Veuillez excuser notre fille, monsieur… ?

Elle tendit une main délicate tout en posant sa question.

— Masson. Richard Masson.

La bouche de Rosalie se pinça une fraction de seconde, mais Richard ne manqua pas de le remarquer. Elle le toisa de la tête aux pieds et retira sa main mollasse, que Richard avait à peine serrée.

— Et quelle est la raison de votre visite ici ? demanda-t-elle avec une courtoisie feinte.

À son regard méprisant, Richard vit tout de suite qu'elle savait exactement qui il était. La situation prenait un tour pour le moins inattendu : alors que Mireille n'avait eu aucune réaction en apprenant son nom, Rosalie, elle, ne pouvait pas cacher son agacement. Il comprit qu'elle n'était pas tout à fait innocente dans cette histoire. Le ton de sa voix, son regard... Tout indiquait qu'elle n'était pas aussi bienveillante qu'il l'avait cru de prime abord et que l'idée de la bonne grand-maman qu'il s'était faite d'elle était sans doute à des années-lumière de la réalité.

Un déclic se fit dans sa tête : ce serait plutôt avec elle qu'il réglerait ses comptes.

— Dois-je vraiment vous préciser le but de ma visite, madame de La Faisandière ?

Si son entretien avec Mireille l'avait forcé à improviser, il reprit subitement tous ses moyens et se prépara pour ce qui ne pouvait être qu'un affrontement colossal avec Rosalie.

Cette dernière releva le menton et lui adressa un sourire glacial.

— Vous nous feriez plaisir, lui dit-elle. Chez nous, il est capital que les choses soient claires et sans équivoque.

Tout en parlant, elle jeta un coup d'œil bref mais précis par la fenêtre. Richard suivit son regard et vit que le chauffeur était dehors, en train d'essuyer la carrosserie de la Cadillac.

— Vous avez rien à craindre de moi, déclara Richard pour indiquer qu'il la sentait inquiète.

— Oh, mais il n'en est rien ! protesta Rosalie en se redressant davantage. Avouez que cette requête est tout à fait légitime.

Richard eut un sourire en coin et alla s'asseoir avant même d'y être invité.

— Eh bien, puisqu'il faut que je l'explique de A à Z, voici : je suis venu pour vous demander, à vous et à Mireille, pourquoi vous avez si cavalièrement abandonné mon frère à son triste sort en interdisant qu'il soit adopté, il y aura bientôt vingt-neuf ans...

Calé dans le fauteuil, il attendit une réponse. En mettant tout de suite cartes sur table, non seulement il levait toute équivoque, comme Rosalie elle-même l'en avait prié, mais il lui faisait aussi savoir qu'il connaissait tout de ses origines et qu'il la soupçonnait d'être de connivence avec sa fille dans cette machination.

Rosalie sembla prise d'un bref tremblement, comme si un grand frisson l'avait parcourue avant de disparaître tout aussi vite. Puis, elle le regarda intensément, et Richard reconnut quelque chose de familier dans ce regard ; en effet, elle avait les mêmes yeux que sa fille, à la seule différence que les siens n'avaient rien de vague ni d'instable.

— Vous lui ressemblez comme deux gouttes d'eau, à ce propre à rien, dit-elle à mi-voix alors que sa mâchoire se contractait.

Richard réprima un fou rire en constatant que, même après plus de trente ans au Québec et malgré tous les efforts qu'elle y consacrait, Rosalie avait conservé son accent français, à plus forte raison quand elle était contrariée. Et, toujours malgré ses efforts, elle ne pouvait lui cacher combien sa présence la dérangeait.

— Comment nous avez-vous trouvées ? questionna-t-elle en s'efforçant de lui adresser un sourire mécanique.

Richard haussa les épaules.

— Est-ce bien important ? La vérité finit toujours par être connue... y a pas de secret qui en soit vraiment un...

— Et que... combien voulez-vous ? s'enquit-elle avec peine.

Richard éclata de rire.

— Vous pensez que je suis venu pour vous soutirer de l'argent ? Pour vous faire chanter ?

Rosalie reprit son air hautain et méprisant.

— Vous pourrez bien sûr prétendre le contraire, siffla-t-elle. Mais dans les faits, c'est exactement cela que vous venez chercher. Nous avons lu les nouvelles. Nous savons tout de votre récent séjour en prison. Nul doute que cela a dû nuire à votre carrière… Et quelle meilleure façon, pour obtenir de l'argent, que de nous vendre votre silence ?

Richard rit encore doucement.

— Trop tard, répondit-il. Il y a déjà plein de monde au courant…

Rosalie eut un haut-le-cœur et Richard crut qu'elle allait défaillir. Décidément, même si elle tâchait d'avoir l'air de maîtriser la situation, il avait sur elle un effet indéniable. *Trente ans plus tard, le passé la rattrape… Et il était grand temps…* Rosalie regarda de nouveau dehors. Cette fois, Richard devina qu'elle le faisait non pas pour s'assurer de la présence du chauffeur, mais plutôt pour lui cacher son malaise.

— Que… que voulez-vous ? chuchota-t-elle, le visage livide.

Richard scanda sa réponse :

— Je veux savoir la vérité.

— Toute vérité n'est pas toujours bonne à dire, déclara-t-elle avec condescendance.

— Au point où j'en suis, répliqua Richard, j'ai plus rien à perdre. Je suis rendu trop loin pour tout arrêter et reculer maintenant.

Rosalie releva le menton et lui lança un regard de défi.

— Eh bien, soit, fit-elle. Puisque vous y tenez… Sachez, monsieur Masson, que Mireille est faible, très faible, même. Du vivant de monsieur de La Faisandière, nous avons toujours veillé à ce qu'il ne lui arrive rien de fâcheux. Cependant, malgré tous nos soins et nos mises en garde, il lui est venu de s'amouracher d'un jeune homme, alors qu'elle avait tout juste vingt ans. Inutile de vous décrire la triste situation dans laquelle elle s'est vite retrouvée… Et comme le jeune homme en question était un moins que rien, qui se réclamait de sa qualité d'« artiste », vivant d'amour et d'eau fraîche et surtout nullement intéressé à prendre les responsabilités qui lui incombaient, nous n'avons eu d'autre option que de la faire accoucher clandestinement. Vous connaissez la suite, de toute évidence...

— Non, justement..., coupa Richard.

— Que voulez-vous que je vous dise d'autre ? Votre père est disparu sans laisser d'adresse. Dieu sait ce qu'il est devenu...

— Ça explique pas les conditions d'adoption...

— Quelles conditions ?

— Pourquoi l'un des bébés a été offert en adoption à une famille triée sur le volet, tandis que l'autre était destiné à demeurer à l'orphelinat selon des instructions formelles...

La mâchoire de Rosalie se contracta si fort que Richard aurait pu jurer l'entendre craquer.

— Vous... qu'en savez-vous ? souffla-t-elle avec peine.

— Beaucoup plus que vous aimeriez que j'en sache, dit-il. Je vous l'ai dit tout à l'heure, mais, apparemment, vous m'avez pas écouté. Et vous m'avez dit que vous aviez lu les nouvelles. Vous saviez pas que le véritable coupable était mon jumeau ? Celui qui a pas été adopté ? Celui qui a passé une vie d'enfer dans un orphelinat, dans des foyers nourriciers, pour finalement se retrouver dans la rue et tomber le plus bas possible pour un être humain ?

— Non... non..., balbutia Rosalie. Il n'en a pas été fait mention...

— Eh oui, jubila Richard. J'ai fait ma petite enquête et j'ai appris d'où venait Réal Gendron.

— Réal Gendron ? répéta Rosalie.

— C'est son nom. Celui qu'on lui a donné à son baptême. L'aviez-vous oublié ? Comment se fait-il que vous saviez qui j'étais, mais pas lui ?

Rosalie lui lança un regard paniqué. Un instant plus tard, par contre, elle reprenait contenance.

— Et comment se fait-il que vous ayez découvert son existence ? demanda-t-elle. Et ses origines ? Les documents étaient scellés, personne n'avait le droit de les consulter…

— Croyez-vous vraiment ? J'étais en détention quand il a lui-même été arrêté. Comme j'avais passé un genre de test sanguin, nous avons tout de suite compris que nous étions jumeaux. Pensez-vous que j'allais tranquillement rentrer chez moi sans chercher à en savoir plus ? La vérité finit toujours par se découvrir, quand on sait comment et où chercher.

— Puis après ? lança Rosalie en le défiant. Vous avez eu la chance d'être adopté, mais pas lui. Vous devriez en être heureux et simplement…

— Il a pas été adopté parce que des instructions avaient été laissées justement pour interdire son adoption, coupa Richard. Pourquoi ? Comment peut-on être aussi lâche et injuste envers un pauvre enfant innocent ?

— Aucun enfant n'est innocent du péché de ses parents ! s'exclama Rosalie en se levant d'un bond. Pourquoi pensez-vous que les orphelinats débordaient de ces enfants qui n'auraient pas dû naître ? Des enfants du vice. Parce que les gens ne savaient pas se retenir. La fornication a des conséquences que l'on doit assumer Aujourd'hui, les femmes y échappent grâce à l'avortement et à la pilule, et regardez ce que ça donne : une société où tout est permis ! Où plus rien n'est respecté, pas même l'Église. Il n'y a plus de morale, plus de respect. Même les médecins ont recours à la sorcellerie pour concevoir des bébés. Pour jouer au Bon Dieu ! Notre monde s'en va chez le diable ! Et vous aussi, vous irez probablement en enfer !

Richard ne sut que répondre. Il profita du silence qui suivit pour se convaincre qu'il avait bien entendu. Et même si c'était le cas, Rosalie croyait-elle vraiment ce qu'elle disait ? Ce genre de discours avait peut-être été courant trente ans plus tôt, mais c'était une tout autre époque. Plus personne n'utilisait des mots tels que

« péché » et « vice », désormais… Une femme aussi intelligente et vive que Rosalie pouvait-elle avoir conservé une telle mentalité, même après tout ce temps ?

— Vous ne méritiez pas de naître ! reprit-elle. Votre seule existence est un encouragement à la débauche ! Et vous pensez que nous allions vous laisser, vous et votre frère, vivre heureux comme n'importe quel autre enfant, sans payer pour le crime odieux que notre fille et ce demeuré avaient commis ?

Pour la première fois, Richard Masson se trouvait devant quelqu'un en proie à ce qui s'apparentait à du délire religieux. L'attitude de Rosalie était éloquente : son ton s'enflammait, elle semblait perdre le contrôle, livrant le fond de sa pensée presque sans retenue, tout au contraire de cette attitude guindée dont elle avait fait montre plus tôt. « Dieu », « perversion », « purgatoire », « rédemption », « enfer » et combien d'autres mots se bousculaient dans son discours, c'en était ahurissant.

De son côté, n'ayant reçu comme instruction chrétienne que celle qu'on lui avait prodiguée à l'école et qu'il avait eu tôt fait d'oublier par la suite, Richard ne disposait d'aucun argument à lui opposer. Il préféra ne pas réagir, devinant par ailleurs qu'elle continuerait sur sa lancée et qu'il en apprendrait davantage sur ce qui s'était passé s'il la laissait parler sans l'interrompre. Effectivement, Rosalie sembla se calmer, se rassit et poursuivit sans même avoir besoin d'encouragement, comme si elle se vidait enfin le cœur après tant d'années à refouler ce terrible secret.

— Estimez-vous chanceux, monsieur Masson, qu'au dernier moment monsieur de La Faisandière soit intervenu. Au départ, il n'était pas question d'adoption ni pour l'un ni pour l'autre des bébés. Puis, il a insisté et il a réussi à nous convaincre…

Son regard devint vague, comme celui de Mireille plus tôt, et elle se mit, elle aussi, à fixer les motifs du tapis.

— Il savait que ces deux enfants vivraient un jour aux crochets de la société. Vous ne pouviez être que de la mauvaise graine, vous ne feriez jamais rien de bon... Et qui aurait eu soin de vous, alors ? Vous vous retrouveriez à mendier dans la rue, à traîner dans les parcs, comme tant d'autres. Et tôt ou tard, les bonnes œuvres auraient eu à vous soutenir. Malgré la rancœur qui nous animait, nous savions que nous n'aurions pas l'esprit tranquille. Dès lors, nous avons convenu qu'un des bébés serait adopté. Nous avons révisé les candidatures des parents qui avaient fait des demandes, et notre choix s'est fixé sur les Masson. Ils avaient l'air désespérés. Ils ont probablement été très heureux d'accueillir ce petit enfant dans leur maison, mais ils ne se sont jamais doutés qu'ils venaient de recevoir un cadeau empoisonné...

Richard resta stupéfait. Il aurait pu s'imaginer une liste de raisons pour lesquelles Réal avait été destiné à ne jamais être adopté, mais jamais la bigoterie n'en aurait fait partie. En étudiant ses habitudes, il avait conclu que Rosalie se dévouait pour les bonnes causes par générosité. Maintenant, il en venait à douter de ses véritables intentions.

Un long silence suivit, durant lequel Rosalie se servit nonchalamment une tasse de thé, comme si de rien n'était, tenant de façon empruntée la théière du bout des doigts, dans un geste souple, mille fois répété. Elle le but à petites gorgées, sans se hâter, comme elle devait le faire si souvent avec les dames de la haute société.

— Nous avons longtemps observé votre parcours, avoua-t-elle en reprenant son ton condescendant. De son vivant, monsieur de La Faisandière recevait l'aide de certaines personnes qui nous informaient de vos allées et venues. Pendant votre petite enfance, il nous avait semblé que vous étiez, disons, bien casé. Nous étions alors convaincus que nous avions pris la bonne décision. Mais lorsque nous avons lu votre nom dans les journaux, nous avons dû nous rendre à l'évidence : malgré toutes les précautions que nous avions prises en nous assurant de vous confier à un foyer honorable, vous vous êtes tout de même révélé indigne de notre famille…

— Je vous l'ai dit plus tôt, coupa Richard. J'avais rien à voir avec ce crime.

— Vous vous trompez, monsieur Masson, vous avez tout à y voir.

Richard resta interdit. Elle s'avisait d'agir comme juge et jury, si persuadée qu'elle était de sa propre innocence. Toute discussion était vaine, il s'en rendait compte. Que pouvait-il contre une logique aussi tordue ?

Il se leva péniblement et alla vers la porte.

— J'ai eu les réponses que je cherchais, déclara-t-il en guise de conclusion. J'ai plus rien à faire ici…

Rosalie se leva à son tour et s'adressa à lui d'un ton cordial, comme s'il avait été un vieil ami de la famille.

— Nous vous remercions d'être passé nous voir. Nous doutons fort que nos chemins se croisent à nouveau, alors nous vous souhaitons la meilleure des chances.

Ce brusque changement d'attitude le dérouta. Décidément, rien ne se déroulait comme il aurait pu l'imaginer.

Rosalie appartenait à un monde auquel il n'aurait jamais accès. Sans compter que ses convictions religieuses ajoutaient à sa personnalité une dimension irréelle s'apparentant à la folie. Totalement dégoûté, Richard ne répliqua pas et se dirigea vers la sortie. En digne représentante de la classe supérieure, Rosalie ne l'accompagna pas.

Thérèse, par contre, le raccompagna à la porte. Sur le coup, Richard crut qu'elle le faisait par automatisme ou pour s'assurer qu'il était bien parti, mais, à la dernière seconde, elle l'arrêta.

— C'est pas vrai, chuchota-t-elle rapidement en l'agrippant par la manche. Il voulait la marier, ils avaient parlé de se pousser ensemble dès qu'elle aurait eu ses vingt et un ans…

Elle regarda furtivement derrière elle, puis glissa un petit morceau de papier dans la main de Richard.

— Faut pas la croire, ajouta-t-elle à mi-voix en lui ouvrant la porte. Faut pas la croire du tout. Elle a tout manigancé... Son mari faisait tout ce qu'elle disait...

Richard serra le papier au creux de sa paume, mais ne répondit pas. Alors qu'il marchait en direction de la voiture, il entendit la porte se refermer.

Il pressa le pas et s'engouffra dans la Mustang. Son cœur battait la chamade et il prit quelques secondes pour mettre de l'ordre dans les idées qui se bousculaient dans son esprit. Pour un peu, il aurait pu croire qu'il venait d'assister à un vaudeville, qu'il y avait quelque part des caméras cachées pour filmer sa réaction devant une scène si bizarre, presque loufoque si on ne la prenait pas au sérieux. Mais ce n'était pas de la télé. Et la vérité se montrait dans un bien triste tableau. Comment croire que de telles choses puissent encore se dérouler en 1980 ? Cette mère qu'il était venu pour confronter s'était révélée à demi folle. Sa grand-mère, de toute évidence responsable de cette sordide situation, n'était guère mieux, à la seule différence qu'elle demeurait fonctionnelle et n'en laissait rien paraître.

Mais qui d'autre était au courant, à part Thérèse ? Cette dernière lui avait bien dit que des visiteurs venaient jadis voir la jeune fille... Même Mireille avait parlé de gens qui rendaient parfois visite à sa mère et qu'elle pouvait à peine saluer... Étaient-ils tous tenus au silence par la seule volonté de Rosalie ? Et puis, quoi penser des révélations de la bonne au moment où il avait quitté la maison ?

Dans un sens, il n'était qu'à moitié étonné par ce qu'elle lui avait dit. Il serait probablement arrivé lui-même à cette conclusion en y repensant, mais l'information transmise par la domestique l'y amenait sans équivoque.

Effectivement, le récit de Rosalie avait sonné faux. Ou plutôt, il avait l'impression qu'avec le recul l'esprit de la vieille femme avait déformé les faits pour apaiser sa conscience. Il en avait appris un peu plus, mais où se situait la vérité ?

Richard eut le réflexe de passer la main dans ses cheveux et fut presque surpris de retrouver le morceau de papier encore niché dans sa paume. Sa rencontre avec les dames de la maison l'avait tellement perturbé qu'il en était venu à l'oublier. Toujours immobile derrière le volant, il s'empressa de le déplier. Dans une écriture malhabile, quelques mots avaient été griffonnés :

9[E] ÉTAGE DU EATON, À 11 HEURES, JEUDI.

Quelqu'un lui fixait un rendez-vous, mais qui ? Thérèse ou Mireille ? Il n'y avait qu'une seule façon de le savoir.

: :

— Je t'avais dit que c'étaient toutes des crisse de chiennes, cracha Réal, mais je m'étais trompé. Y a aussi des crisse de folles.

— Charrie pas, répliqua Richard en levant la main en guise d'avertissement. C'est la bonne femme qui est capotée sur la religion…

— D'après ce que tu me dis de la fille, elle est pas mieux…

— C'est ça que je comprends pas, avoua Richard. Dans les films que j'ai vus, les coupures de journaux, elle avait pas l'air de ça pantoute. Elle avait été acceptée à l'université à la Sorbonne, elle avait gagné des tournois de tennis, elle faisait de l'équitation, des choses comme ça. On penserait jamais que c'est la même personne…

— Peut-être que c'est sa sœur jumelle ! lança Réal avec un rire sarcastique.

— Arrête donc de niaiser, gronda Richard avec agacement. Elle fait pitié, dans le fond.

Réal haussa les épaules.

— Moé, je m'en sacre. Je veux rien savoir d'eux autres, je te l'ai déjà dit. *Anyway*, je vais avoir ma sentence dans trois jours. C'est quasiment sûr que je vais pogner vingt-cinq ans. Aussi bien me tirer une balle dans la tête tout de suite.

Richard sursauta et le regarda. Un rictus amer contractait sa bouche.

— Si tu veux un bon conseil, sacre ton camp d'icitte, oublie les bonnes femmes et continue de faire ta vie comme avant. Ça m'a fait plaisir de te connaître, mais j'aimerais mieux pus te revoir.

— Penses-tu vraiment que je suis du genre à ça ? s'indigna Richard. Tu me connais mal !

— Justement, je te connais pas pantoute !

Richard secoua la tête en soupirant.

— T'as rien compris, encore ? C'est pas assez que je me pointe ici toutes les semaines, que je te tienne au courant de tout ce que je découvre, que je me rende compte petit à petit qu'on est pareils...

— On est pareils ? coupa Réal en rageant. Comment ça, toé aussi, t'as tué quelqu'un ?

— Non, protesta Richard, mais pour le reste...

— Laisse faire le reste ! Parce que c'est pas là la question. Moé, j'ai tué quelqu'un, crisse !

— Mais tu voulais pas !

— C'est sûr que je voulais pas ! Mais je l'ai fait. Je l'ai fait, pis y a rien qui va pouvoir changer ça !

— C'était une fille en fugue..., objecta bêtement Richard.

— Pis toé ? Ça t'est déjà venu à l'idée d'en faire, une fugue ? Non, hein ? Tu vois bien qu'on est pas si pareils que ça ! Parce que moé, j'en ai fait des fugues, pis j'en ai fait souvent, à part de ça. Sais-tu pourquoi on fait des fugues ? Parce qu'on est pas bien où on est, parce qu'on a peur, parce qu'on pense qu'on sera mieux ailleurs, n'importe où, sauf d'où on se pousse.

Richard retint son souffle tandis que Réal commençait enfin à lui livrer le fond de sa pensée, ce qu'il espérait depuis si longtemps.

— Elle non plus, elle était pas bien chez elle… tu comprends? Sa mère lui vargeait dessus, alors elle a pris le bord. Je savais exactement ce qu'elle vivait, parce que je l'avais vécu, moé aussi. Je voulais l'aider. Pour une fois dans ma vie, je me sentais moins seul.

Sa voix se serra dans un sanglot et il essuya du revers de la manche la salive qui coulait le long de sa bouche.

— C'est quand elle a commencé à se coller sur moé que j'ai perdu la tête.

Il se cacha le visage dans les mains, renifla bruyamment, puis se redressa pour regarder Richard droit dans les yeux.

— Je sais pas ce qu'elle voulait, j'ai même pas pris la peine de lui demander. Je saurai jamais si elle était *willing* ou pas, mais le résultat est le même. Une fois que j'ai eu commencé, j'ai pas pu m'arrêter. J'ai agi comme un animal, je l'ai violée! Ensuite, j'ai paniqué. Encore là, je peux pas dire pourquoi. Pis c'est ça qui me fait le plus peur. Je suis pas normal, comprends-tu? Je suis pas comme toé, moé. J'ai jamais eu de famille, j'ai jamais rien eu. Pis la seule fois que quelqu'un a essayé de me donner un peu d'affection, ciboire, je l'ai tué!

— Mais tu voulais pas ça, tu l'as dit toi-même…, protesta Richard.

— Je l'ai tuée quand même! articula Réal avec force.

Richard resta interloqué devant le visage rouge et les yeux pleins de larmes de son frère. Il se demanda si cette colère, que Réal dirigeait cette fois contre lui-même, ne serait pas salvatrice. De toute évidence, Réal avait besoin de parler, de se vider le cœur de tout ce qu'il retenait depuis si longtemps. Richard savait d'instinct qu'il était le seul à qui son frère se confierait.

Mais déjà, les gardes accouraient et les regardaient avec sévérité. Richard leva la main pour leur signifier que tout était sous contrôle. Réal se calma.

— C'est pas l'intention qui compte, reprit ce dernier en ravalant sa salive avec peine, c'est le résultat. Pis moé, je dois vivre avec. Je te souhaite juste de jamais connaître ça.

Sans attendre de réponse, il se leva et fit signe au gardien de le ramener dans sa cellule.

— Tu peux pas me lâcher comme ça ! cria Richard alors que Réal s'éloignait. Je vais revenir ! Je vais revenir tellement souvent que t'auras pas le choix d'accepter de me voir !

Le bras en l'air, Réal lui montra son majeur en guise d'au revoir.

12

Come take my hand
You should know me, I've always been in your mind
You know that I'll be kind, I'll be guiding you
Building your dream has to start now
There's no other road to take
You won't make a mistake, I'll be guiding you
You have to believe we are magic
Nothing can stand in our way
You have to believe we are magic
Don't let your aim ever stray
And if all your hopes survive
Your destiny will arrive
I'll bring all your dreams alive
For you

Magic, Olivia Newton-John. N° 3 du palmarès Billboard 1980

Faisant le pied de grue à l'entrée du restaurant, au neuvième étage du magasin Eaton, Richard regardait à peine les femmes qui défilaient devant lui, les bras déjà chargés de paquets malgré le fait que le grand magasin était ouvert depuis à peine une heure. Des dames de différents âges, qui néanmoins possédaient l'étrange particularité de se ressembler : elles avaient toutes l'air kétaine, à son avis.

Richard se souvenait d'être venu à ce restaurant avec Laurette et Joseph, étant petit. Un bref coup d'œil à l'intérieur lui avait permis de constater que rien n'avait changé. Si, autrefois, le décor évoquait le luxe et le faste, aujourd'hui, il était carrément démodé. Tout comme ses clientes. Car il n'y avait pour ainsi dire aucun homme. Le magasinage, la pause café dans un tel endroit, c'étaient de toute évidence des affaires de femmes. Et Richard se demandait encore quelle serait celle qui se présenterait.

L'idée d'un rendez-vous clandestin avec sa propre mère avait quelque chose d'ironiquement touchant. Mais, à en juger par le comportement de Mireille trois jours plus tôt, Richard ne pouvait concevoir qu'elle réussirait à quitter la maison et à se rendre jusqu'ici. La raison pour laquelle personne ne voyait plus Mireille nulle part était vite devenue claire. Avec quelques minutes de retard, et sans grande surprise pour Richard, ce fut Thérèse qui apparut.

— Vous m'excuserez, dit-elle en lui tendant une main hésitante, j'ai été retenue. La vieille était pas pressée de partir, aujourd'hui…

Richard lui ouvrit la porte.

— Je vous offre un café, dit-il avec un sourire complice, si vous acceptez de m'apprendre tout ce que vous savez sur la vieille, justement…

Thérèse lui adressa un petit sourire timide et passa devant lui.

Elle sembla tout aussi gênée lorsqu'il tira sa chaise pour l'aider à s'asseoir. De toute évidence, la pauvre femme n'avait pas l'habitude d'être accompagnée par de beaux jeunes hommes bien habillés. Un peu partout dans le restaurant, quelques clientes leur jetèrent un regard attendri.

— Elles pensent probablement que vous êtes mon gars, fit Thérèse avec un petit rire.

Richard leur commanda deux cafés et déposa son paquet de cigarettes sur la table. Voyant Thérèse loucher dans cette direction, il lui en offrit une avant de se servir lui-même. D'une main tremblante, elle porta la cigarette à sa bouche et se pencha vers le briquet que Richard tenait allumé.

— Vous venez souvent ici ? demanda-t-il tout bonnement pour tenter de la mettre à l'aise.

— Oui, dit-elle en soufflant la fumée en direction du plafond. Ben… je viens chez Eaton souvent, mais je monte rarement au neuvième. Dans le temps, je venais avec Mireille et la vieille. Maintenant, je viens juste pour leurs commissions, des choses comme ça.

— Donc vous travaillez pour elles depuis longtemps ?

— Je suis arrivée à Montréal pendant la guerre, expliqua-t-elle. Je viens de la Gaspésie, au cas où vous l'auriez pas remarqué. De Maria, dans la baie des Chaleurs. C'est le curé qui m'a fait avoir la job avec la famille de La Faisandière. Dans le temps, on était six employés. Le bonhomme vivait large, ça prenait beaucoup de monde. Depuis quelques années, on est rendus juste deux. Pis encore, Romuald reste pus là, il s'est pris un logement sur la rue Atwater, en bas, et il monte en autobus le matin.

— Parlez-moi de Mireille, l'interrompit Richard, qui sentait que la conversation risquait de s'étirer.

Thérèse eut un doux sourire.

— Quand je suis rentrée là, elle était encore toute jeune ; elle me faisait penser à une de mes petites sœurs… La maison était constamment pleine de gens, on avait des réceptions presque tous les soirs. Dans ce temps-là, je m'occupais surtout du ménage, y avait une gouvernante qui gérait tout, madame Labelle. Une fois que la petite a eu l'âge, beaucoup de beau monde amenait leurs gars pour les lui présenter. Elle était jolie, brillante, heureuse. Vous savez, elle pouvait jouer du piano et chanter en même temps. Tout le monde l'admirait. Pis pas bête pantoute ! Elle dessinait bien, aussi… Elle voulait devenir dessinatrice de maisons, vous savez comment on dit ?

— Architecte, proposa Richard.

— C'est ça ! Ses parents connaissaient quelqu'un qui avait pu la faire entrer dans une belle grosse université à Paris... Imaginez ! Paris !

Elle marqua une pause et écrasa son mégot, un sourire nostalgique aux lèvres. Ses paroles confirmaient ce que Richard avait appris au fil de ses recherches, mais tout ça n'avait rien en commun avec la femme qu'il avait rencontrée sur Redpath... Il offrit une autre cigarette à Thérèse, qu'elle s'empressa d'accepter.

— Tout allait bien tant que la vieille gérait tout, continua cette dernière. Dans le fond, je crois que Mireille avait jamais compris à quel point sa mère la contrôlait jusqu'à tant qu'elle rencontre son Fernand.

Richard sursauta comme si, pour la première fois, il prenait conscience qu'il avait un père, pas seulement une mère. Apprendre son nom lui asséna un coup.

— Vous... vous l'avez connu ?

Thérèse hocha la tête en tirant une bouffée de sa cigarette.

— De quoi est-ce qu'il avait l'air ?

La femme eut un grand sourire en répondant :

— Si vous voulez savoir de quoi il avait l'air, vous avez juste à vous regarder dans le miroir...

— Vraiment ?

— Vous êtes son portrait tout craché. J'avais remarqué, quand vous êtes venu à la maison, que vous aviez quelque chose de familier, mais je vous ai pas replacé tout de suite. Après tout ce temps, vous comprenez...

— Pourtant, lorsque je me suis présenté à Mireille, elle a pas eu l'air de me reconnaître...

— Ça doit être à cause des électrochocs, l'interrompit Thérèse.

Richard faillit s'étrangler avec sa gorgée de café et se redressa brusquement sur sa chaise.

— Des électrochocs ?

— Oui, répondit Thérèse. Ou quelque chose d'autre, dans le même genre. En tout cas, c'est ça que j'ai compris.

— Écoutez..., bredouilla Richard, c'est trop bizarre, ça. Je veux être sûr de tout comprendre. Pouvez-vous reprendre du début ? Elle a rencontré Fernand...

— Elle a rencontré Fernand. Il était artiste, il faisait de la peinture, du dessin, des affaires de même. Je pense qu'elle l'avait connu dans une espèce de soirée de bienfaisance, je suis pas sûre. Ce que je sais, c'est qu'il était pas de sa classe, comme disait la vieille.

Elle prit une gorgée de café, tenant la tasse à deux mains et fixant son contenu comme si elle pouvait y lire l'histoire.

— La petite, elle était en amour par-dessus les oreilles. Pis lui aussi. Je me souviens des lettres qu'il lui écrivait... Il voulait la marier, mais comme les parents voulaient pas, ils avaient prévu de se pousser ensemble, d'aller se marier aux États, puis de s'installer à New York.

— Mais ils l'ont pas fait ?

— Ils ont pas eu le temps. La vieille s'est aperçue de quelque chose, je sais pas comment, et elle s'est mise à l'empêcher de sortir, ou à lui permettre de sortir seulement avec des gars que la famille connaissait. Mireille a commencé à lui jouer dans le dos.

Un sourire ironique apparut aux lèvres de Thérèse.

— Je l'aidais à se pousser de la maison ! Des fois, quand c'était lui qui venait, je le faisais même rentrer par la fenêtre de la cuisine. Ils jouaient avec le feu, mais c'était tellement beau de les voir... Ça me rappelait...

Elle s'interrompit, les yeux soudain humides. Voyant qu'elle s'agitait de plus en plus, Richard lui offrit une troisième cigarette.

— Merci, fit-elle en se calmant. Ensuite, la petite s'est retrouvée enceinte. Je lui avais dit de faire attention. Dans le fond, ça me surprendrait pas qu'elle l'ait fait exprès, pour forcer ses parents à accepter qu'elle se marie avec son Fernand...

— Ça a pas marché ? demanda Richard.

— Non, même enceinte, ils voulaient pas qu'elle se marie. Surtout la vieille. Elle avait déjà arrangé son entrée à l'université pour l'année suivante. Mireille allait avoir vingt et un ans, je pense qu'elle voulait la retenir dans ses pattes le plus longtemps possible. Et puis, ça allait mal au gouvernement, on avait entendu dire qu'il y aurait des élections dans l'année… Ça aurait bien paru de dire que la fille de La Faisandière étudiait à Paris, surtout que le bonhomme visait la job de premier ministre. Pas besoin de vous décrire comment ils l'ont pris, quand elle leur a annoncé qu'elle était enceinte !

— Et ce Fernand, il voulait vraiment la marier ?

— Oh oui ! s'exclama Thérèse avec vigueur. Je peux pas vous dire combien de fois il est venu à la maison pour essayer de leur parler. Des fois, il repartait en pleurant comme un bébé.

— Les parents voulaient rien savoir ?

— Le bonhomme, peut-être qu'il aurait fini par dire oui. Il l'aimait, sa fille, mais il était tellement mou devant sa femme. Elle le menait par le bout du nez. C'était elle qui portait les culottes dans le ménage !

— Elle m'a dit que cette affaire d'adoption, c'était leur idée, à tous les deux…

— Parce que vous vous êtes fait prendre par ses grands airs ! expliqua Thérèse avec un sourire en coin. Essayez de vous souvenir exactement de ce qu'elle vous a dit.

— Oh, c'est un peu vague, admit Richard, mais je suis sûr que ça voulait dire que son mari et elle…

— Pas nécessairement ! Il faut porter attention, quand elle parle ! Elle dit jamais « je » ; elle dit toujours « nous », même quand elle parle juste d'elle. Quand on la connaît pas, ça peut prêter à confusion.

En y repensant, Richard dut admettre qu'il s'était effectivement fait prendre. Elle avait dit : « Veuillez excuser notre fille… Nous savons tout de votre récent séjour en prison… Nous vous remercions d'être passé nous voir... » Et elle ne parlait pas de Mireille ni de Thérèse.

Non, comme l'avait dit cette dernière, il n'avait aucune preuve de la volonté de Maurice de La Faisandière dans toute cette histoire. Et il était naturellement plus enclin à la croire sur parole. Rosalie utilisait le nous de modestie, un peu comme le faisait autrefois la royauté. C'était tout à fait de cette façon qu'elle se voyait : une souveraine qui décide de tout.

— Et l'adoption ? demanda-t-il ensuite. L'histoire d'en faire adopter un, mais pas l'autre, c'était l'idée à qui ?

— Ben ça, j'étais pas au courant jusqu'à tant que vous en parliez...

Elle s'interrompit soudain, rougit jusqu'à la racine des cheveux et baissa la tête comme une enfant prise en défaut.

Richard lui fit un grand sourire.

— Je sais bien que vous avez tout écouté, dit-il avec sollicitude. Autrement, vous m'auriez jamais donné rendez-vous...

Thérèse poussa un soupir de soulagement.

— Y avait des élections dans l'air, reprit-elle. Je pense qu'ils voulaient absolument que Fernand disparaisse... Je me souviens qu'ils avaient eu plusieurs coups de téléphone d'une personne qui parlait anglais. Moi, j'ai jamais rien compris, mais madame Labelle m'a dit qu'apparemment ils avaient pris des arrangements avec un type en Californie, quelqu'un qui était prêt à prendre Fernand comme étudiant, dans une école de peinture, quelque chose comme ça. Ils ont donné beaucoup d'argent pour qu'il s'en aille...

— Ils l'ont acheté ?

— Ça doit être ça. Il est parti et on l'a pus revu. Même pas Mireille. Pis elle était sur le point d'accoucher, pensez-vous...

— Et même après avoir accouché... ?

— Ben, tout de suite en rentrant de la crèche, la vieille voulait l'amener en France. Mais la petite s'est débattue. Elle avait tout un caractère, vous savez. Elle voulait vraiment pas y aller. Elles ont eu des engueulades incroyables, sa mère et elle. Ils ont été obligés de la mettre sur le bateau de force. Elles sont restées là tout l'été. Quand elles sont revenues, on reconnaissait pus Mireille... Beaucoup plus tard, on a entendu dire qu'elle avait eu des jumeaux. On a trouvé ça difficile à croire, vu qu'elle était pas très grosse. On a supposé que le bébé... ou les bébés, plutôt, avaient été donnés en adoption. Il s'est passé beaucoup de choses cet été-là, tout s'est déroulé très vite.

— En France, qu'est-ce qui s'est passé, pendant l'été ?

— On l'a jamais su, du moins pas dans le détail... Mais, vous imaginez, dans une grande maison comme ça, y a toujours quelqu'un qui entend quelque chose... C'est comme ça qu'on a fini par apprendre que sa mère l'avait amenée dans une sorte de sanatorium... et qu'elle aurait eu des électrochocs... Je sais pas trop quoi, mais ils lui ont joué dans la cervelle, c'est sûr !

Sa voix se brisa.

— Oh... Monsieur Masson... Si vous l'aviez vue ! Elle faisait tellement pitié ! On aurait juré une morte-vivante ! Le bonhomme en a presque fait une syncope ! Pis la vieille, elle, qui arrêtait pas de répéter que c'était la seule solution... Il fallait tout tenter pour pas que leur fille les mette en disgrâce, qu'elle disait. Elle parlait tout le temps des apparences, de ce que les autres allaient penser... Elle racontait que la petite avait eu une peine d'amour là-bas et s'en était jamais remise. Moi, je sais bien que c'était pas ça. Ils lui ont tripoté le cerveau pour qu'elle se tienne tranquille, pour qu'elle leur fasse pas honte.

— Et elle est toujours de même depuis ?

— Presque, oui. Au début, la vieille a essayé de la faire sortir un peu, de lui présenter des beaux jeunes hommes, pour qu'elle se marie avec quelqu'un qu'ils auraient choisi. Mais les gars se sont vite faits rares. Imaginez, elle avait plus toute sa jugeote...

Elle piquait des crises sans raison. Et puis, avec tous ces médicaments que sa mère lui faisait avaler...

Thérèse prit une cigarette dans le paquet de Richard, cette fois sans même attendre une invitation de sa part.

— Ensuite, le bonhomme a perdu ses élections. Y avait eu des histoires politiques un peu croches, j'ai jamais trop bien compris. La vieille arrêtait pas de lui dire que c'était de sa faute, qu'il s'était laissé ramollir par la condition de sa fille. C'est sûr que ça l'avait secoué. Surtout qu'il vieillissait. Pas longtemps après, la bonne femme a touché le reste d'un héritage, quelque chose en France qui avait été vendu, me semble. Alors ils ont pris leur retraite, comme on dit. Le bonhomme restait à la maison avec Mireille qui, par bouts, le reconnaissait même pas ; la vieille se faisait voir dans des réceptions pour ses bonnes causes. La petite avait pus le droit de sortir, elle avait même pas le droit de se montrer quand ses parents recevaient de la visite. Même après que le bonhomme a été mort, quand la visite s'est mise à se faire rare. Madame Labelle est partie, les autres ont suivi. Finalement, il est resté juste Romuald et moi. Voilà. Vous en savez autant que moi maintenant.

— Mais comment il se fait que personne d'autre soit au courant ? J'ai rien trouvé de récent sur Mireille nulle part !

— Parce que Rosalie contrôlait tout, pensez-vous. Ça fait des années qu'elle la laisse plus descendre quand elle a de la visite. Et encore, elle en a de moins en moins. Et puis, ça fait des années que la famille fait plus les nouvelles. De notre côté, Romuald et moi, croyez-vous qu'on aimerait que quelqu'un la voie comme ça ? Quand on sait comment elle était avant, ça nous fend le cœur !

Richard resta pensif un instant. Dans la salle à manger, les clientes commençaient à arriver pour le dîner. Réalisant que le temps filait, Thérèse écrasa sa cigarette, se leva d'un bond et agrippa son sac.

— Il faut que je parte, dit-elle précipitamment. La vieille risque de se douter de quelque chose...

Elle fouilla dans son sac et sortit quelques pièces de monnaie qu'elle allait mettre sur la table avant que Richard ne lui prenne le poignet.

— Laissez faire. C'est moi qui paie, je vous l'ai dit.

— Merci, fit Thérèse en rougissant. Je suis contente que vous l'ayez retrouvée, même si elle s'en rendra probablement jamais compte. Retrouver un enfant qu'on s'est fait arracher, c'est la plus belle chose qui peut arriver à une femme, je pense.

Avant que Richard n'ait pu réagir, elle avait déjà disparu.

: :

— Donc, tu penses que c'est la grand-mère qui a tout arrangé, pas le grand-père ? demanda André.

— Il semblerait, répondit Richard. D'après ce que j'ai vu d'elle, ce serait son genre.

— Ouin, acquiesça André. Même au ministère, c'était bien connu que Rosalie avait beaucoup d'ascendant sur son mari... Le Fernand en question, qu'est-ce qu'il est devenu ?

— Aucune idée. Il est parti pour les États sans demander son reste. J'ai l'impression qu'ils ont dû lui faire une offre qu'il pouvait pas refuser, comme on dit.

Richard resta silencieux en regardant par la fenêtre. Déjà, l'été tirait à sa fin, les feuilles des arbres changeaient de couleur. C'était incroyable comme sa vie s'était transformée en moins d'un an. Même l'épisode de son arrestation et ses cinq mois de détention semblaient vagues et lointains. Jusqu'à ce jour, jamais l'idée qu'il puisse avoir un père quelque part ne l'avait autant fait réfléchir. Qu'était-il advenu de son père ? Est-ce que, comme l'avait affirmé Thérèse, il avait vraiment aimé Mireille ? Seul Fernand pouvait le dire. Encore fallait-il savoir où il était.

— Tu... tu vas pas essayer de le retrouver, j'espère ? fit André avec hésitation, à croire qu'il lisait dans les pensées de Richard.

— Pourquoi pas ?

— Ben, parce que c'est chercher une aiguille dans une botte de foin. Si t'as même pas son nom de famille, dans quelle ville il est allé... et puis, trente ans plus tard, il a pu changer de place bien des fois...

— Je sais pas encore. Je vais en parler à Réal...

— Comment ça, en parler à Réal ? s'écria André sans tenter de cacher sa contrariété. Tu vas encore le voir ? Me semblait qu'il t'avait demandé d'arrêter d'y aller ?

Richard secoua la tête.

— Je peux pas le laisser là tout seul. C'est mon frère, tu sais...

— C'est sûr que vous êtes nés de la même mère, mais dans le fond, c'est rien qu'un étranger !

— Si je l'aide pas, qui va l'aider ?

— L'aider à quoi ? demanda André avec impatience. Il a été condamné, il va être là pour au moins quinze ans... Tu peux pas mettre ta vie en suspens juste pour lui faire plaisir ! Tu lui dois rien ! Avec tout ce qui t'est arrivé depuis un an, tu penses pas qu'il serait temps que tu reprennes ta vie où tu l'avais laissée ? Que tu recommences à travailler, que tu te trouves un logement ?

Richard ne répondit pas. Dans un sens, André avait raison, mais ce que Richard décidait de faire ou non, surtout en ce qui concernait Réal, ne le regardait pas.

— Je commence à trouver que ton frère est plus important que moi, fit André à mi-voix.

S'il avait toujours trouvées amusantes les manifestations de jalousie d'André, cette fois, Richard se sentit irrité.

— C'est pas de sa faute, ce qui lui arrive, ragea-t-il.

— Si t'avais pas découvert que t'avais un frère jumeau...

— Ben je l'ai découvert, c'est ça, la différence ! Ça change tout ! Tu voudrais que je fasse quoi ? Que je le laisse pourrir là ? Que je fasse semblant qu'il existe pas ?

— Je comprends que tu te sentes coupable pour la vie de chien qu'il a eue, mais c'est lui qui a commis un meurtre... Il a avoué, il en a pris pour vingt-cinq ans...

— Mais il aurait probablement jamais tué personne s'il avait pas eu cette vie de chien, justement! As-tu idée quel genre de misère il a connue pendant que nous deux, on était sur le party?

— Tu pouvais pas savoir...

— Mais je le sais, maintenant! Et tu penses que je peux mettre ça de côté? Faire semblant de rien?

Un lourd silence s'installa. Pour ce qui lui semblait être la première fois, Richard ne chercha pas à dérider son ami ni à le persuader qu'il avait tort. Et il n'en éprouvait aucune culpabilité. Au contraire, cette facette immature qui, d'ordinaire, l'amusait devenait soudain agaçante. Au fond de lui, Richard aurait peut-être voulu se convaincre que ce frère retrouvé ne changeait rien à son amitié avec André, mais il n'en était plus vraiment sûr.

— Je t'ai perdu, mon jack, dit André au bout de quelques minutes.

— Parfois je pense que je me suis perdu moi-même...

— J'aimerais que ça redevienne comme avant... On pourrait sortir ce soir? Retourner au Lime? Tiens, on pourrait aussi se ramasser une couple de déesses! Ça fait combien de temps que t'as pas baisé une poule? Me semble que ça doit te manquer, non?

— Y a pus rien qui redeviendra comme avant, André. Pis tu sais quoi? Je veux même pas que ça redevienne comme avant...

Devant la mine basse d'André, Richard se força à sourire. Son chum n'avait pas tout à fait tort: il n'avait pas baisé depuis presque un an. Avec tout ce qui s'était passé, il en avait perdu l'envie.

En y pensant un peu, l'idée de sortir n'était pas si mauvaise. Son sang se mit à circuler plus vite tandis que quelques images lubriques se formaient dans son esprit. Serait-il capable de performer? Ça restait à voir, mais il n'y avait rien de mal à essayer.

Et puis, même si sortir lui demandait un effort suprême, c'était la moindre des choses qu'il pouvait faire pour réconforter celui qui l'épaulait sans relâche depuis le début de cette sordide aventure.

13

And she believes in me, I'll never know just what she sees in me
I told her someday if she was my girl, I could change the world
With my little songs, I was wrong
But she has faith in me, and so I go on trying faithfully
And who knows maybe on some special night, if my song is right
I will find a way, find a way...

She Believes in Me, Kenny Rogers. N° 48 du palmarès Billboard 1979

En dépit de son nom, l'Action Disco Club n'avait rien de bien entraînant. Richard se demanda si, par quelque hasard, son cerveau n'était pas en train de lui jouer un mauvais tour : la musique lui semblait trop forte, les filles, trop maquillées, trop jeunes aussi. Les trois dernières chansons lui étaient inconnues. Pour couronner le tout, la place était quasi déserte pour un samedi soir.

Même la mode avait radicalement changé avait-il constaté à la vue des vêtements que portaient les hommes. Et c'était sans parler de l'atmosphère, qui n'avait que peu en commun avec celle que Richard avait connue à peine un an plus tôt.

Voilà qu'il commençait à penser comme un vieux... En peu de temps, le *nightlife* montréalais s'était transformé. Et Richard, qui depuis des années avait toujours été au fait — et souvent en avance — des dernières tendances et des nouvelles vogues, s'en trouvait complètement dépassé.

— Qu'est-ce que t'en dis ? demanda André d'une voix assez forte pour couvrir la musique. Pas trop mal, hein ?

Devant son enthousiasme, Richard se força à sourire en hochant la tête. C'était le quatrième club où ils débarquaient ce soir et, ce faisant, ils s'étaient de plus en plus éloignés du centre-ville. André avait suggéré qu'une virée en terrain inconnu — dans l'est de la ville — allait le divertir, mais ça avait eu l'effet contraire sur Richard. À chaque endroit, tout était ennuyant à mourir.

Le serveur s'arrêta à côté d'eux pour apporter une tournée de bières à trois autres jeunes hommes. Curieusement, chacun paya sa propre consommation. Richard dut retenir son fou rire : qu'était-il advenu des bonnes manières ? De cette vieille habitude d'offrir une tournée à tour de rôle ?

Quelques minutes plus tard, il crut qu'il allait s'étouffer avec sa gorgée de bière lorsque le DJ annonça sa prochaine chanson comme un « succès souvenir » : *I Want You to Want Me*, de Cheap Trick. Succès souvenir ? Il lui semblait avoir dansé au son de cette mélodie quelques semaines plus tôt…

Dans un coin, trois filles discutaient, l'une désignant la piste de danse d'un geste de la main comme pour demander à ses copines si elles voulaient y aller. Les deux autres secouèrent la tête et l'une prononça distinctement le mot « kétaine ».

Richard soupira. Elles étaient toutes jeunes, probablement à peine dix-huit ans — sinon moins — et déjà elles s'avisaient de porter de tels jugements. Le temps d'un couplet, les paroles lui rappelèrent combien Denise aimait l'attirer vers la chambre à coucher en lui susurrant langoureusement : « *I want you to want me, I need you to need me, I love you to love me…* » Il prit une profonde inspiration et tâcha de relâcher la poigne avec laquelle il serrait soudain sa bouteille.

Songeur, il étudia l'étiquette de sa Labatt. André l'avait commandée tout de suite en entrant pour empêcher Richard de « lui faire honte » en demandant un zombie ou un autre cocktail, comme il l'avait fait au début de la soirée. Le barman l'avait alors regardé d'un air moqueur, le toisant de la tête aux pieds, comme un rustre campagnard qui ne connaît rien à la mode des grandes villes. De toute évidence, ces derniers mois l'avaient tenu à l'écart de plus d'une façon.

: :

— J'aurais jamais pensé que je dirais ça un jour, déclara Denise avec un petit sourire triste, mais je crois qu'André a raison…

Richard prit le temps de beurrer son pain avant de répondre. Ses mains tremblaient légèrement, mais, avec l'éclairage tamisé du *steak house*, il espérait que Denise ne le remarquerait pas. Depuis sa sortie dans les bars avec André, la semaine précédente, il ne pouvait s'empêcher de penser à elle et en était arrivé à la conclusion qu'il avait commis une gaffe monumentale en la quittant, deux ans auparavant. Elle était la seule qu'il avait aimée, à sa façon, et qu'il aimait encore, même s'il était trop tard pour eux, désormais.

Il avait avalé le peu d'orgueil qu'il lui restait en l'appelant, après avoir réalisé avec tristesse qu'elle s'était donné la peine de venir le voir en prison, de suivre les audiences au tribunal, mais qu'il n'avait même pas eu la décence de communiquer avec elle par la suite. En route vers le restaurant, il lui avait tout raconté, terminant avec cette insistance de la part d'André pour qu'ils reprennent leur ancienne vie de célibataires. Et voilà que, contre toute attente, elle donnait raison à son ami !

Autour d'eux, bien que discrets, les serveurs étaient attentionnés envers ce couple qui avait tout l'air de passer une soirée romantique. Mais Richard savait bien qu'il n'y aurait plus rien de tel entre eux.

— Moi non plus, dit-il, j'aurais jamais pensé que tu pouvais être d'accord avec André... Vous vous entendiez tellement mal...

Denise hocha la tête en riant doucement.

— J'aurais jamais pensé non plus qu'on se reverrait... que tu m'inviterais à souper comme ça...

Ce fut au tour de Richard de rire nerveusement.

— Quel effet ça te fait, de sortir avec un ex-détenu, sans que personne autour se doute de quoi que ce soit?

Denise ouvrit des yeux ronds.

— Ben, je te considère pas comme un ex-détenu... T'avais rien fait... Je te l'avais dit quand je suis allée te voir...

— Et je t'ai jamais remerciée...

Denise eut l'air gênée.

— C'est pas nécessaire, tu sais.

— Oui, j'y tiens. Tu étais aussi fidèle au rendez-vous pendant le procès. Pis moi, je t'ai jamais rappelée par la suite. Sans compter que je dois aussi t'offrir mes excuses.

— Des excuses? Pourquoi?

— Pour tout ce que je t'ai fait subir, dans le temps. Les mensonges, les histoires à dormir debout, ces choses-là. J'ai pas toujours été correct avec toi. Tu méritais pas ça.

— Laisse faire ça, c'est du passé. Moi, j'ai tourné la page...

— Comme ça, t'as rencontré quelqu'un?

Denise rougit et sourit timidement.

— Oui, ça fait à peu près deux mois. Ça va bien. Lui, en fait, il est tout le contraire de toi... Il va un peu trop vite à mon goût...

— Heille, on peut pas tout avoir, dans la vie!

Ils rirent tous les deux, de bon cœur, finissant de briser le malaise qui mettait du temps à s'estomper, puis Denise le regarda, émue.

— Ça fait drôle de t'entendre parler comme ça. Dans le temps, tu disais le contraire: y avait rien d'impossible!

— Ouais, fit Richard. C'était avant que j'apprenne qui j'étais, d'où je venais... Avant que j'apprenne que ma vie avait été bâtie sur des mensonges.

— Tu peux pas en vouloir à ta mère pour ça !

— De quelle mère tu parles ? Laurette ou Mireille ?

— Ben... Laurette, répondit Denise, stupéfaite. Tu considères pas vraiment Mireille comme ta mère, j'espère ?

— C'est elle qui m'a mis au monde... Elle aimait mon père... Elle voulait nous avoir, Réal et moi...

— Mais Laurette a voulu t'avoir tout autant ! Pis regarde tout ce qu'elle a fait pour toi ! As-tu idée de la peine que tu lui ferais si elle t'entendait parler comme ça !

Richard éclata de rire.

— Bon, c'est rendu que t'es de son côté à elle, maintenant ? Tantôt t'étais d'accord avec André, et là, tu défends Laurette !

— C'est pas que je la défends, protesta Denise. C'est juste que j'essaie de te faire comprendre ce qu'ils peuvent vivre, eux aussi.

— Qui ça ?

— Laurette et André. C'est sûr que t'as traversé l'enfer, pendant tes cinq mois en dedans. Mais ç'a pas été facile pour eux autres non plus. Pis là tu reviens, sauf que t'es pus le même gars pantoute !

— Ben oui ! C'est juste que vous me voyez différemment...

— Non, Richard. T'as changé. C'est flagrant.

Il demeura silencieux et regarda dans le vide.

— Regarde-toi, continua Denise. T'étais toujours tiré à quatre épingles, tes cheveux bien placés... Tu roulais dans des belles voitures sport... T'avais ta fierté...

— Heille ! J'ai tout perdu, l'aurais-tu oublié ? La job, l'appartement, le char...

— C'est sûr, coupa Denise. C'est compréhensible. Mais tu fais absolument rien pour te reprendre. Bientôt six mois que t'es sorti de prison... T'as fait quoi, depuis ?

— Tu parles encore comme eux autres ! Mettez-vous donc tous contre moi, un coup parti ! Vous pouvez pas comprendre que je fais ce que j'ai à faire ? Je m'occupe de mon frère, j'ai retrouvé ma mère…

— Justement, c'est une obsession… Je t'écoute parler depuis que t'es passé me prendre, et on voit bien que tu consacres tout ton temps rien qu'à ça. Même si ni l'un ni l'autre te l'ont demandé.

— Mais je peux pas les planter là et faire semblant que je les connais pas !

— Et pourquoi pas ? Ils vont t'apporter quoi, ce monde-là ? Absolument rien !

Richard la regarda fixement. Comme elle avait tort, horriblement tort ! Il lui fallait rétablir les ponts entre lui, Réal et Mireille. Sachant tout ce qu'il savait désormais, il sentait d'instinct qu'il y aurait des conséquences désastreuses à leur tourner le dos.

— Ils vont m'apporter la paix d'esprit, répondit-il enfin à mi-voix. Ce que la vieille leur a fait, en 1951, c'était cruel et injuste ! Et je peux pas prétendre qu'ils existent pas.

— C'est pas à toi de réparer les pots cassés ! T'as été la victime, toi aussi !

— Mais si je le fais pas, qui va le faire ?

— Faire quoi ?

— Je sais pas encore… Trouver un moyen de redresser tout ça. Il faut que je trouve une solution… Et puis, disons que ce serait pas la première fois qu'une victime demande à être payée…

— Tu vas lui demander du *cash* ?

— Oh non, pire que ça…

— Quoi ?

— Je viens de te le dire, je le sais pas encore, mais je vais trouver un moyen de frapper là où ça va faire le plus mal… S'agit juste de trouver exactement quoi, et où…

: :

En regardant Rosalie de La Faisandière sortir de chez elle, cette fois Richard la vit telle qu'elle était : une créature immonde, persuadée qu'elle était investie d'une mission divine, se croyant au-dessus de tout. Et se cachant habilement derrière cette façade charitable, généreuse, bienfaisante.

Où allait-elle encore cet après-midi ? Trier les vêtements donnés à l'Armée du salut ? Tricoter des mitaines pour les enfants pauvres en prévision de l'hiver ? Peu importait, dans le fond. Ce dont Richard était convaincu, et que la plupart des gens qui la côtoyaient ignoraient sûrement, c'est qu'en réalité elle méprisait ceux qu'en apparence elle prétendait vouloir aider. Il fallait la démasquer.

Une fois la Cadillac disparue, Richard sortit de la voiture et alla d'un pas léger vers la maison. Contrairement à sa première visite, cette fois il avait hâte de voir Mireille.

Thérèse sursauta en le voyant à la porte.

— Je... je pensais pas vous revoir, fit-elle à mi-voix.

— Je m'en doute bien. La vieille vous a ordonné de pas me laisser entrer, j'imagine ?

Thérèse secoua la tête.

— Non, elle m'a jamais parlé de vous. Elle était sans doute convaincue que vous reviendriez pas...

— Je veux voir ma mère...

Ces mots touchèrent Thérèse, qui eut les larmes aux yeux.

— Je pense pas que ce soit une bonne idée. Ça risque de l'agiter comme l'autre fois. De toute façon, la vieille l'a assommée à coup de pilules par la suite, elle se souvient probablement pas de vous...

Richard posa sa main à plat contre la porte et appuya légèrement pour l'ouvrir davantage.

— Si elle se souvient pas de moi, dit-il avec un sourire en coin, pourquoi ça l'agiterait ? Je vous promets de rien dire pour l'énerver. Je veux juste la voir...

Il attendit dans le hall pendant que Thérèse alla avertir Mireille de sa présence. Cette dernière se pointa quelques minutes plus tard, arborant la même tenue qu'à sa première visite, à croire qu'elle ne s'était pas changée depuis.

— Bonjour, monsieur, dit-elle poliment en lui tendant une main molle. Je suis très heureuse de vous revoir...

— Ah ? fit courtoisement Richard. Vous vous souvenez de moi ?

Mireille fronça les sourcils en l'observant de plus près.

— Je ne suis pas sûre... Votre visage m'est familier... Mais je ne peux pas me rappeler où j'aurais pu vous voir ; je ne sors jamais.

À la limite de l'insolence, elle le dévisagea avec une intensité grandissante. Il sentit son cœur se serrer : c'était navrant de regarder cette femme, qui avait autrefois été si belle, si brillante, réduite à l'état de demeurée.

Sous l'insistance de son regard, Richard craignit soudain qu'elle se remémore ce qu'il lui avait dit, la dernière fois, qu'elle refasse une crise semblable. Il allait lui mentir, prétendre que c'était leur première rencontre, mais elle le surprit avant qu'il n'ait le temps de parler.

— Seriez-vous dessinateur, ou peintre, par hasard ?

Richard se souvint de ce que Thérèse lui avait dit à propos de Fernand et il eut de nouveau peur que sa mémoire ne vienne la troubler.

— Non, s'empressa-t-il de répondre. Rien de tout ça. J'ai pas la fibre artistique.

Elle parut se satisfaire de sa réponse et, deux secondes plus tard, ne se montrait plus intéressée par qui il était. D'un geste du bras, elle l'invita dans le salon.

— Mais qu'est-ce que vous me voulez, à la fin ?

Cette fois-ci, son ton témoignait d'une certaine irritation. Richard ne se laissa pas dérouter et entreprit de l'amadouer.

— Vous m'avez dit, il y a quelque temps, que vous aviez pas d'amis… J'ai donc pensé que ça vous ferait plaisir que quelqu'un vienne vous voir.

Mireille fronça les sourcils, puis son visage s'éclaira.

— Ce serait bien sûr un grand plaisir… euh… monsieur ?

— Appelez-moi Richard, je vous en prie.

— Enchantée ! répondit-elle avec enthousiasme en lui tendant de nouveau la main. Moi, je m'appelle Mireille…

Richard secoua la main tendue, subitement plus forte et déterminée, et offrit un doux sourire à la femme.

— Alors, de quoi pouvons-nous parler, entre amis ? demanda-t-elle.

: :

Richard referma la portière de la voiture tout juste comme la Cadillac de Rosalie se pointait au coin de la rue. Il ne put s'empêcher de sourire. Si tout allait bien, Mireille ne piperait mot à sa mère de cette visite. Durant près de deux heures, ils avaient parlé de tout et de rien. Mireille ne semblait pas se souvenir de leur rencontre précédente. Mais, fait surprenant, plus leur entretien s'était prolongé, plus elle lui était apparue cohérente dans ses propos. Il s'en était d'ailleurs enquis auprès de Thérèse en prenant congé. Cette dernière lui avait confirmé que, effectivement, Mireille pouvait se montrer très sociable si l'on était doux et patient avec elle. Deux qualités qui, il le soupçonnait, faisaient défaut à Rosalie.

Il avait quitté la maison en se promettant d'y revenir. Le plus souvent possible. Elle était attachante, en un sens. Surtout quand on connaissait son histoire. Mais au lieu de la voir comme une mère, Richard se sentait empli d'un sentiment protecteur envers elle, comme si elle avait été sa petite sœur.

Jamais Richard Masson n'avait eu à s'occuper de quiconque, et ce fut à cet instant qu'il le réalisa. Toute sa vie, il avait été entouré de gens au caractère fort, comme Laurette, André, Denise. S'il pouvait apporter quoi que ce soit — un peu de tendresse et d'affection — dans la vie sordide de Mireille, ce serait un bel accomplissement. Avec le temps, pensait-il, elle arriverait à le reconnaître. Même sans savoir qu'il était son fils, peut-être s'attacherait-elle à lui.

À condition, bien entendu, que la vieille chipie ne s'aperçoive de rien. Même si Mireille s'aventurait à en parler à sa mère, celle-ci ne la croirait probablement pas. De plus, il avait confiance en Thérèse ; elle ne le trahirait pas. Cette dernière avait semblé heureuse de le revoir ; peut-être était-elle soulagée que quelqu'un l'épaule pour veiller sur Mireille… Pour parer au pire, Richard lui avait laissé son numéro de téléphone, en lui demandant de l'avertir si jamais Rosalie venait à se douter de quelque chose.

L'idée d'agir à l'insu de celle qui avait causé tant de mal pendant tant d'années le réjouissait. Un jour, bien sûr, elle apprendrait qu'il rendait visite à sa fille ; il jubilait déjà en pensant à l'effet que ça aurait sur celle qui aimait tant tout contrôler. C'était une mince consolation dans sa vie désormais si terne.

: :

— Et puis ! demanda Richard en entrant dans le salon embrasser sa mère. Quelles nouvelles ?

— Rien que des mauvaises, fit Laurette en soupirant. Pourrais-tu éteindre la télé, s'il te plaît ? J'aimerais mieux pas entendre le reste…

— Ça va si mal que ça ? demanda Richard en se forçant à rire.

Laurette haussa les épaules tandis qu'il tournait le bouton du téléviseur.

— Des histoires d'économie, dit-elle. Je comprends rien là-dedans, mais ça parle de récession, de temps difficiles à venir. Il paraît que la prospérité est chose du passé... qu'on voit plus de chantiers de construction autant qu'avant, même plus de grues dans le ciel. Comme si tout était en suspens. Puis y a une histoire de maladies... des nouvelles maladies vénériennes... Un peu comme des feux sauvages, mais qui se transmettent sur les organes... Ouache! Ça pourrait tourner à l'épidémie, à ce qu'ils disent.

Richard n'essaya même plus de faire semblant.

— Comme tu dis, des mauvaises nouvelles.

— Tu ferais mieux de faire attention, avec les filles, dit Laurette en levant un sourcil. On sait jamais...

— Bof, pour le moment, j'ai pas vraiment à m'inquiéter...

— Tu devrais, justement. Je veux pas me mêler de tes affaires, mais André m'a dit que t'avais même pus le goût d'aller courir la galipote, depuis tout ça...

Richard resta stupéfait. Même si sa mère avait toujours été très ouverte sur les questions de sexe, elle ne lui avait jamais parlé de sa vie amoureuse.

— Pis Réal, lui? demanda-t-il. Tu penses qu'il y va, courir la galipote?

— Tu peux pas vivre ta vie en fonction de lui...

Richard se força à endiguer la colère qu'il sentait monter en lui et ne répondit pas tout de suite. Il n'avait pas de mots pour leur expliquer, à elle, à André, à Denise même, combien il souffrait de leur manque de compréhension, à quel point il avait besoin de leur soutien. Plus que jamais, en fait. Ne pouvaient-ils pas voir que sa vie avait été bâtie sur des faussetés et qu'il ne pouvait pas simplement la reprendre là où elle s'était arrêtée? Qu'il était le seul à pouvoir tout reconstruire, sur une base solide, quitte à commencer par tout démolir pour partir à neuf? Et puis, pourquoi ne pouvaient-ils pas comprendre que c'était la moitié de lui-même qu'il laissait au pénitencier après chacune de ses visites à Réal ? Pourrait-il leur expliquer de quelle façon, au fil de ses rencontres avec son frère, il arrivait peu à peu à percer sa carapace et que, malgré ses façons bourrues, Réal se révélait graduellement ? Richard parvenait désormais à lire dans le regard de son frère, un regard en tous points identique au sien, et ses yeux semblaient lui dire : « Sauve-moi... »

Comment leur expliquer, surtout, qu'il ne pourrait jamais plus rien entreprendre, rien accomplir, en sachant que son frère croupissait en prison ? Non, ce n'était pas sa faute. Il n'avait rien fait pour que Réal se retrouve incarcéré. Ça ne voulait pas dire qu'il ne pouvait rien tenter pour influencer leur avenir à tous les deux. Même s'il devait agir sans l'aide de personne. Mais faire quoi ? Et par où commencer ? Dans sa vie professionnelle, ses meilleures idées lui étaient le plus souvent venues après d'intenses séances de *brainstorming* avec des collègues. Alors comment établir une simple ébauche de plan s'il ne pouvait en discuter avec personne ?

— C'est plus fort que moi..., admit-il enfin, je me sens coupable de vivre, sachant que lui...

Il ne put finir sa phrase, sentant un sanglot lui serrer la gorge. Laurette roula vers lui et lui tendit les bras. Il s'y réfugia comme lorsqu'il était gamin, à genoux devant elle, appuyé contre ses cuisses amorphes tandis qu'elle lui caressait doucement les cheveux.

— Qu'est-ce que je vais faire, maman ? Qu'est-ce que je vais faire ?

— Je sais pas, mon gars. Y a juste toi qui peux savoir... Y a juste toi qui peux décider comment tu vas reconstruire le reste de ta vie.

: :

Assis à la table de la cuisine, Richard regardait sans la voir la bouteille de vodka. Ça faisait longtemps qu'il n'y avait plus de jus d'orange, mais il n'avait plus besoin de prétexte pour boire. Un peu plus tôt, en sortant de chez Mireille, il avait été heureux quelques minutes. Maintenant, tout lui apparaissait tellement futile. Au fur et à mesure qu'il apprenait à connaître sa mère et son frère, paradoxalement, sa propre situation ne faisait qu'empirer. Comme s'il sculptait un morceau de marbre, mais que chaque coup de ciseau ne révélait que plus d'horreur.

L'injustice dont ils avaient été victimes, le fait qu'il était le seul à vouloir tenter quelque chose pour obtenir réparation, son incapacité à trouver une solution pour les venger, tout cela ne venait que renforcer son sentiment d'impuissance. Malgré lui, il ne pouvait non plus cesser sa quête, voyant bien qu'il était déjà allé trop loin pour revenir en arrière. De toute façon, plus rien ne serait comme avant.

Il repoussa la bouteille d'un geste lent. Se saouler n'arrangerait rien. Pour lui, l'alcool était surtout source de bien-être et d'amusement, il n'était pas question que cela devienne une béquille.

Venant le rejoindre, Laurette s'arrêta sur le pas de la porte pour le contempler avec tristesse.

— Si ça peut te consoler, dit-elle doucement, y a pas juste pour toi que le party est fini.

Richard sursauta et la regarda sans comprendre.

— Les nouvelles, expliqua-t-elle. Je te le disais tantôt… Ils parlent de plus en plus de récession économique… Et cette affaire de maladies vénériennes ; les gens changent leur comportement, ils ont peur des rencontres d'un soir. Pis la place où tu allais à New York, ton fameux studio… Il vient de fermer pour de bon, apparemment.

— C'est quoi le rapport avec moi ? demanda Richard qui ne comprenait toujours pas.

Laurette soupira en s'approchant de lui.

— Je t'ai élevé du mieux que j'ai pu, dit-elle. Tu dois admettre que tu as eu une belle vie. T'as jamais eu à t'inquiéter de rien.

L'argent, les filles, ça venait facilement, et pas juste pour toi. Le temps était bon et tout le monde en a profité. Là, ça commence à changer, pour beaucoup de gens, de plusieurs façons. Les lendemains de veille, c'est jamais facile.

— Il est temps que je prenne une part de responsabilité, tu veux dire ?

— Non, c'est pas ça… T'es pas responsable de ce qui t'est arrivé, mais tu peux pas attendre que tout s'arrange, parce que ça s'arrange pas tout seul. Il faut que tu te secoues, Richard, que tu décides ce que tu veux faire et que tu assumes les conséquences de ce que tu vas décider. Moi, je peux plus rien pour toi. Mais je serai là pour t'aider, quoi que tu choisisses de faire.

: :

Richard contempla la rue Sainte-Catherine du neuvième étage et eut un sourire cynique en constatant combien le paysage servait de métaphore pour sa propre vie. Tout se déroulait devant lui, à distance : les voitures allaient et venaient, des gens marchaient dans toutes les directions, vaquant à des occupations sans nul doute beaucoup plus intéressantes que les siennes. Richard, lui, se contentait du rôle de spectateur, en attendant de trouver le moyen de reprendre un semblant de normalité.

Le bruit des portes de l'ascenseur qui s'ouvrirent quelques pieds plus loin le tira de ses pensées, mais il n'eut pas besoin de se retourner pour reconnaître les pas précipités de Thérèse.

Il la salua, déjà inquiet de ce qu'elle allait lui annoncer.

— Allons prendre un café, proposa-t-il.

— Non ! dit précipitamment Thérèse. J'ai pas beaucoup de temps aujourd'hui. Il faut que je rentre le plus tôt possible. Je veux pas laisser Mireille toute seule trop longtemps.

— Qu'est-ce qui se passe ? Pourquoi vous vouliez rien me dire au téléphone ?

Thérèse regarda autour d'elle d'un air soupçonneux avant de lui répondre.

— C'est à cause de votre dernière visite, expliqua-t-elle. Après votre départ, Mireille s'est mise à parler de Fernand. Qu'est-ce que vous lui avez dit ?

— Rien ! affirma Richard. J'ai jamais même mentionné son nom ; j'ai rien dit qui pourrait se rapporter à lui, je vous le jure !

Thérèse soupira, les yeux au ciel.

— Ça a dû venir tout seul, conclut-elle. Vous lui ressemblez tellement. À force de vous voir, Mireille a dû se souvenir de quelque chose…

Richard se mordit la lèvre inférieure, incapable de décider si c'était un bon ou un mauvais signe. Dans un sens, si Mireille commençait à recouvrer la mémoire, c'était bien tant mieux. Il redoutait, par contre, ce que Rosalie allait en penser et surtout ce qu'elle allait faire.

— La vieille se doute de quelque chose ?

— C'est sûr ! s'écria Thérèse. Elle sait pas que vous venez voir Mireille pendant qu'elle est au bridge, mais le fait que la petite se mette soudain à parler de Fernand au bout de trente ans, avouez qu'il y a de quoi s'inquiéter !

La panique était perceptible dans sa voix, sauf que Richard ne savait pas comment la rassurer.

— Qu'est-ce qui vous inquiète, vous, au juste ?

— J'ai… j'ai peur, admit Thérèse en refoulant ses larmes. Après des années de soumission, imaginez que Mireille recommence à essayer de tenir tête à sa mère… La vieille lui a jamais laissé un pouce et là, elle cherche à s'affirmer. J'ai peur qu'elle la ramène chez un médecin et qu'elle la fasse traiter encore une fois.

Richard se força à rire pour calmer son inquiétude.

— Voyons donc ! On est plus en 1951 !

— Quand même… Je l'ai entendue téléphoner à du monde…

— À qui ?

— Ben, d'abord, quelqu'un avec qui elle a parlé de changer ses médicaments. Déjà que la petite est dans les vapes la plupart du temps, imaginez ce que ça peut donner ! Je crois qu'elle veut essayer de la droguer encore plus pour lui enlever la capacité de réagir…

— Ça se pourrait. Elle serait bien capable de faire ça, la vieille crisse ! Et qui d'autre ?

— Elle a passé plusieurs coups de téléphone à des gens différents. Souvent, elle parle en anglais, je comprends pas toujours… Il était question de Californie, une fois. Je pense qu'elle cherche à savoir ce qu'il est advenu de Fernand.

— Est-ce qu'elle a trouvé quelque chose ?

— Non, je pense pas. C'est ça qui la fait paniquer, à mon avis. À ce que j'ai compris, Fernand est jamais resté à la même place très longtemps. Pour autant qu'on sache, il pourrait être revenu à Montréal…

En entendant ces mots, Richard sentit un frisson le parcourir. Retrouver son père était une possibilité qu'il avait à peine envisagée. La probabilité était faible, d'ailleurs. Et puis, qu'est-ce que Fernand aurait pu faire, près de trente ans plus tard ? Il avait sans doute changé de vie ; il avait peut-être une famille. Et même s'il avait effectivement aimé Mireille plus que tout, cette dernière n'avait plus rien de la jeune fille brillante et enjouée qu'il avait connue autrefois. Il ne fallait pas perdre de temps à conjecturer ainsi. Il était capital, par contre, de la sortir de là au plus vite.

— Vous êtes bien bonne pour elle, dit-il à Thérèse. Si la vieille venait à le savoir, elle vous congédierait sans hésitation.

— Depuis des années, je me dis que je devrais sacrer mon camp de là. J'ai jamais osé, à cause de Mireille. Une chance, parce sinon que j'aurais manqué ça…

— Manqué quoi ?

— Pour une femme, retrouver l'enfant qu'on nous a arraché, c'est toute une joie. Même si Mireille s'en rend pas compte, moi, je sais ce que ça représente…

Sa voix se brisa et elle se cacha le visage dans les mains. Ce n'était pas la première fois qu'elle tenait de tels propos. Richard comprit alors ce qui l'avait motivée à rester au service de Rosalie et à s'occuper de Mireille toutes ces années. De plus, Laurette lui avait fourni un précieux indice, quelques mois plus tôt, en lui racontant qu'une de ses connaissances, qui vivait aussi en Gaspésie, était venue accoucher clandestinement à Montréal dans les années quarante.

Il ne put retenir son élan.

— Vous avez aussi eu un bébé, n'est-ce pas? demanda-t-il en la prenant dans ses bras.

Thérèse hocha la tête contre son épaule.

— J'étais en amour avec un cousin, hoqueta-t-elle en se détachant. Pas un cousin germain, mais on était quand même parents. On aurait pas pu se marier. Je suis venue accoucher à Montréal, puis je suis jamais repartie. Faudrait pas que Rosalie sache ça, elle me cracherait au visage.

— Je pensais qu'elle était charitable et aimait aider les gens..., persifla-t-il.

Thérèse ne put réprimer un petit rire sarcastique.

— C'est rien que de la frime, tout ça. Pour se montrer généreuse, bien paraître avec le monde, comme les membres de son club de bridge. C'est quasiment une compétition, pour les madames, à savoir laquelle en ferait le plus pour les pauvres. Dans le fond, Rosalie méprise les faibles et les malchanceux.

— J'avais compris ça. C'est tellement évident que je me demande comment ça se fait que personne d'autre le voit...

Thérèse sortit un mouchoir de son sac et s'essuya gauchement les yeux.

— Elle est bonne actrice, faut croire, fit-elle avec un petit rire, nerveux cette fois.

— Vous, votre bébé, j'imagine que vous l'avez jamais retrouvé?

La femme secoua la tête.

— Ben non, vous savez, on a pas accès à ces papiers-là… C'est pour ça que je voulais vous demander… Comment vous vous y êtes pris, pour retrouver Mireille ?

Sa dernière question était lourde d'espoir.

— J'ai eu de l'aide, des moyens pas trop catholiques, avoua-t-il.

Thérèse baissa les yeux pour cacher sa déception.

— C'est sûr. J'ai toujours su que je reverrais jamais mon bébé…

— Pas nécessairement. C'est peut-être lui qui vous cherche.

— Je me fais pas d'idées. Mais je sais que Mireille va être heureuse le jour où elle va tout comprendre…

— Pensez-vous qu'elle serait capable de comprendre ? Elle est tellement perdue, par moments…

— Elle est plus sensée que vous pouvez penser, affirma Thérèse. Quand on passe un bout de temps avec elle, on finit par s'en rendre compte. Tant que la vieille est pas dans les parages pour l'écraser comme elle le fait toujours… La pauvre fille est terrorisée, dans un sens. Plus la vieille est loin, plus la jeune redevient normale.

— Est-ce qu'elle est toujours soignée ?

— Oui, par le docteur Marshall, un vieil ami de la famille. Je pense qu'il est à sa retraite, mais il continue de leur fournir des pilules.

— Croyez-vous que si je l'amenais voir un autre médecin, son état pourrait s'améliorer ?

— Juste la sortir de là, ça serait déjà beaucoup.

14

You got me running going out of my mind
You got me thinking that I'm wasting my time
Don't bring me down
No, no, no, no, no, ooh ooh
I'll tell you once more
Before I get off the floor
Don't bring me down

Don't Bring Me Down, Electric Light Orchestra. N° 40 du palmarès Billboard 1979

Jamais Richard ne s'était senti si désemparé. Même Laurette, avec sa bienveillance habituelle, ne parvenait pas à l'apaiser. Il se retrouvait impuissant devant ce qui se passait dans la résidence de Redpath Crescent, se disant qu'il devait faire quelque chose, mais désespérant de trouver quoi. Et puis, il y avait toujours Réal qui croupissait en prison, sans espoir de libération pour encore plusieurs années. Pire encore, depuis le prononcé de sa peine, il avait été transféré à la prison de Saint-Vincent-de-Paul, un endroit lugubre et humide qui, selon Richard, était mille fois pire que le centre de détention de Parthenais. De plus, Richard ne pouvait emprunter la voiture d'André aussi souvent qu'il aurait voulu pour aller l'y visiter.

Leur relation avait fait un énorme pas en arrière depuis ce transfert. Réal acceptait de moins en moins souvent de le voir, même avec ces cigarettes que Richard laissait à son attention. Leurs rares rencontres étaient aussi brèves que froides, Réal lui ayant fait savoir sans détour qu'il valait mieux couper les ponts tout de suite, de façon radicale, si convaincu qu'il était que Richard allait un jour cesser de le visiter. Sa façade, que Richard avait occasionnellement réussi à percer, un tout petit peu, semblait solidifiée et plus tenace que jamais. Ce devait être le résultat de la vie dure qu'il menait entre quatre murs, lesquels bloquaient maintenant son avenir.

Richard Masson avait bâti sa carrière sur des plans de marketing et de mise en marché. On avait dit de lui qu'il était créatif, imaginatif, qu'il n'avait pas son pareil pour innover et sortir des sentiers battus. Mais pour ce qui était de sa vie personnelle, à ce stade-ci, c'était un désastre. Pire encore, aucune idée ne lui venait, son imagination autrefois si fertile s'était tarie.

Trois défis se profilaient devant lui désormais : neutraliser Rosalie, en plus de lui régler son compte, avant qu'elle ne fasse plus de dommages ; arriver à toucher son frère et l'amener à accepter — ou du moins à ne plus refuser — sa présence et son aide ; par-dessus tout, extirper Mireille des griffes de sa mère, comme l'avait suggéré Thérèse. Malheureusement, il ne faisait de progrès sur aucun de ces fronts. Se sentant toujours revenir à la case départ, il craignait de rester trop longtemps dans le marasme qui lui donnait la sensation de s'enliser, de ne pouvoir briser cette inertie qui le maintenait dans cet état. Et la température ne contribuait pas à améliorer son humeur.

C'était une journée de novembre pluvieuse, triste à mourir. Au-delà de la pluie qui tombait sans relâche, Laurette souffrait également du mauvais temps, au sens propre du terme, puisque son dos était le siège de douleurs lancinantes.

— Tu connais la place, dit-elle à Richard en serrant les dents.

Penchée vers l'avant dans son fauteuil, elle avait relevé sa blouse pour offrir son dos nu à son fils.

— Eh oui, répondit Richard en la massant du bout des doigts. Tout de suite en dessous de la cinquième vertèbre. Depuis le temps, la douleur est jamais complètement partie...

— C'est juste là que ça s'est cassé, ajouta Laurette, et je suis pas sûre que ça s'est complètement réparé... C'est un mal tellement sournois. En dessous, par contre, je sens absolument rien. Et on dirait que c'est pire chaque automne ; avant longtemps, je devrais être capable de me fier là-dessus pour prédire les tempêtes de neige !

Laurette sembla se détendre pendant que Richard se dévouait à la soulager. Bien qu'elle soit extrêmement débrouillarde, Laurette ne pouvait faire seule certaines choses et devait se résoudre à demander de l'aide, mais seulement de Richard. Elle refusait de consulter un médecin, protestant qu'il n'y avait rien à faire après tout ce temps et prétextant que les attentions de son fils étaient le meilleur des remèdes.

Pour plusieurs — dont Rosalie de La Faisandière —, se retrouver dans un tel état de dépendance ne serait rien de moins que la pire des humiliations, pensait Richard. Il était persuadé que Rosalie était du genre qui préférerait mourir plutôt que de s'adapter à une situation semblable. *Elle serait jamais capable de vivre comme ça, elle en aurait tellement honte. Si ça devait lui arriver, elle descendrait assez vite de son piédestal...*

Effectivement, s'il lui arrivait un accident à son âge, Rosalie de La Faisandière aurait de la difficulté à se faire à une vie dans un fauteuil roulant. Elle serait totalement dépendante et trop vieille pour faire face à un si grand défi — du moins jamais de la façon dont Laurette l'avait elle-même fait, près de trente ans plus tôt. Il lui serait quasi impossible d'adapter sa grandiose résidence à ses besoins, et elle n'aurait d'autre choix que de déménager. Adieu le club de bridge, les vernissages, les bonnes œuvres...

Les paroles que Richard avait prononcées quelques semaines plus tôt lui revinrent soudain à l'esprit : pour se venger, il devait frapper là où ça ferait le plus mal. À qui avait-il dit ça ? À André ? À Denise ? Peu importait…

Il sursauta en réalisant qu'il venait de trouver la réponse à ses questions. Les éléments se placèrent un à un, mais à toute vitesse dans sa tête. C'était tout aussi génial que cruel. Au moins aussi cruel que ce que Rosalie leur avait fait à tous les trois, sa fille et ses pauvres petits bébés, à l'été 1951.

Richard le tenait enfin, son plan. Et il était parfait, puisqu'il lui permettait de tout régler d'un seul coup. Il ferma les yeux, soudain pris de vertige. C'était tellement simple qu'il avait presque le goût d'en rire. Il tâcha de ne rien laisser transpirer, de crainte que Laurette ne s'aperçoive de quelque chose, tandis que son cœur battait la chamade. Il la mettrait au courant au moment opportun ; il avait encore quelques détails à peaufiner. En attendant, il garderait tout pour lui.

La sonnette interrompit la séance de massage. Richard en fut soulagé, mais fut tout aussi étonné de trouver André sur le pas de la porte.

— Ben quoi ? Tu rentres tout seul, d'habitude…

— La porte est jamais barrée, d'habitude…

Richard se tourna vers Laurette.

— C'est moi qui l'ai barrée, avoua-t-elle. On sait jamais, avec tout ce qu'on entend… Je pense que ce serait mieux de la garder barrée même quand on est dans la maison.

— Vous avez raison, acquiesça André. On est même plus en sûreté chez nous.

Richard haussa les épaules. Tout ça lui paraissait sans intérêt, puisque, dans son esprit, il se passait quelque chose de bien plus important. Maintenant qu'il savait quoi faire, une fébrilité s'était emparée de lui, un implacable désir de tout mettre de l'avant.

— Je suis content que t'arrives, dit-il à son copain. Je me demandais justement si t'avais eu des nouvelles de Vachon dernièrement ?

André fronça les sourcils.

— Oui, je le vois presque tous les jours, pourquoi ? Tu voudrais aller en appel pour Réal ?

— Peut-être, admit Richard. Réal, lui, veut même pas en entendre parler...

— Ben pourquoi tu t'obstines ? Laisse-lui donc la paix, si c'est ça qu'il veut...

— Ça, coupa Richard, c'est moi que ça regarde. Non, je veux dire... je pensais juste tâter le terrain avec Vachon, s'il est pas trop occupé, voir si y a pas un autre moyen...

— Oh, pour ça, il est pas très occupé ces temps-ci. Et il est le premier à s'en plaindre, peux-tu croire ? J'ai jamais vu quelqu'un si affamé de nouveaux défis...

Richard eut un sourire en coin.

— J'en aurais peut-être tout un, pour lui, un défi...

— Tu vas pas aller tuer personne, j'espère ?

— T'as pas à t'inquiéter, c'est pas ça pantoute. Malgré que c'est pas l'envie qui me manque quand je pense à mère-grand...

— Moi aussi, ça m'inquiète, intervint Laurette, qui jusque-là s'était contentée de suivre la conversation en silence, avec une certaine curiosité.

— C'est pas les raisons qui te manqueraient, mon jack, annonça André. Surtout quand tu vas savoir ce que je viens d'apprendre.

Laurette et Richard demandèrent à l'unisson :

— Quoi donc ?

— Figurez-vous qu'en mettant de l'ordre dans mes papiers j'ai trouvé par hasard la date du mariage de la belle Rosalie...

— Pis ? fit Richard.

— Le 18 février 1930...

— Et après ?

— Mireille est née le 16 juillet 1930…

— Même pas cinq mois plus tard, conclut Laurette. Et je gagerais qu'elle était pas prématurée.

Richard alla s'asseoir, le visage blême, complètement sonné.

— Elle s'est mariée enceinte…

— Exact, confirma André. Ta Mireille faisait un bon neuf livres en venant au monde… C'est sûr qu'elle était pas prématurée…

— La tabarnak ! s'écria Richard. La crisse de vieille tabarnak ! Elle aussi était enceinte avant de se marier ! Elle se donne des grands airs en jugeant les autres, mais dans le fond elle est pas mieux ! Les enfants du péché, qu'elle nous appelle… Non mais, pour qui elle se prend ?

: :

Richard regarda sa montre encore une fois avant de prendre le revolver dans le coffre à gants. Il avait dit à Vachon qu'il lui téléphonerait à midi pile, ce qui lui laissait encore une heure. D'une minute à l'autre, Thérèse devait sortir avec Mireille et la conduire à l'endroit indiqué, où André les ferait monter avec lui en taxi. De tout son plan, c'était à son avis la partie la plus risquée. Si Rosalie les voyait partir, tout serait fichu.

Ils avaient tous mis — Laurette, André, Thérèse même — beaucoup de pression sur Richard pour l'amener à leur révéler la teneur exacte de ce plan. Richard avait donné les informations au compte-goutte, ne leur disant que ce qu'ils devaient savoir, le rôle que chacun devait jouer, puis leur avait arraché la promesse de lui faire confiance jusqu'au bout. S'ils avaient su ce qu'il mijotait vraiment, ils auraient tous tenté de l'en empêcher. Pourtant, il n'y avait pas d'autre solution désormais : Rosalie devait payer. Richard lui offrirait une dernière chance de faire amende honorable, mais il se doutait bien qu'elle ne la saisirait pas.

Il sursauta en voyant Thérèse entraîner Mireille hors de la maison. Visiblement nerveuse, la domestique se retourna pas moins de trois fois. Mireille, docile, se laissa amener sans résistance.

Allait-elle s'adapter à ce que Richard avait prévu pour elle ? Il se souvint des mots que Laurette avait prononcés quelques semaines plus tôt : « Je serai là pour t'aider, quoi que tu choisisses de faire… » Il n'y avait aucun doute dans son esprit, elle tiendrait parole.

Thérèse et Mireille tournèrent le coin de la rue, cette dernière plus intriguée par la petite valise qu'elle tenait à la main que par le fait de se retrouver en pleine rue. Richard se dit que c'était bon signe. Il camoufla le pistolet dans sa ceinture, referma son veston par-dessus et attacha un bouton.

Showtime, se dit-il en sortant de la voiture. Cette fois-ci, il fallait absolument que tout se déroule comme il l'avait prévu. Il n'y avait aucune autre issue.

La clenche de la porte ne lui résista pas. Comme il l'avait demandé, Thérèse avait bloqué la serrure pour la laisser déverrouillée. *Une deuxième étape de franchie,* pensa-t-il avec satisfaction.

Tout semblait calme dans la grande maison, aussi s'empressa-t-il de faire claquer la porte en la refermant.

— Qui était-ce, Thérèse ? demanda Rosalie depuis l'étage.

— Thérèse est sortie, répondit Richard d'une voix forte.

Il ne fallut que quelques secondes pour que Rosalie apparaisse sur le palier. Elle le toisa du haut des marches, puis se mit à descendre lentement alors qu'un sourire suffisant se formait au coin de ses lèvres.

— Monsieur Masson, fit-elle d'une voix mielleuse en arrivant au bas de l'escalier. Quelle surprise de vous revoir ici ! Après tout ce temps…

— Et pourtant, répondit-il avec une courtoisie feinte, depuis l'été dernier, je suis revenu plusieurs fois.

Rosalie sursauta, puis regarda autour d'elle avec un empressement qui trahissait son inquiétude. Juste à la façon dont sa respiration s'accélérait, Richard savait qu'elle oscillait entre la peur et la colère

— Thérèse est sortie, répéta-t-il. Je l'ai envoyée faire une petite promenade. Avec Mireille.

Rosalie eut un geste pour s'élancer vers la porte, mais Richard se planta devant elle.

— De quel droit vous avisez-vous de décider des allées et venues de notre fille ? ragea-t-elle en s'écarta aussitôt de lui.

— Parce que votre fille est aussi ma mère, répondit Richard avec un large sourire de satisfaction. Et puis, j'ai pensé qu'il valait mieux que nous n'ayons aucun témoin pour discuter en paix.

Rosalie lui lança un regard noir.

— Qu'avez-vous à dire qui soit si confidentiel ? demanda-t-elle avec scepticisme.

— Seulement deux dates : le 18 février 1930 et le 16 juillet 1930…

Rosalie pâlit. Richard se retint pour ne pas rire, sachant fort bien qu'une telle situation n'était plus considérée comme scandaleuse désormais. Mais dans l'esprit tordu de la vieille femme, Dieu seul savait quelle signification cela pourrait revêtir. Pour Richard, ce n'était pas ce qui comptait : il venait de lui révéler ce qu'il savait, et pour elle, il devait en savoir trop. Entre eux, tout allait se régler assez brutalement, il en avait la certitude.

— Suivez-moi, dit-elle froidement en se dirigeant vers le salon.

Richard constata qu'elle avait soudain laissé tomber le « nous » royal et comprit qu'il l'avait déstabilisée. Il comprit qu'il l'avait déstabilisée. D'un geste, elle lui indiqua de prendre place.

— Que voulez-vous ? demanda-t-elle en s'asseyant également.

— Des excuses. Une preuve sincère que vous regrettez ce que vous avez fait en 1951…

Rosalie lui lança un regard chargé de défiance. Encore et toujours, elle continuait de se croire au-dessus de tout et de tous.

Richard explosa :

— Comment avez-vous osé vous prendre pour le Bon Dieu ? Vous avez osé juger votre fille, et qui sait combien d'autres, de façon horrible et cruelle pour quelque chose dont vous vous êtes vous-même rendue coupable…

— Les circonstances étaient très différentes ! coupa Rosalie en se levant d'un bond. Vous n'avez pas le droit de juger…

— Pas plus que vous en avez le droit, chère grand-maman ! riposta Richard.

Le visage de Rosalie tourna au vert en l'entendant parler ainsi.

— Je vous interdis de m'appeler de cette façon, ragea-t-elle. Tout comme je vous interdis de révéler à quiconque tout ce que vous savez… Sinon…

— Sinon quoi ? demanda Richard d'un ton sarcastique. De quoi pouvez-vous me menacer ? Vous détenez aucun pouvoir sur moi et vous le savez. Moi, par contre, je possède de l'information qui pourrait détruire ce que vous avez de plus précieux : votre belle réputation.

Rosalie alla se rasseoir et baissa la tête.

— Eh oui, mère-grand, poursuivit Richard. J'ai longtemps pensé à ce que je devrais faire pour me venger… Pour tous nous venger. Non seulement moi-même et mon frère, mais aussi Mireille et, tant qu'à y être, Thérèse aussi.

— Oh, ragea encore Rosalie. C'est elle qui vous a laissé entrer, vous êtes de mèche avec elle !

— Bien entendu. C'est grâce à elle aussi si je rends visite à Mireille tous les mercredis depuis l'été dernier…

Même si elle bouillait déjà de colère, Rosalie ne parut s'emporter que davantage en entendant cette nouvelle. Sa réaction apaisa Richard, qui jubila intérieurement : c'était exactement comme il l'avait prévu. Grâce au plan qu'il avait élaboré, Rosalie ne pourrait plus contrôler ni sa fille ni sa vie. Sa satisfaction grandissait de minute en minute. Il n'allait pourtant pas en rester là.

— Que voulez-vous ? demanda-t-elle encore une fois. Combien pour que vous disparaissiez de ma vie pour toujours ?

— C'est pas une question d'argent, je vous l'ai déjà dit. C'est une question d'honneur, de vérité, de justice...

— Oui, fit-elle en reprenant son ton mielleux. La justice... ça vous connaît, vous et votre frère...

Richard se sentit pris de court. Rosalie semblait retrouver son assurance. Décidément, elle se révélait une adversaire de taille. Mais il en avait vu d'autres ; la joute était loin d'être terminée.

— Allez-y, monsieur Masson, poursuivit-elle. Dénoncez-moi, et nous verrons l'effet que ça aura. Au fond, dire que je me suis mariée obligée il y a cinquante ans, je ne crois pas que ça causerait un scandale. Et que ma fille était tombée enceinte non plus. Et toute cette histoire d'adoption, vous verrez, ne sera plus aussi horrible que vous le pensez, je dirais. Surtout que les événements ont fini par me donner raison ! Et puis, comment justifier la façon dont vous avez eu accès à des documents confidentiels ? Allez-y ! Dénoncez-moi, et je ferai tout pour vous faire accuser d'extorsion. Ce sera votre parole contre la mienne. Lequel de nous deux serait le plus crédible, à votre avis ?

Richard se mordit les lèvres pour s'empêcher de rire. Ce qu'il avait prévu pour elle était tout autre, mais il était encore trop tôt pour en finir.

— Que voulez-vous dire ? demanda-t-il en feignant de battre en retraite.

Pendant quelques secondes, il tenta de lui laisser croire qu'elle réussirait peut-être à se débarrasser de lui. Bien sûr, il n'en était pas du tout question, surtout qu'il la croyait incapable d'évoluer si rapidement et de s'extirper de sa bigoterie viscérale. Elle faisait semblant que la vérité ne la dérangeait pas, mais ça ne pouvait être que du bluff. Et Richard Masson aussi savait bluffer.

— Je parle de vous et de votre frère, répondit Rosalie avec un sourire triomphant. De ce que vous êtes devenus. Lui, en prison pour vingt-cinq ans; vous, de retour chez votre mère, incapable de vous reprendre en main, vivant aux crochets d'une misérable paralytique. Car c'est ce que vous êtes, après tout: un raté. Non, vous ne faites pas honneur à la famille La Faisandière. Vous êtes et resterez toujours le piètre résultat du désespoir d'une pauvre infirme!

Cette dernière déclaration fut l'ultime argument dont Richard avait besoin. Il était venu avec l'intention sincère de lui laisser une chance de se repentir, mais elle avait eu la réaction inverse et il devenait clair qu'elle ne plierait jamais. Maintenant, il en avait la certitude. Il lui fallait en finir. Elle venait de sceller elle-même son destin avec cette dernière phrase: qu'elle puisse les regarder de haut, Réal et lui, n'était pas surprenant, mais comment osait-elle parler de Laurette de cette manière? Rosalie ne pouvait plus dissimuler sa vraie nature. Du moins pas avec lui. Bientôt, tout le monde la verrait telle qu'elle était réellement.

Richard vit à son rictus où se mêlaient dédain et suffisance qu'elle interprétait son silence comme comme un signe de sa victoire. Elle se leva, le dos droit et la tête haute, et fit un pas vers la sortie pour lui indiquer que leur entretien était terminé. Alors, Richard n'hésita plus et tout se passa très vite.

Marchant juste derrière elle, il posa fermement une main sur son épaule pour la retenir, tandis que, de l'autre, il dégageait son revolver.

Heureusement, Rosalie portait un chemisier ajusté, ce qui lui permit de sentir chacune des vertèbres de son dos. Il pointa d'instinct cette même vertèbre qui, chez Laurette, était la source de tant de douleur lorsque le mauvais temps se manifestait. Une seule balle, bien placée, et Rosalie irait rejoindre le clan de ceux qu'elle méprisait tant.

Il releva un peu la crosse, de façon à mettre le canon en angle, puis il appuya sur la détente.

Le coup retentit dans la maison, mais il ne s'en soucia aucunement. Rosalie s'effondra sur le sol avec un cri de surprise, suivi d'un long gémissement de douleur.

Sans même la regarder, il se dirige lentement vers la table de téléphone, posa son arme consulta sa montre avant de décrocher le combiné. À cette heure-ci, André devait être arrivé chez Laurette avec Thérèse et Mireille.

Il composa un numéro et attendit.

— Vachon ? demanda-t-il à son interlocuteur. C'est Richard Masson. Comme je te disais l'autre jour, si t'as besoin d'un beau défi, j'aurais quelque chose d'intéressant à te proposer…

Sur le sol, Rosalie continuait à gémir. Elle ne saignait presque pas. Richard donna à Vachon ses instructions et mit fin à la conversation. Puis, il appela la police.

15

People ask me why I never find a place to stop and settle
Down down down
But I never wanted all the things that people need to justify their
Lives lives lives
You see we're born, born, born to be alive

Born to Be Alive, Patrick Hernandez. N° 71 du palmarès Billboard 1979

En entendant la grille se refermer derrière lui, Richard sut que le sort en était jeté. Bien sûr, il avait atteint le point de non-retour plusieurs semaines auparavant, mais c'était comme s'il n'en prenait conscience qu'à présent.

La cellule du pénitencier était plus grande que celle du centre de détention. Cette fois-ci, il y avait deux couchettes, deux tables, deux armoires. Si tout allait comme prévu, son nouveau compagnon pour les mois à venir arriverait bientôt. On ne lui avait donné aucune garantie, mais Richard savait que Vachon avait fait de son mieux et qu'il persévérerait aussi longtemps que nécessaire, le cas échéant.

Richard se laissa tomber sur l'une des couchettes. Quand il était petit, il aurait tellement aimé partager sa chambre avec quelqu'un. Parfois, André restait à coucher, et c'était pour lui le bonheur. Même une fois adulte, quand il ramenait une fille chez lui, il était toujours en proie à un tourment intérieur quand venait le temps de décider s'il la renvoyait chez elle ou s'il la gardait pour la nuit. Dans ces cas-là, l'enfant en lui aurait voulu lui demander de rester, mais l'adulte savait que son désir de compagnie s'estompait invariablement avec le lever du soleil et qu'en formulant une telle demande il donnait de faux espoirs.

Laurette avait toujours refusé qu'il dorme avec elle, et c'était peut-être à cause de ce refus que Richard avait tant souffert de la solitude nocturne. Il ouvrit les yeux en pensant soudain à sa mère. À ses mères, en fait. Car André et Thérèse avaient réussi à rassurer Mireille, et cette dernière s'était installée à demeure dans le petit bungalow de la rue Boyer.

Mireille serait-elle capable de vivre dans une minuscule maison, dans une rue modeste, après n'avoir connu que le grand luxe ? Y verrait-elle une différence, de toute façon ? Comprendrait-elle que sa nouvelle chambre avait vu grandir son propre fils ?

Rien n'était certain, mais Richard espérait de toutes ses forces que les efforts combinés de Laurette, de Thérèse et d'André allaient porter leurs fruits. Ce qui importait par-dessus tout était de savoir qu'elle était enfin libérée du contrôle et de la domination de Rosalie. Et pour de bon.

Lors de sa plus récente visite à Parthenais, Thérèse lui avait confirmé que Rosalie de La Faisandière avait été admise dans une maison de soins spécialisés. Elle ne remarcherait plus. Elle avait beaucoup de difficulté à s'adapter et à se déplacer en fauteuil roulant, mais surtout à accepter sa condition. Désormais, elle était à la merci du personnel soignant pour ses besoins quotidiens. Et ce que Laurette Dubé-Masson avait vu comme un défi trente ans plus tôt devenait le pire des calvaires pour celle qui se croyait intouchable.

Richard rit doucement malgré lui. La fière, la hautaine Rosalie était pour toujours condamnée à attendre son tour pour se faire laver, pour se faire habiller. La balle du revolver avait abîmé beaucoup plus que sa moelle épinière : elle avait anéanti son orgueil. Et Richard n'en éprouvait aucun remords. Plutôt une satisfaction perverse. Elle avait tellement détruit autour d'elle, impunément, pendant tant d'années...

Vous avez voulu jouer au Bon Dieu, lui avait dit le juge en prononçant la condamnation, et Richard l'avait reconnu bien honnêtement. Il avait d'ailleurs plaidé coupable. Pas de tentative de meurtre, parce que ce n'était pas son intention. Non, il voulait juste que Rosalie paie pour tout le mal qu'elle avait fait. La mort aurait été trop facile. Et lui aussi paierait pour son crime. Il le savait et l'avait accepté d'emblée en élaborant son plan.

Laurette s'occuperait bien de Mireille ; elle le lui avait promis et il n'en doutait pas une seconde. Thérèse avait déniché un autre travail et lui avait dit qu'elle tenterait de retrouver son fils. Une nouvelle vie s'annonçait pour tout le monde, même pour André, qui allait devoir apprendre à faire cavalier seul dans ses virées nocturnes, à vrai dire de moins en moins fréquentes. La fin du party était venue pour lui aussi.

De son côté, celui qui avait toujours eu à endurer la solitude devrait s'habituer à avoir Richard à ses côtés. Il ne pourrait plus lui demander de s'en aller, de ne plus revenir le voir...

Le claquement métallique des grilles de sécurité, puis les pas dans le corridor confirmèrent à Richard que l'heure de vérité approchait. Dans quelques minutes, un couple d'oiseaux épris de liberté, deux hommes qui ne tenaient jamais en place, allaient se retrouver enfermés ensemble pour de longs mois.

Le bruit de la serrure le fit sursauter. La porte s'ouvrit et le gardien jeta un coup d'œil à l'intérieur. Il se figea en l'apercevant, interdit, puis promena son regard surpris de Richard au prisonnier qu'il avait amené.

— Eh bien viarge ! dit-il avec sarcasme. Deux pareils ! C'est rendu que les cellules sont assignées par ressemblance, on dirait !

Il fit un pas de côté pour laisser entrer Réal. Celui-ci s'arrêta net à la vue de Richard. Il le toisa de la tête aux pieds, comme s'il s'examinait lui-même. Après tout, ils portaient le même uniforme désormais. Ses yeux s'ouvrirent très grands pendant quelques secondes, puis il se mit à rire à gorge déployée.

— Tu l'as eue, la vieille crisse ! J'aurais jamais pensé que tu l'aurais fait !

— T'as pas idée, répondit Richard, mais c'est pas ce que tu crois : je l'ai pas tuée.

Réal entra et le gardien referma la porte derrière lui.

— Ben, c'est quoi d'abord ?

— Viens t'asseoir, l'invita Richard. J'ai une histoire à te raconter. Pis comme tu peux pas me demander de m'en aller, j'ai tout mon temps… Y a beaucoup de choses qu'on a encore à se dire…

: :

S'il avait été convaincu que cette proximité allait l'aider à se rapprocher de son frère, Richard comprit dès les premiers jours que la tâche serait longue et ardue. Après lui avoir relaté en détail comment, d'un seul coup de feu, il avait réglé le sort de Mireille et de Rosalie, il avait espéré de Réal une réaction autre que celle qu'il avait eue, à la limite de l'indifférence. Mais pour son jumeau, c'était comme si Richard n'avait été qu'un étranger, un autre compagnon de cellule lui racontant ses faits d'armes.

De toute évidence, Réal serait difficile à amadouer. Sachant qu'il avait plusieurs années devant lui, Richard décida de ne rien forcer, se bornant à parler de lui-même ou encore de banalités, en attendant que Réal s'ouvre enfin. Mais la patience n'étant pas sa principale vertu, ce fut Laurette qui eut à endurer ses doléances, soir après soir, alors que Richard prenait quelques minutes pour lui téléphoner.

— Commences-tu à regretter d'avoir fait ça ? lui demanda-t-elle au bout d'une semaine.

— Non, déclara Richard avec aplomb. Surtout que je sais que Mireille est bien avec toi et que Rosalie peut plus lui gâcher la vie.

Effectivement, durant les procédures qui avaient suivi cette seconde arrestation, Richard avait gardé un contact plus étroit que la première fois avec Laurette, anxieux d'obtenir des nouvelles fraîches sur la façon dont Mireille s'adaptait à ce changement de vie. Docile et heureuse de se sentir choyée et libre, sa mère biologique semblait, aux dires de Laurette, sortir du carcan depuis toujours imposé par Rosalie et s'épanouir petit à petit. Au début, Thérèse les visitait presque tous les jours, pour faciliter la transition et offrir un coup de main à Laurette, mais cette dernière ne cessait de répéter qu'elle s'arrangerait très bien de toute façon.

Cette première partie du plan que Richard avait conçu était une belle réussite. L'autre partie, par contre, était plus difficile.

— La patience, c'est pas ton fort…, commença Laurette.

— C'est encore tôt, la rassura Richard. Mireille est chez vous depuis un bon boutte, mais avec Réal, c'est tout nouveau.

— Quand même… Il comprend pas que t'as fait ça pour lui, dans un sens ?

Richard déglutit avec peine avant de répondre. Laurette venait de toucher un point sensible. Il ne s'attendait pas à ce que Réal lui saute au cou en venant le rejoindre dans sa cellule. Richard avait tout joué pour les venger, tous les deux, puis avait poussé Vachon à négocier pour qu'ils puissent partager la même cellule. À tout le moins, quelque reconnaissance ou une certaine marque d'admiration, fût-elle cynique, aurait été appréciée. Réal ne lui avait donné ni l'une ni l'autre. C'était difficile à encaisser.

— Si seulement je pouvais faire quelque chose…, laissa tomber Laurette.

— T'en as déjà fait assez, coupa Richard. Ta vie doit être tout à l'envers avec Mireille…

— Elle est tellement pas de trouble ! protesta Laurette. Une vraie soie... Elle m'aide avec le ménage, elle va toujours au-devant de tout, sauf qu'elle est difficile à suivre, dans ses conversations...

Richard pouffa de rire.

— Je sais ! Faut juste la laisser aller, tu vas voir...

— Alors fais la même chose avec Réal. Laisse-le aller, et tu verras bien.

Ces derniers mots avaient roulé dans l'esprit de Richard pendant quelques jours, cependant les résultats escomptés ne se concrétisaient toujours pas. Était-ce une prémonition de Laurette ou une simple tentative pour le réconforter ? Il fallait persévérer, mais Richard se demandait maintenant si ce n'était pas peine perdue.

: :

— Gendron ! cria le gardien en déverrouillant la porte de la cellule. T'as une visite !

Si Réal ne manifesta aucune surprise, Richard fut quant à lui quelque peu intrigué. Depuis déjà deux semaines qu'ils chambraient ensemble, c'était la première fois que Réal était ainsi convoqué. Qui cela pouvait-il être ? Probablement son avocat, conclut Richard au bout de quelques minutes.

Par contre, lorsque Réal revint, près d'une heure plus tard, les yeux rouges et boursouflés, pour tout de suite monter dans sa couchette et y rester sans dire un mot, des heures durant, Richard s'inquiéta sérieusement.

Durant la nuit qui suivit, il sentit son frère agité, il l'entendit même pleurer à quelques reprises ; il n'osa néanmoins pas lui adresser la parole. Que s'était-il donc passé ? Au petit matin, incapable d'en supporter davantage, il interrogea discrètement un des gardiens, celui qui était venu le chercher, la veille, pour tenter d'en savoir plus long.

— La visite que mon frère a eue hier, c'était qui ? s'enquit-il à voix basse.

L'autre eut l'air surpris.

— Tu l'as pas su ? Tout le monde parle rien que de ça depuis hier ! C'était une femme. Pas très jeune, en chaise roulante. Je comprends pourquoi il a pas osé rien te raconter, remarque... Elle l'a quasiment engueulé pendant une heure... Je sais pas ce qu'elle lui a dit au juste, mais elle l'a fait brailler comme un bébé...

Richard ferma les yeux et respira longuement. Laurette... De toute évidence et malgré son aveu d'impuissance, elle avait trouvé un moyen de l'aider. Et elle avait réussi en quelques minutes à faire ce que Richard n'osait plus espérer : toucher Réal. Qu'avait-elle bien pu lui dire pour provoquer une telle réaction ? Il était revenu de cette rencontre complètement chamboulé. Cette intervention allait-elle changer quelque chose ? Et encore, serait-ce pour le meilleur ou pour le pire ?

Il sut que la tentative de Laurette avait réussi quatre jours plus tard. Quatre jours durant lesquels son frère ne l'avait pas regardé ni ne lui avait parlé. Mais son attitude avait changé, même si c'était de façon à peine perceptible.

Réal fut le premier à briser le silence, tard un soir. Les lumières étaient éteintes depuis plus d'une heure, mais ni l'un ni l'autre ne dormait.

— Est-ce que ça t'arrive de penser à lui, des fois ? demanda-t-il d'une voix basse, enrouée par l'émotion.

— À qui ? souffla Richard, qui se doutait néanmoins de qui il était question.

— Ben... notre père... Fernand...

Richard sentit un sanglot lui nouer la gorge. La vive sensation de chaleur qui l'envahit l'empêcha de répondre. De quoi Laurette et lui avaient-ils discuté ? De lui ? De Mireille et de Fernand, et de cet amour qu'ils avaient partagé, dont ils étaient issus ?

Un éclair jaillit dans sa tête. Il avait préconisé le silence et l'attente: les manières pudiques propres aux hommes. Avec sa touche féminine, de son côté, Laurette avait réussi à percer la façade derrière laquelle Réal ne pouvait plus se retrancher. Elle avait d'instinct compris que le meilleur moyen de l'atteindre était d'évoquer ce qui lui avait si cruellement fait défaut depuis toujours: l'amour.

Notre père... Cette reconnaissance de leur lien familial était pour Richard la plus belle des récompenses, un signe indiscutable que Réal le considérait désormais comme son frère. Il ne voyait pas comment cette prise de conscience avait pu s'opérer dans la tête de son frère. Ça importait peu, de toute façon. Puisque Réal avait parlé de leur père en tant que tel, ça devenait évident que cette pensée lui trottait dans la tête depuis la visite de Laurette.

— Oui, fit enfin Richard sur un ton qui, espérait-il, sonnerait détaché. C'est sûr, on a un père, pas juste une mère... Il paraît même qu'on lui ressemble comme deux gouttes d'eau!

Un autre long silence suivit. Malgré l'obscurité et la quiétude qui régnaient, les deux frères ne s'abandonneraient pas au sommeil : la conversation qui venait de s'amorcer les tiendrait assurément réveillés pendant une partie de la nuit.

— Des fois..., commença Réal, des fois, j'ai peur qu'on soit trop tard...

— Trop tard pour quoi?

— Trop tard pour le retrouver. Il doit avoir cinquante ans passés maintenant. Peut-être qu'il est déjà mort... Tu sais, tout peut arriver en trente ans...

Richard ne répondit pas, trop occupé à ramener les battements de son cœur à un rythme normal. Le retrouver... L'idée lui avait vaguement traversé l'esprit, mais c'était avant son crime, à une époque où il croyait que ses chances étaient minces. Dès l'instant où il avait sciemment choisi que la meilleure option pour lui — et pour sa tranquillité d'esprit — était de rejoindre son frère en prison, il avait aussi accepté qu'il deviendrait impossible de retrouver son père. Du moins, tant qu'il resterait incarcéré. Ce qui ne voulait pas dire qu'il le serait encore bien longtemps.

Le lendemain même, sa décision était prise, et il demanda à voir Albert Vachon.

— C'est quoi ton crisse de problème ? explosa celui-ci. C'est toi qui voulais plaider coupable ! J'ai essayé de te faire changer d'idée au moins cent fois ! Mais non, monsieur voulait pas...Même chose pour faire appel ! On avait trente jours après le prononcé de ta sentence pour soumettre une demande. Ça finit après-demain, ça !

Il prit un air ironique en tentant, sans grand succès, d'imiter la voix de Richard :

— « Je veux être incarcéré avec mon frère... J'ai pus rien à perdre... Ma vie est finie *anyway*... », débita-t-il d'un ton pleurnichard. C'est quoi l'idée de changer d'avis, du jour au lendemain, pis à la dernière minute, en plus ? C'est pas d'un avocat que t'as besoin, c'est d'un psychiatre !

Richard ne se laissa pas démonter. La façon de penser de Vachon lui était devenue familière, de sorte que sa réaction ne le surprit pas.

— Je voulais être incarcéré avec mon frère pour qu'on puisse apprendre à se connaître, rétorqua-t-il posément.

— Pis en trois semaines, t'en as assez ?

— Ça, c'est mes affaires, avertit Richard. Mon frère a enfin compris que j'étais de son bord. On a encore du chemin à faire, mais on commence à se rejoindre. Pis là, il parle de retrouver notre père. Je sais que ce sera pas facile, pis c'est pas quelque chose que je peux faire en restant ici. Surtout que ça peut prendre un bout de temps avant que tu réussisses à me faire sortir...

— Qu'est-ce qui te fait croire que je vais réussir, justement ?

Richard se pencha vers l'avant et lui fit un clin d'œil amusé.

— Parce que t'es le meilleur, non ?

Richard fut presque heureux de constater que, pour une rare fois depuis qu'ils se côtoyaient, Albert Vachon ne sembla pas savoir quoi répondre.

— Tu pourras te vanter de m'en avoir fait voir de toutes les couleurs...

— Essaye pas, répliqua Richard avec un sourire en coin. Je sais que, dans le fond, mes histoires et celles de mon frère mettent du piquant dans ton existence...

— Oui, vous en mettez du piquant, avoua Vachon en se passant la main dans les cheveux. Dans le fond, c'est spécial ce que tu fais. Tellement de fois t'aurais pu lui tourner le dos, t'occuper de tes problèmes...

Richard resta bouche bée. Depuis le début, jamais Vachon ne s'était permis de commenter ses décisions de cette façon. Il était resté cartésien, pragmatique, ne donnant jamais dans les émotions. De toute évidence, l'histoire de Richard l'avait touché, même s'il n'avait osé l'admettre. Il dut faire un effort pour se ressaisir.

— Ce que tu me demandes là, dit-il d'une voix mal assurée, c'est quasiment impossible...

— Voyons donc ! T'as juste à voir ça comme un autre défi !

— Penses-tu que c'est aussi simple que ça ? C'était ton idée de plaider coupable, et on a joué la carte des jumeaux séparés pour pouvoir te faire rentrer ici. Tu te souviens ? Tu leur évitais un procès en échange de ton choix de cellule ! Et tout le monde était d'accord. Ça, c'était y a pas trois mois ! Pis là, tu voudrais que je te sorte ? De quoi ça va avoir l'air, devant la Cour ?

— C'est sûr, convint Richard. Mais, dans un sens, c'était tellement émotif... On peut jouer avec ça... dire que j'avais traversé tellement d'épreuves que mon cerveau fonctionnait pas comme du monde ?

Vachon secoua la tête, mais ne répondit pas.

— C'était important pour moi de venir rejoindre mon frère, reprit Richard. Maintenant que c'est fait et que ça va bien, je veux que tu mettes toutes les choses en route...

— Toutes les choses ? Parce qu'il y en a d'autres ?

— Comme je t'ai dit, me sortir d'ici, d'abord ; ensuite, m'aider à retrouver mon père...

Vachon soupira de découragement.

— Bon, une autre affaire... Comme si tu m'en demandais pas déjà assez...

— Ben oui, dit Richard avec un sourire satisfait. Maintenant que la situation de ma mère est réglée, je pense que ce serait la moindre des choses d'essayer de retrouver ce Fernand...

— Fernand qui ?

Richard écarquilla les yeux. Il n'avait jamais su le nom de famille de son père.

— Euh... Je sais pas...

— Pis tu penses que ta mère s'en souviendrait ? Elle s'est pas encore remise de tout ce qu'elle a subi depuis que vous êtes au monde. As-tu vraiment envie que je la questionne là-dessus ? As-tu idée de ce que ça pourra lui causer, comme effet ?

Richard resta perplexe. Après son installation dans la maison de la rue Boyer, même si, de toute évidence, elle s'y sentait en confiance, Mireille n'avait encore jamais parlé de Fernand ni des enfants.

Pour sa part, Laurette avait été d'une patience d'ange. Jusqu'au jour où elle avait révélé à Richard la vérité sur sa naissance, elle s'était considérée comme sa mère. Soudain, sans crier gare, son fils chéri lui avait imposé de prendre sous son toit la femme qui l'avait mis au monde, une femme qui n'avait plus toute sa tête, mais qui était néanmoins celle qui l'avait voulu et qui l'avait porté pendant neuf mois, avant de se le voir retirer de la plus cruelle des façons. Plusieurs femmes auraient considéré Mireille comme une rivale. Mais Laurette l'avait accueillie à bras ouverts, parfaitement consciente qu'ils avaient tous été victimes dans cette histoire et que leur salut dépendait uniquement de la façon dont ils sauraient se soutenir.

— Écoute, dit Vachon en remballant ses dossiers, j'ai un collègue dans ma firme qui s'occupe de propriété intellectuelle et de droits. J'ai jamais travaillé avec lui directement, mais je sais qu'il a souvent monté des dossiers avec des artistes dans des causes de copiage non autorisé. Je sais pas s'il s'y connaît en peinture, mais je vais au moins lui demander ce qu'il en pense. Je peux rien te promettre, par contre. Des Québécois qui sont allés faire de la peinture aux États, il doit pas y en avoir des tonnes. Si tu pouvais avoir un nom, ça aiderait…

Richard soupira, curieusement soulagé. Vachon ne lui avait jamais rien promis, mais il avait toujours réussi à lui obtenir ce qu'il voulait. Ajouterait-il à la liste de ses exploits le fait d'avoir retrouvé ce Fernand ?

: :

Se souvenant trop bien de sa première rencontre avec Mireille, Richard savait que la questionner au sujet de Fernand pouvait avoir des conséquences catastrophiques. Le genre de conséquences qu'il ne pouvait imposer à Laurette. Ce qui ne voulait pas dire qu'il ne pouvait pas demander conseil à cette dernière.

— T'as fait un miracle ! déclara-t-il d'entrée de jeu au téléphone, le soir suivant. Réal est plus le même gars ! Mais pourquoi tu m'as pas dit que tu venais le voir ?

— Je sais pas… J'avais besoin d'avoir le champ libre. Je voulais pas te créer de faux espoirs, au cas où ça aurait rien donné. Mais je suis contente si t'as pu faire des progrès…

— Des progrès ? s'exclama Richard. Il a quasiment l'air heureux ! Il m'a souri trois fois aujourd'hui !

— Tant mieux. Mais là, tu vas faire quoi ?

— Ben, comme tu sais, la question de notre père nous taraude tous les deux... Si seulement on connaissait son nom de famille... Mais on peut pas le demander à Mireille, ça risquerait de la perturber.

— Thérèse, alors ?

Richard soupira avant de répondre.

— Je lui avais déjà demandé, elle s'en souvenait pas... ça fait trop longtemps.

Laurette soupira à son tour.

— Quelqu'un doit pourtant savoir quelque chose, fit-elle à voix basse, comme si elle se parlait à elle-même.

— Y avait aussi Romuald, le chauffeur, mais depuis l'été dernier, on a plus eu de ses nouvelles...

— Laisse-moi y réfléchir, dit Laurette alors que le temps était venu pour Richard de raccrocher. Crains pas, on va trouver quelque chose.

Richard revint à sa cellule en souriant tristement. Laurette avait beau être tenace et déterminée, comment pourrait-elle retrouver quelqu'un qui avait quitté la ville, et probablement le pays, plus de trente ans auparavant ? Par contre, Richard la connaissait assez pour savoir qu'elle ne cesserait jamais de l'étonner.

: :

— Coudonc ! s'écria Réal, t'en connais, des jeux !

— Avec une mère en chaise roulante, les loisirs étaient limités, expliqua Richard en brassant les cartes pour ce qui devait être la trentième fois. Quand j'étais petit, on jouait pendant des heures. Avec mon grand-père, aussi...

Il laissa sa phrase en suspens tandis qu'il partageait le paquet. Paquet voleur, bataille, dame de pique... Il n'avait plus rejoué depuis des années. Depuis son adolescence, en fait. Mais puisque Réal en avait fait la suggestion, trois jours plus tôt, Richard n'avait simplement pas pu refuser. *Ça te tente-tu de jouer aux cartes, des fois?*

Une demande kétaine, à la limite du puéril, mais Richard avait tout de suite compris que c'était le seul moyen que son frère avait trouvé pour manifester son désir de rapprochement.

À la suite de la visite de Laurette, qui avait dû gronder Réal comme un petit enfant, il était apparu à Richard que c'était la meilleure voie: avec cet homme qui n'avait pas eu d'enfance, cela voulait possiblement dire retourner en arrière et combler les lacunes une à une. À commencer par s'adonner à des activités aussi simples que de jouer aux cartes. Et s'il fallait ressortir crayons et livres à colorier, il était partant.

Au bout de quelques jours à peine, Réal retrouva une certaine joie de vivre. Ses remarques sarcastiques et cyniques faisaient place à des commentaires parfois drôles, il souriait de plus en plus, semblait même se lever du bon pied, le matin.

Les témoignages d'affection et de gratitude se faisaient cependant toujours attendre. Mais Richard n'était pas pressé. Vachon avait mis en route les procédures d'appel, mais il l'avait averti: ça serait long. Les deux gars avaient donc tout le temps du monde devant eux.

Une seule chose leur manquait cruellement: être dehors. Au fil de leurs brèves conversations, ils s'étaient rappelé l'un à l'autre de multiples endroits où ils aimaient aller se promener, jadis, s'étonnant parfois de ne s'y être jamais croisés.

Au pénitencier, les autres détenus — les nouveaux, surtout — étaient surpris de les voir ensemble, déambulant côte à côte, deux parfaits sosies qui étaient toujours les premiers à sortir et les derniers à rentrer lorsqu'ils avaient l'occasion d'aller dans la cour. Selon Richard, quelques-uns commençaient même à être jaloux.

Une preuve tangible de leur lien fraternel leur fut fournie quelques semaines plus tard, lorsque le gardien vint les chercher.

— Les gars, vous avez de la visite.

Réal et Richard se regardèrent, puis tournèrent leurs yeux vers le gardien.

— Tous les deux ? firent-ils, surpris, à l'unisson.

Leur réaction déclencha un éclat de rire de la part du gardien.

— Oui ! Tous les deux ! Si ça continue comme ça, on pourra même plus vous séparer, *anyway.*

Les deux frères furent tout aussi étonnés de se retrouver face à Laurette et André dans le cubicule réservé aux visites.

André et Réal se toisèrent avec un soupçon d'hostilité, qui ne fut pas sans rappeler à Richard l'animosité qui existait jadis entre Laurette et Denise, son ancienne blonde. Il lui sembla que c'était dans une autre vie.

Pour sa part, Laurette les accueillit avec un sourire triomphant.

— J'ai une belle nouvelle pour vous, les gars, dit-elle d'entrée de jeu.

Cette façon de s'adresser à Réal, comme s'il était aussi cher que Richard à son cœur, était touchante. Richard remarqua d'ailleurs qu'André aussi était ému.

— Je… je suis allée avec André…, commença-t-elle avant que sa voix se brise.

— On est allés voir Rosalie, dit précipitamment ce dernier, comme s'il craignait que la situation ne devienne trop émotive.

Richard s'affala sur sa chaise, à défaut de tomber par terre tant la nouvelle l'assomma.

— Rosalie ? souffla-t-il.

— Elle est allée lui dire sa façon de penser…, expliqua André à mi-voix.

— Et ? firent de nouveau ensemble Réal et Richard.

— Tu lui as dit quoi, au juste ? poursuivit Richard à l'intention de Laurette.

— Ce que je lui ai dit, c'est pas vraiment important, répondit-elle en secouant la tête.

Effectivement, pensa Richard, *c'est comme pour Réal*. Peu importait les mots, c'était l'effet qui comptait.

— Ce qu'elle a fini par me révéler, par contre…, ajouta-t-elle sans pour autant finir sa phrase.

Réal et Richard retinrent leur souffle en la regardant sortir un bout de papier de son sac et le déplier devant leurs yeux. Deux mots y étaient écrits :

FERNAND NOLIN

: :

— Pas évident de le retracer, ton Fernand Nolin, admit Vachon quelques semaines plus tard.

— Mais t'as quand même trouvé quelque chose, non ? s'inquiéta Richard.

— Penses-tu que je serais venu te voir si j'avais rien ? riposta Vachon, gouailleur.

Richard commençait à s'impatienter, à s'énerver.

— As-tu fini de me niaiser ? Qu'est-ce que t'as comme information ?

Vachon ouvrit sa mallette et en sortit un ouvrage dont certaines des pages étaient marquées par des bouts de papier rose. Il le tourna vers Richard pour lui permettre de bien le voir et l'ouvrit vers le milieu.

— Regarde comme il faut, fit-il en lissant la page. Dis-moi si tu remarques quelque chose de particulier…

Le livre était un catalogue d'œuvres d'art, principalement de peintres américains. Richard tenta de se calmer pour se concentrer sur l'image devant lui. Le tableau était superbe, surtout pour lui qui ne connaissait pas grand-chose à l'art, d'un genre qu'il n'avait jamais vu avant. Une sorte de murale, montrant de façon floue et très stylisée des gens attablés autour de plusieurs bouteilles de vin.

— Des gens qui boivent ? avança-t-il, la gorge sèche.

— Regarde-les bien, ces gens, justement, l'encouragea Vachon.

Confus, Richard étudia les visages un à un, ne voyant pas où son avocat voulait en venir. Au bout de la table, un peu dans l'ombre, une jeune femme assise en retrait observait le groupe, un léger sourire flottant sur ses lèvres. Richard sursauta : c'était Mireille. L'ovale de son visage, ses cheveux lisses et parfaitement coiffés, ses yeux vifs… tout comme sur les premières photos qu'il avait vues d'elle, dans ses plus belles années. Au bas du tableau, une signature vint lui confirmer ce qu'il avait déjà deviné : FERNO. *Fer-no… Fernand Nolin…*

Constatant sa surprise, Vachon passa à la prochaine image marquée à son attention. Cette fois, une image plus petite, un peu comme celles utilisées en publicité, montrait une famille sur une plage : des parents avec trois enfants, tous habillés de maillots de bain à la mode des années cinquante. Encore une fois, la mère était la copie conforme de Mireille. La signature était identique à la première.

Richard n'eut pas besoin de regarder les autres reproductions.

— C'est elle ! s'écria-t-il. C'est Mireille ! Il l'a représentée dans ses tableaux !

— Exactement, confirma Vachon. Surtout dans ses premières œuvres, mais aussi dans des toiles plus récentes. Comme si elle était toujours dans ses pensées…

Richard ne tenait plus sur sa chaise.

— Faut que j'aille le dire à Réal !

— Lui dire quoi ?

— Qu'on a retrouvé Fernand !

— Non, fit Vachon, la mine sombre. Ça, c'est juste la moitié du travail.

Richard eut un serrement de cœur et perdit soudain tout enthousiasme.

— Tu sais pas où il est ?

— De ce que mon collègue a découvert, il a beaucoup produit, jusque vers 1975. Ensuite, on perd sa trace. Comme si y avait cessé de peindre…

— Penses-tu… qu'il est mort ?

— Impossible à dire. Faudrait aller en Californie, faire une tournée des milieux artistiques, trouver quelqu'un qui le connaît…

Richard sentit de nouveau l'impatience le gagner.

— J'irai, déclara-t-il sans hésiter. Sors-moi d'ici au plus sacrant, pis je crisse mon camp en Californie. Moi, je vais le trouver !

: :

Richard ferma son sac et se redressa péniblement. Cette cellule, qui était la sienne depuis près d'un an, ne lui manquerait pas, mais l'idée d'y laisser Réal lui répugnait plus que tout. Peut-être y reviendrait-il, mais tout le temps de ce second procès, il serait détenu ailleurs. Debout près de la porte, Réal le regardait, les yeux pleins de larmes.

— J'ai jamais dit ça à personne, pis je pensais jamais que je le dirais un jour, fit ce dernier en réprimant un sanglot, mais ciboire que j'vas m'ennuyer de toé !

C'était la plus belle déclaration d'amour que Richard aurait pu espérer. Il prit une grande inspiration.

— Inquiète-toi pas, dit-il en tentant de contenir ses émotions. Vachon va te tenir au courant de tout. Si l'appel est rejeté, je reviens ici, c'est sûr. Pis je te l'avais dit, quand on s'est connus, tu te souviens ? Je te lâcherai pas ! Si je me retrouve dehors, par contre, je pars chercher Fernand. Je suis de plus en plus sûr qu'il voudrait revoir Mireille, même comme elle est…

Réal hocha la tête et déglutit avec effort.

— Si ça se fait, peut-être qu'on aura une famille…

Richard ne put se contenir davantage. Il s'était retenu pendant des semaines, mais c'était le moment ou jamais : il ouvrit grands les bras et étreignit son frère de toutes ses forces. Ce dernier lui rendit son étreinte, d'abord timidement, puis avec de plus en plus de vigueur.

Encouragé par cette reconnaissance, Richard s'en alla sans regarder derrière, espérant de tout son cœur revenir en ces lieux, mais pas en tant que criminel. Il y reviendrait accompagné de Fernand Nolin et il montrerait à tous qu'il n'y avait rien d'impossible pour Richard Masson quand il avait une idée en tête. Rosalie, Denise, Vachon, André… Tous seraient confondus devant sa ténacité et son ardeur à rectifier les erreurs du passé.

Oui, il leur montrerait de quoi il était capable. Il n'en doutait aucunement. Et encore une fois, ce serait *showtime.*

SYLVIE OUELLETTE

Ce roman devait d'abord s'intituler *Mamans*, puisqu'on y traite de diverses façons de la relation mère-fils. Ce qui est plutôt ironique puisque le premier à qui j'ai raconté cette histoire fut mon père. C'était à l'été 1993 et je n'avais encore jamais écrit de fiction.

Lorsque je lui ai parlé de mon intention de l'écrire, son avis s'est résumé à « bof, pourquoi pas, t'as rien à perdre ». Ce qui, pour l'homme de peu de mots qu'il était, se voulait le plus fort des encouragements.

À travers mille détours de la vie, il m'a fallu du temps et du cran pour finalement tout coucher sur papier. J'ose espérer que Georges en aurait été fier.

sylvieo.auteure@gmail.com
Sylvie.Ouellette.Auteure
@sylvieo_auteure

ACHEVÉ D'IMPRIMER EN AOÛT 2014
SUR DU PAPIER 100 % RECYCLÉ
SUR LES PRESSES DE MARQUIS IMPRIMEUR,
QUÉBEC, CANADA.